ウォルト・ホイットマンの世界

田中礼 著

南雲堂

Walt Whitman

ホイットマン、その光芒と混沌

序にかえて

ホイットマンがアメリカを代表する詩人であることは、今日もはや明らかである。けれども彼がどの点でアメリカを代表するかということになると、答えは必ずしも明らかではない。ホイットマンには依然として、謎の部分が含まれているのであり、その謎は彼が自ら己の矛盾としているものと関わりがある。

詩人は、むしろ誇らしげに自らの矛盾を語る。

Do I contradict myself ?
Very well then I contradict myself,
(I am large, I contain multitudes.)

わたしが矛盾しているだと？
よろしい、では矛盾してやろう、
（わたしは大きく、おびただしいものを含むから。）

「わたし自身の歌」（五一・一三二四―六）

この部分は、かつて英宰相チャーチルも引用して己を語った箇所だということである。が、それはともかく、才能ある詩人が、その内部に相矛盾する二面を抱えていて、それがしばしば彼の正体を分かりにくくするということは、珍しいことではない。ただしホイットマンの場合、自ら語る矛盾の外にも、独自の混沌が存在するように思われる。この混沌を、彼の生涯や作品の腑分けを通して探って行くところに、ホイットマン研究の醍醐味があるのだろう。ホイットマンの詩は、単にアメリカ文学史上に一つの異変として記録されているといった代物ではない。ホイットマンは、アカデミックな古典派やニュー・クリティシズムによる、無視や非難をかいくぐり、ビート・ジェネレイションのなかに蘇った。ホイットマンのゴーストは、ギンズバーグを通して、カリフォルニアのスーパーマーケットの中をさまよい（本書ⅣのⅢ）、インドへと渡る。ホイットマンとその詩はグローバルな文化の形成に参加しながら、人類の未来への道を示唆しているのである。

ホイットマンは、六歳でパブリック・スクールに入学した。が、五年間通学しただけで中退する。つまり正規の教育を受けていないのだ。また彼自身、ヨーロッパ体験がないことを、独仏語を学ばなかったことと共に気に病んでいた（Ⅰの1、Ⅲの4）。[1] けれども他方、このホイットマンが、「ニュー・イングランドの純正な英語のなかへ、アメリカの話しことばが内包する各民族の独自な色彩を導入した」（B・アッキラ、Ⅴの4）ということになると、彼こそは経歴上のマイナスを、大きくプラスに転化し得る人物であったことが分かる。つまり彼は他の文人に比べてヨーロッパ性が希薄であったゆえに、ニュー・イングランド文化のしがらみを離れて、独自のアメリカ文学を創造し得たのである。

ホイットマンは一八四一年、ジャーナリズムの世界に入ったが、四六年からは民主党機関紙『デイリー・イーグル』の編集者として二年間その他位にあった。新しく合衆国に加わる土地は奴隷州であってはならず、「自由な土地」であるべきだというのがホイットマンらの主張であった。ホイットマンは四八年、『ニューオーリンズ・クレッセント』の編集助手になったが、経営者と政治理念があわず民主党急進派が中心の「自由土地党」の機関紙『ブルックリン・フリーマン』の主筆となる。けれども大統領選挙で自由土地党の候補ヴァン・ビュレンが敗れると党員の多くはもとの民主党にもどってしまい、ここにホイットマンは民主党保守派への批判を公にして職を辞した。

こうしてホイットマンはジャーナリストを辞めたけれども、だからといって彼の現実社会への関心がそれで消えてしまったわけではない。一八五六年、民主党はジェイムズ・ブキャナンを、ホイッグ党とアメリカ党はミラード・フィルモアを、それぞれ大統領選挙の候補者に推した。前者は一八四七年から四八年にかけて「自由土地党」を裏切った人物であり、後者は大統領在任中に「逃亡奴隷法」に署名した人物であった。この時ホイットマンは『第十八代大統領職！』という政治的な小冊子を書いた。これはホイットマンの生前には出版されず、一九二八年に至ってようやく出版されたのである。

ホイットマンはこの小冊子で、「真のアメリカ」、「合衆国の雄々しさとコモン・センスの魂」は、今や「政治家の代表たち」、「候補者を指名するアメリカの独裁者たち」によって完全に汚されていると言う。「コモン・センスの魂」とはアメリカ革命の精神であろう。また「アメリカの独裁者たち」とは誰か？　ホイットマンは例の羅列でさまざまな者を書き連ねている。その一部を挙げると、公務員、泥棒、ぽん引き、人殺し、御用編集者、獲物を探して持ってくるようによく仕込まれたスパニエル犬のような奴、公の名目で私腹をこやす奴、テロリスト、奴隷捕獲人、奴隷制推進者、大統領の子分、贈賄者、院外団、隠された武器を携える奴、生まれながらに自由を売る俗界の連中……といった面々である。こういうやからがブキャナンやフィルモアを大統領候補に推したのであり、ホイットマンは民主党やアメリカ党の偽善性を口を極めて罵倒する。ジャーナリストとしての体験が右のように政界の裏面をとらえさせたのであろう。

それではホイットマンにとって、「真のアメリカ」にふさわしい大統領像はどのようなものであるか。詩人によれば、腐敗をはねかえしてあるべきアメリカを担うのは、労働者、若者であり、西部の出身者である。

今日、アメリカの工員や若者の間には、合衆国の立法、行政、司法、陸軍、海軍のあらゆる官吏や、あらゆる文学者の間におけるよりも、もっと健全な生のままの勇気、友情、良心、先見の明があり、また、どのような範囲の行動、最大、最高の行動にも応じ得る実務的な才能がある。英雄的で、利口で、よく事情に通じ、健康な体を持ち、中年者にふさわしい、ひげ面のアメリカ人である鍛冶屋か舟乗りが、西部からアリゲニー山脈を越えてやって来て、さっぱりした仕事着を着、顔や腕や胸を日焼けさせたままで大統領の職に就くのを見たら、どんなにうれしいか。外のどんな候補者をさしおいても、わたしは、ふさわしい資格を持つそのような人に必ず投票しよう。[2]

すでに東部の政治家、実業家、知識人によって、新世界の理想が汚されていくのをホイットマンは見た。右の文章にはいささかの誇張と理想化が見られるかもしれない。特に西部がアメリカに果たす浄化力について。またホイットマンは、奴隷制度を温存する州権への連邦政府の介入を否定し、逃亡奴隷をもとの主人に引き渡すことを肯定するなど、矛盾した見解をも記述している。

それにもかかわらず、ホイットマンはのちの南北戦争で、アメリカの統一を守る根源の力になった民衆を正しく評価していた。悲観すべき現実のなかで、詩人は民衆とアメリカの大地の力に未来への期待をかけたのである。

男女の労働者よ！　あの限りないアメリカの土地は君たちのものだ。君らにゆだねられている。それらの土地には、君たちの後に来る者の、人口の多い都市や、無数の農場、家畜の群れ、穀倉地帯、森、黄金色の果樹園、譲り渡すことのできない家屋敷も潜在している。[3]

ホイットマンがアメリカの未来にかける夢には、空想的な要素が強まってゆく。けれども他方、そのような夢と彼の詩心の形成との間に、分かち難い結びつきがあることを忘れるわけにはゆかないのである。

ホイットマンが『草の葉』（初版）を出した時、彼はすでに三十六歳であった。詩人としての出発ということではあまり早くない。突然の出現を評者が奇跡としてとらえたのも、それはど不思議ではない。詩人としてのホイットマンの形成に大きく影響したものは何であるか？　様々な説が述べられた（Ⅰの2）が、詩人自身も言うように、エマスンの影響なしには論じられない。

エマスンは「詩人論」（一八四四）で書いている。

アメリカには、きびしい識別力をもって、この国の無比の資源の価値をわきまえている天才がまだ現われていない。ホメロス、中世期、カルヴァン主義に現われた神々の姿は絶賛を受けるが、それと同じ神々が、この野蛮な物質主義の現代にもカーニバルの祭をしているのを見た天才はまだいないのだ。銀行と税関、新聞や政党の地方大会、メソジスト派とユニテリアン派、こういったものは、鈍い人びとにはつまらなく退屈であるが、トロイの町やデルフォイの寺院と同じく、すばらしい基礎の上に立つものであり、トロイやデルフォイのように、すみやかに過ぎ去ってゆくものである。[4]

エマスンは一方で自らの生きた時代を、「野蛮な物質主義の現代」と呼んでいる。それは、「潔癖な洗練と孤高の態度」（ヴァン・W・ブルックス）ということでは典型的な人物であるエマスンにふさわしい表現であろう。けれども他方彼が、近代文明の諸機関を「つまらなく、退屈である」とする人びとを、「鈍い人びと」と評していることは興味深い。アメリカの現実に新しい詩を発見することをエマスンは求めたのであり、彼が「まだ歌われていない素材」として、右に引用したものの外に挙げたのが、議会の活動や演説、漁業、黒人とネイティヴ・アメリカン、帆船と公債支払拒否、悪党の怒りと正直者の無気力、北部の商業、南部の栽培、西部の開拓、オレゴンとテキサス……であることは、エマスンの一面しか把握していない人には意外の感を与えるかもしれない。

けれどもアメリカの現実のなかに詩を発見することを、ホイットマンはエマスンの立論から学んだ。「アメリカはわれわれの目から見れば一篇の詩である。その広大な地形に、想像力は眩惑をおぼえる。アメリカは遠からず自らの韻律を生むであろう」（「詩人論」）とエマスンは書く。このエマスンの言葉と、それから十年余り後に発表されたホイットマンの、「どの時代にも、アメリカ国民ほど豊かな詩心をそなえた民族はいない。合衆国そのものが、本質的に最も偉大な詩篇である」（『草の葉』初版〈一八五五〉序文）という言い方とを比べてみるならば、ホイットマンはまさにエマスンの呼びかけに応じて生まれた詩人であるとも言える。旧世界への劣等感の克服からさらに進んで、新世界の価値を作品の上で展開すること、これがホイットマンがエマスンから引き継いだ使命であり、『草の葉』の出現はアメリカの自己発見の上にまことに意義ある事件であった。

けれども他方、二十世紀も終わりに近くなって、従来のエマスンからホイットマンへの影響を重視する見方への、批判も現われてきた。

例えばベッツイ・アッキラは、ホイットマンはエマスンらのニュー・イングランド的傾向への挑戦者であって、アメリカ革命やフランスの思想家の影響を受けていることを強調する。アッキラによれば、ホイットマンの非ニュー・イングランド的傾向とは次のようなことである。

すなわちホイットマンは、国民的な芸術の訴えということでは、チャニングよりはむしろブラウンスン、さらには「若いアメリカ」の政治的レトリックの方に接近していた。また「アダムの子ら」詩群の最初のタイトルは、フランス語であった。このようにフランス語を使うこと自体が、「アダムの子ら」の愛のテーマを、フランスを連想させる性的自由や「自由意志論」と、結びつけて考えることであった。フランス語の使用は清教徒的なアメリカの感性を拒む手段であったという。[5]

アッキラの見解は注目すべきものであり、『草の葉』の独自性と多様性を解明する手掛かりを含んでいる。『草の葉』は一方でニュー・イングランドを起点とするアメリカン・ルネッサンスの一翼を担うものであった。しかし他方では『草の葉』は、ニューヨークを起点とし、シカゴ・ルネッサンスから西海岸のビート派に至るアメリカ自由詩の源流となった。それはまた、黒人詩などマイノリティ・グループの詩と接続するものでもあった。

いずれにしても『草の葉』は、フランス的、アメリカ革命的思考と、ニュー・イングランド的傾向とのからみ合いのなかで生まれたという見方は有効であろう。

南北戦争後、アメリカ資本主義は急速に発達し、それと共にいわゆる「めっき時代」が到来した。社会の堕落は最高潮に達し、文化、趣味の腐敗も目に余るものがあった。ホイットマンは一八七一年、評論『民主主義展望』を発表してアメリカ民主主義の未来像を描いた。

彼はなお、アメリカ合衆国への信頼を失わない。アメリカのみが、その政治組織や普通選挙において民主主義を実現する仕事を引き受けた国である。アメリカは物質的には成功し、何時の日か「世界を制覇する」だろうとホイットマンは考える。

けれども、その時代のアメリカの文化、社会の腐敗状況については彼は痛烈に告発する。「文学は軽蔑をあらわにした傲慢さに支配されている。あらゆる文学者の目的は、ひやかすものを見付ける」ことである。実業界の堕落は想像されていたよりずっとひどく、官界には「腐敗、賄賂、虚偽、悪政」が染み込んでいる。新世界の民主主義は「社会的様相」においても、「まことに偉大な宗教的道徳的文学的美学的成果」においても、今のところ「ほとんど完全な失敗」である。このようにホイットマンは時代の様相をとらえる。

今日、書物において、著述家、とりわけ小説家の競争において、(いわゆる) 成功を収めるということは、次のような男女の作家に限られている。彼らは愚かで平凡な普通人をねらって、刺戟、事件、軽口を願う感覚的な欲望に訴え、ありきたりの才能の人のために、官能的外面的な生活を描写するのである。[6]

ここではホイットマンは「普通人」を蔑視しているように見える。しかし詩人が批判しているのは、人間の内部にある低俗な感情に媚び、それを刺戟する作家に対してであろう。民衆にひそむ偉大な感情を見たホイットマンは、民衆の低俗性を助長する通俗的流行作家に我慢ならなかった。むろんここで詩人は、世間から非難された自らの露骨な性描写を、「官能的で外面的な生活」の描写とは異質のものと考えていたのであろう。

それでは、以上のようなアメリカに必要なものは何であろうか？

ホイットマンによれば、それは文学、すなわち「独創的、超越的でしかも（最高の意味ではまだ少しも表現されていない）民主主義と近代を表現する」文学である。新しい文学者の責務は、アメリカの「政治的生産的知性的基盤の下に、一つの宗教的道徳的性格を完成する」ことでなければならない。「文学を専門とする生き方と、民衆の粗野でたくましい精神との間には、何か当然のように不一致が存在した。」アメリカにおいてさえ、人民についての「適切な科学的評価と敬虔な理解」は最もまれである。ホイットマンによれば、精神界の主要部をなすものは、「普通の、肉体的な、具象的な、民主的な、民衆的なもの」であり、いつの時代でも永続性を持つのは、「内部的なもしくは精神的な生活」を写す作家である。

ホイットマンの評論は、それを純粋に論として見る時は、矛盾を抱えたものであるかもしれない。どのようにしてアメリカ民主主義の成果を守り発展させるかという具体的な道筋は、詩人によっては語られることはない。けれども、ホイットマンの民衆への信頼は生得のものであり、またそれは南北戦争での自らの体験によっていっそう血肉化されたものであった。彼の文明批評がある面で観念的であったにもかかわらず、その民主主義思想は次の時代を予見したものであり、永続性と普遍性を持っていた。アメリカン・ルネッサンスの成果はホイットマンを経て、ニュー・イングランドやＷＡＳＰの枠を超えた。それは、後から来た移民の子孫や、黒人、ユダヤ系アメリカ人の意識にも滲透し得るものに拡大されていったのである。

ホイットマンは当初、母国においては容易に詩人として認められなかった。当初彼を激賞したエマスンでさえ、ホイットマンの性描写には辟易し、一八七四年に出したアンソロジー（家族の仕事であったと言われているが）では、ホイットマンの詩を全く省いた。エマスンらコンコード・グループでさえそうなのだから、ロングフェロウら「ハーヴァードの詩人たち」がホイットマンを認めなかったのは当然のことだろう。アメリカではホイットマンの熱狂的な崇拝者がいたが、彼らは宗教的な予言者としてホイットマンを神格化した。『草の葉』は聖典のように読まれ、その詩は韻律や構成上の工夫とは別の次元で、「きびしい真剣さ」があるとか、宗教文書に見られる確信を帯びているということで称えられたのである（Ⅳの1）。ホイットマンがむしろイギリス人、スウィンバーンやジョン・A・シモンズなどにより価値を認められたのは興味あることだ。

このようなホイットマンが、偉大な詩人として評価されるようになったのは、アメリカでは二十世紀に入ってからのことだった。ヴァン・W・ブルックスは『アメリカ成年に達す』（一九一五）で言う。すなわち、「アメリカ精神」には初めから二つの主流があった、一つはピューリタンの信仰に源を発する超越的な流れであり、他方はピューリタン生活の実際的な方便に源を発する部分である。前者はジョナサン・エドワーズの哲学となり、エマスンを経て主だったアメリカの作家たちの「潔癖な洗練と孤高の態度」を生み出すに至ったが、そのため現代のアメリカ文化は現実と遊離してしまう、そのなかでまさにホイットマンこそが、「一流文人としてアメリカ文学の〈異常なまでの重々しさ〉に挑戦した最初の人物」になったのだ……

以後アメリカにおいて、現実に密着した文化、アメリカ固有のリズム、生の原点への復帰を求める文学者は、しばしばホイットマンを顧みることによって再生へのエネルギーを得た。シカゴ派、黒人詩人、プロレタリア文学、ビート派など、いずれもアメリカ再発見にあたってホイットマンを求めた。モダニズムの詩人もまた、多様な形でホイットマンに接続しているのである。今後もこのような傾向は変わらないであろう。

ウォルト・ホイットマンの世界　目次

ウォルト・ホイットマンの世界

Ⅰ　詩人の形成

1　背景

詩人の思想形成と環境という時、二つのことが考えられる。

一つは、詩人を育てた時代とその思想である。それらはその時代の歴史や代表的思想家の所論に反映され、系統的論理的で、主として詩人の理念に影響する。

もう一つは、詩人の生い立ちである。それは詩人の家族、成長した土地の風土などに示され、個人的情緒的で、多く詩人の感性に影響する。

この二つは微妙に重なり合い、影響し合って詩人の思想を構成するが、元来詩人は作詩によって初めて自らの内部の思想を詩の思想にするのであり、詩人の思想は、感性や表現をぬきにしては考えられない。単に理念のみを問題とするならば、詩人の思想は、社会思想家、哲学者、科学者の思想より単純で矛盾の多いものということになってしまう。ホイットマンの場合もこのことを考慮に入れる必要があろう。

一八二八年ホイットマンが九歳の時、アンドルー・ジャクスン（一七六七―一八四五）が大統領に当選し、アメリカのコモン・マンが初めて政治的権力に参加して、ジャクソン民主主義の時代が始まった。ホイットマンが十四歳の時、ジャクソン大統領は無蓋の四輪馬車に乗り、白いビーヴァ・ハットを振りながらフルトン通りを通過した。少年ホイットマンも、群衆の中で大統領を歓迎したのである（ジャスティン・カプラン『ウォルト・ホイットマン伝』）。[1] ホイットマンはまさしくジャクスン民主主義の子であった。

けれども民主主義は、絶えず新しい障害を克服して実現されてゆくものであって、実現の過程は直線的ではない。すでにアメリカ民主主義は二つの矛盾を内包していた。

一つは、黒人奴隷ナット・ターナーなどの反乱（一八三一）に示される奴隷制度であり、もう一つは、すでに経済恐慌（一八三七）に示されている資本主義の矛盾である。これらに対応するものとして、一八二九年、ロバート・オウエン（一七七一－一八五八）らの指導によって、「労働者の党」が結成され、また一八三一年には、ウイリアム・L・ギャリスン（一八〇五－七九）によって、『解放者』が創刊されていることは、時代の動きを考える上に大切であろう。さらに一八四八年、民主党内に「若いアメリカ」というナショナリズムの運動があったことも見逃せない。時代は価値観の多様化した時代であった。

従って、民主主義の文学への適用ということも自明の理であったわけではない。例えばジョン・Q・アダムズ（一七六七－一八四八）は、『民主評論』への寄稿を求められたが、それをきっぱりと断わり、「文学はその特質上、貴族的なものであったし、また常に貴族的なものでなければならない」と言って数による民主主義と文学とは、相矛盾するという彼の信念を表明した。他方ジョン・L・オサリヴァンは、「わが文学の不可欠の原則は民主主義でなければならない」と言って、すべての歴史を書き換えること、政治学や道徳上の真理の全領域を民主的原則に照らして再考することを説き、民主主義の、全分野への適合を主張した。もっとも、このオサリヴァンが、そう主張した八年後にはテキサス併合を支持し、アメリカ合衆国が北米全体を支配するのは「明白な運命」だ（カプラン、前掲書）という、帝国主義的な言辞を弄しているのだから、民主主義といっても、その内容はかなり多様なものがあった。[2] このような時代にあって、ホイットマンは十年以上にわたって、民主主義、ナショナリズム、文化に関する大論争の中心部にいた。[3]『ザ・ダイヤル』（一八四〇年創刊）に結集した超越主義者たちの国民文学待望論も、このような状況から生まれてきたものであった。超越主義者たちの中でも、オレスティーズ・A・ブラウンスン（一八〇三―七六）の「アメリカ文学と民主主義」（『ボストン季刊評論』一八四〇年一月号）は、当時のアメリカ文学の問題点を簡潔に表現している。ブラウンスンはこの一文で、アメリカ文学の貧困の理由を幾つかあげている。要約すると、

第一は、アメリカ人が自分の趣味判断に自信が持てず、自分たちのすぐれた手本を、自分たちの精神や人間性に求めず、イギリス文学に求めることである。このことがアメリカ人の精神を不具にし、アメリカ文学を精彩を欠いたものにしている。

第二は、アメリカの文学者は、自分たちが勉強した文学や教授たちの授業の影響のために、一般庶民を信じることができず、民主制度は天才の発達に不利だと考えていることである。アメリカの文学者とアメリカ国民との間には大きな溝がある。

第三に、アメリカは文学に対して大きな要求をせず、精神力をほとんど全く別の方向に向けてきた。物質文明の建設がアメリカの最初の仕事であったために、アメリカ人は国民文学の向上に注意を向けなかった。

最後に、新世界は旧世界における政治的平等の問題を解決したが、社会的平等の問題は未解決である。その根源の「富と労働の問題、富が蓄積される手段への問題、労資関係の問題」という要素の闘争から、真のアメリカ

文学が生まれるであろう。[4]

このようにブラウンスンは、『草の葉』初版の出る十五年前に、ナショナリズムや民主主義の確立、精神文明の重視、平等の具体化、アメリカ文学の課題などの面で、きわめて先駆的な主張を行っているが、このブラウンスンの指摘とホイットマンの生涯とを重ね合わせてみるならば、ホイットマンのアメリカ文学における位置がある程度明らかになる。

第一のイギリス文学との関連では、むろんホイットマンも英文学を愛好し、一八五〇年までに、シェイクスピア、ミルトン、サミュエル・ジョンスン、バーンズ、スコット、ディケンズ、ブルワー・リトン、カーライルなどを読んでいる。[5] またホイットマンは「アメリカは過去を排斥しない」（『草の葉』初版の序文）と述べている。実際、過去なしでは何ものをも作ることはできないであろう。けれども彼は正規の教育を受けておらず、海外旅行の体験さえもなく、独仏語を学ばなかったことを気に病んでいる。[6] この点は先のブラウンスンが、恵まれない農村の出であり、主として独学でハーヴァードの出身ではなく、常に一種の田舎者らしい無骨さを身につけ、芝居じみた改宗や意見の撤回の際には、不安定な性格を見せていたと評されていることと比べると、共通するところがある。[7] 正規の教育を受けていないことは文人として立つ上に弱点となったが、反面、伝統の重圧に押しひしがれない強みにもなった。この時点でのアメリカでは、伝統とはすなわちヨーロッパないしはイギリスの伝統であり、従ってナショナリズムは個性の発揚と結びついていた。ナショナリズムの唱道者ホイットマンが、すでに一八六〇年代に、まずイギリスで、ジョン・A・シモンズやアルジャノン・C・スウィンバーンらによって賞賛されたということは面白いことである。[8] 独自性を貫くことがかえって普遍性を獲得することに繋がったのか。

第二の庶民との関連ということでは、ホイットマンは「印刷工場を小学校、ジャーナリズムを大学」として自らの教養を蓄えたのであり、その点ではマーク・トウェインのような新しいアメリカ文学の創造者と共通の経歴を持っていた。ホイットマンは子供の頃、誕生の地ロングアイランドの東端へ行って、鯖釣りの漁師やすずき捕りの人びとと仲好しになるのが好きだった。また、馬や船や徒歩であたりを彷徨して、入江の人びとや農民、フルトンの渡しの水先案内人などと親しくつき合った。さらに成人してからは、ブロードウエイの乗合馬車の御者たちとも交際した。「仲間同士の親しいつき合いとか、時には愛情のためばかりでなく——彼ら（乗合馬車の御者たち）はまた、非常にわたしの研究に値するものであった」、「批評家たちは心から笑うかもしれぬが、このブロードウェイを乗合馬車で行くことや、御者たちや、朗誦や、奔放な行為は、疑いもなく『草の葉』の形成の成分になったのだ」（『自選日記』一八八二）とホイットマンは回顧する。詩人はコモン・マンから現実のアメリカの生活や体臭を吸収し、それらを『草の葉』のエネルギーに転化させた。その際、「批評家たちは心から笑うかもしれぬが」という言葉が示すように、ホイットマンは同時代の文人たちとの価値観の相異を明らかに意識していた。ソーローはホイットマンとブルックリンを歩きながら、「人びとの中に何があるというのです？　ふん！　君は（誰よりもものをよく見る人なのに）この紛れもない政治的腐敗の中に何を見るんです？」と言い、ホイットマンを不快にさせている。[9]が、ラディカルな思想家ソーロウも、ホイットマンの、都市やそこに生きる人びとに対する親近感を理解することはできなかったようである（Ⅲの4）。

ただしホイットマンが、コモン・マンの友人に対して朗読した詩は、シェイクスピアやテニスンの詩であって、『草の葉』の作品ではなかったし、ホイットマンの家族たちも彼の詩を理解しなかった。シドニー・ラニアは、ホイットマンは「自分の詩は民主的であると思っているが、本当は極度に貴族的である」と言い、ホイットマンの詩は、彼の主張のように共和国初期の、清新な考えの時期に適合したものではなくて、本当は、高度に文化の発達した社会状態でなければあり得ないような詩であると述べている。[10] ラニアの説は一面的なところがあるにしても、ホイットマンの詩の特質をある面で言い得ている。詩人ホイットマンはコモン・マンと親しくつき合ってそこから詩のエネルギーを吸収し得たにしても、ホイットマンの詩とコモン・マンとの間には、過去にも現在にも一定の断層があるように思われるのである。

第三の、アメリカはもっぱら物質文明に力を注ぎ、国民文学の向上に目を向けていないということについては、ホイットマンもブラウンスンと同じ見解を持つようになる。『民主主義展望』（一八七一）ではホイットマンは、アメリカは物質的には成功し、何時の日か「世界を制覇する」だろうと考える。けれども、現在のアメリカの文化・社会の腐敗については彼は痛烈に告発する。新世界の民主主義は、社会的様相においても、宗教、道徳、文学、美学上の成果においても、今のところ「ほとんど完全な失敗」であるとホイットマンは結論づける。また、ブラウンスンの「アメリカの文学者とアメリカ国民の間には大きな溝がある」という言い方は、これが書かれてから三十一年後のホイットマンの、「文学を専門とする生き方と、民衆の粗野でたくましい精神との間には、何か当然のように不一致が存在した」という言い方によって引き継がれたように思われる。物質文明と精神文明との間の亀裂、文学者と国民大衆の間の断層は、「めっき時代」の到来によっていっそう拡大されたと言えるだろう。

時代は詩人の思想形成にこのような影響を与えたのであった。

ホイットマンは、自らの性格の根源として次の三つをあげている。

一つは、オランダ系の母方の血統であり、二つ目は、イギリス系の父方の血統であり、三つ目はロングアイランド、ニューヨーク、南北戦争の体験である（『自選日記』）。11 以下、父母のイメジと、自然環境について考えたい。

The mother at home quietly placing the dishes on the supper-table,
The mother with mild words, clean her cap and gown, a wholesome odor falling off her person and clothes
as she walks by,

家で静かに夕餉の食卓に皿を置く母、
キャップや部屋着をきれいにし、やさしい言葉づかいで、側を通ると体と着物からすこやかな香りがこぼれる母、
「出かける子供がいた」（一八五五）、（二一―二三）

この詩は自伝的な作品であるが、母親の描写に使われる形容詞・副詞は、「静かに」「やさしい」「すこやかな」であって、子供の母親に対する安定した信頼感を示している。これに対して父親は、

The father, strong, self-sufficient, manly, mean, anger'd, unjust,
The blow, the quick loud word, the tight bargain, the crafty lure,

力強く、うぬぼれ屋で、男らしく、下品で、短気で、不当な父、

殴打、早口の大声、けちな取引、狡猾な誘惑、

「出かける子供がいた」（二四―二五）

と描かれていて、「傲慢な」「下品な」「短気な」「不当な」「狡猾な」など、最悪の言葉が使われている。ホイットマンが二十二歳の時に書いた小説「荒くれ男フランクの帰還」（一八四一）では主人公フランクの父は、利得に敏で息子たちに労働を強制する裕福な農夫になっているが、彼のフランクに対する仕打ちは「不当な」という語で示されている。これに対して母は子供たちの中でわけてもフランクを愛し、「静か」で、健康にすぐれないという風に描かれている。ここでも父親は息子フランクの対立物になっているのである。

伝記上の事実としてもホイットマンが、畑仕事を強制する父を好まず、母を愛したことは明らかであるが、この父は、批判的な傾向の書物を好み、トマス・ペインを尊敬し、子供たちをラディカル・デモクラットに教育しようとした教養のある職人ないしは農民であった（カプラン、前掲書）。民主主義者ホイットマンの思想形成にこの父が大きな影響を与えていることは想像し得る。実際のところ、この父親は、「けちな取引」「こうかつな誘惑」のむしろ被害者になる方であり、子供たちや動物を愛し、おだやかで、ゆっくりと反応を示す人だったという。それにもかかわらずホイットマンが、情愛をこめて「わが愛する父」について語り始めるのは、『草の葉』出版の数日後に父が亡くなってからのことであった（カプラン、前掲書）。生来「出かける」子供であり、文学に夢中だったホイットマンは、このような父と相容れないものがあったのだろうか。

ホイットマンには田園的性格と都会的性格とが共存していた。

一方で彼は自然と深く交流した。

このような光景（ロングアイランドの南の湾の光景――著者）、氷、手ぞりを引くこと、穴を掘ること、うなぎをやすで刺すことなどは、もちろん、少年期の最もなつかしい楽しみだった。夏冬の、この湾の海岸や、幼い頃にわたしがそこでしたことは、『草の葉』のいたるところに織りこまれている。（『自選日記』）[12]

ホイットマンは、自然、とりわけ海を好んだ。海のイメジは、父・母のイメジと共に、彼の作品にしばしば現われる。

On the beach at night alone,
As the old mother sways her to and fro singing her husky song,
As I watch the bright stars shining, I think a thought of the clef of the universes and of the future.

夜の浜辺でひとり、
老母がゆらゆら揺れながら　しゃがれ声の歌をうたい、
わたしは明るい星が輝くのを見つめていると、宇宙と未来の音符記号のことを思う。

「夜の浜辺でひとり」（一八五六）、（一―三）

この作品では右の部分に続いて、巨大な大宇宙がすべての小宇宙を包括し、それらの総和となるというヘーゲル的な哲学が語られる。[13]海辺は詩人の想像を刺激し、壮大で普遍的な宇宙の哲学が求められる。「老母」は海であり、詩人の思索の構成を助ける。万物は常に結びつき、永遠に結び続ける。詩人の内部にあるものは、調和であり秩序である。

けれども「いのちの海と共に退きつつ」(一八六〇)では事情は異なる。ここでは難船のイメジが現われる。元来ホイットマンは子供の頃、しばしば難船の話を聞き、また、その現場を見た。浜が直接に大洋に面している所では、海は何の妨害も受けずに暴威をふるった。

東の海岸には幾つかの燈台、難船の悲劇の長い歴史があり、その幾つかは最近の話でさえあった。子供の頃わたしは、これらの多くの難船の環境、伝説の中にあった――その一つ二つについては、ほとんど目撃者だと言えた。例えばヘムステッド浜の沖で、一八四〇年に「メキシコ」号の難破があった。(『草の葉』の「眠る人々」で言及している。)『自選日記』[14]

自然の暴威の前に無力な人間の姿、難船のイメジは、少年ホイットマンの意識に焼きついたのであろう。漂流や難破船のイメジは、詩人の生涯で危機といわれる時期に多く見られる。それらは父母のイメジと共に現われる。

As I wend to the shores I know not,
As I list to the dirge, the voices of men and women wreck'd,

As I inhale the impalpable breezes that set in upon me,
As the ocean so mysterious rolls toward me closer and closer,
I too but signify at the utmost a little wash'd-up drift,
A few sands and dead leaves to gather,
Gather, and merge myself as part of the sands and drift.

見知らぬ岸辺に行き、
難破した男女の悲歌、声に耳傾け、
わたしに吹き寄せるかすかなそよ風を吸いこむとき、
神秘の海が　わたしに向かって　うねりつつ　にじり寄るとき、
わたしにせよ　せいぜい　打ち上げられた小さな漂流物にすぎず、
わずかな砂と枯れ葉を集め、
それを集めて、砂と漂流物の一部にわたし自身を融化させるだけ。

「いのちの海と共に退きつつ」（一八六〇）、（二・一八―二四）

この作品は、自信喪失と挫折についての告白である。この詩を作った時ホイットマンは、『ブルックリン・タイムズ』の編集者の職を去り、失業中で不安定な状況に置かれていた。その上『草の葉』の売れゆきも思わしくなくて、将来の見込みは悲観的なもののように思われた。[15] この詩においては、困難な状況下での自分を、自然の中の卑小な存在に転化させている。さらに、単に自分自身にとどまらず、人間そのものをも砂や漂流物に融化させているのである。[16]

この作品では難破や漂流物のイメジと共に、「あなたのものはわたしのものだ　父よ」、「あなたの胸にわたしは身を投げかける　父よ」、「わたしにキスを　父よ」というように父のイメジが用いられ、また、「荒々しい老母が漂流者を求めて果てもなく叫ぶところ」、「あなたのうめきを止めるな　荒々しい老母よ」と母のイメジが用いられている。この場合、「父」は陸地、肉体的な領域を代表し、「海」は、自己の不幸な子供たち、すなわち「漂流者たち」のためにうめき声をあげる「母」である（アレンとデイヴィス）。[17]

さらに「夜の浜辺に」（一八七二）では、自然の推移への不安が語られる。この作品では、夜の浜辺で、ひとりの子供が父親と一緒に立って、東の方を、秋の空を見つめている。

From the beach the child holding the hand of her father,
Those burial-clouds that lower victorious soon to devour all,

Watching, silently weeps.

浜辺から　少女は父の手を握りしめ、
やがてすべてを呑みこもうと　勝ち誇って下りてくるあの葬い雲を、
見つめて、静かに泣く。

（一一―一三）

父は子供に対し、葬い雲は長くは空を占めてはいまい、やがてあまたの星も、太陽も月も姿を現わすだろう、それにそれらの星よりもさらに不滅の何かがある、と語りかける。自然の不変の秩序とそれを統べるものの存在について父は強調する。この作品は、夜の浜辺で空を眺めて哲理を思うという点では、先の「夜の浜辺でひとり」と同じであるが、違うところは、自然の推移におびえる子供と、子供がすがる父親が描かれていることである。

いずれにしても海辺を舞台にしたこれらの作品では、「母」は孤独な詩人の周辺で彼を見守ってくれ、また、子供たちの悲運を共に悲しんでくれる神秘的な存在であり、「父」は、危機にある息子がそのキスや抱擁を求め、恐怖する娘がその手を握りしめる頼もしい存在である。父母のイメジは、自然（陸海）のイメジと結びついていて、ホイットマンの自然との関わりの深さを思わせる。自然はホイットマンにとって、自らを生み育んでくれた所であり、さすらい行動する場であつた。それは時に不安や恐怖を与えるが、究極的には、慰籍と平安を与える父母のような存在であった。

The streets themselves and the façades of houses, and goods in the windows,
Vehicles, teams, the heavy-plank'd wharves, the huge crossing at the ferries,
The village on the highland seen from afar at sunset, the river between,
Shadows, aureola and mist, the light falling on roofs and gables of white or brown two miles off,
. . . .
These became part of that child who went forth every day, and
who now goes, and will always go forth every day.

街並みそのものと家々の正面、飾り窓の商品、
乗物、車を引く馬、厚板を張った船着場、渡しを行く莫大な群、
日暮れに遠くから見える高台の村、その前の川、
影、落日のかさと靄、二マイル離れた白や茶色の屋根と破風に注ぐ光、
・　・　・　・　・
これらのものが　かつて毎日出かけ、今も出かけ、今後もずっと毎日出かける　あの子供の一部になった。
「出かける子供がいた」(三二一―三四、三九)

都会は、「渡し」を媒介として、夕暮れの村の、川・影・靄・光へつながってゆくのである。右の作品の、都会と田園(自然)を同列に並べる傾向は、南北戦争の体験を経て、ホイットマンの代表作の一つ「先頃ライラックが前庭に咲いたとき」(一八六五―六六)へと継続する。この作品では、故リンカン大統領のおくつきの部屋にかける絵のなかで、遠景には、「流れつつ輝く」川、両岸の丘、空を背景にした多くの線や影などの自然の風景が描かれ、近景には、都市、家々、煙突、工場群、労働者たちなどの都会の風景が描かれる。すなわち都会と自然は同列に並ぶのである。故郷ロングアイランドやニューヨークの環境の中から「子供の一部になった」もろもろの要因は、このようにして詩人の感性を構成していったのである。

2　待機の歳月

初期の作品と『草の葉』

ホイットマンの経歴は、三十六歳で処女詩集をひっさげて現われたという点で、特殊なものである。それ以前に彼がしていた文学上の仕事といえば、二十歳頃から大体十年間、ジャーナリズムに関わりながら様々な刊行物に詩、小説を発表していたということで、これらの作品には文学的に特色あるものはない、というのが定説である。

ロジャー・アセリノーによれば、『草の葉』以前の作品は、『草の葉』に先行するものではあるが『草の葉』を予告するものではない、『草の葉』以前の作品は「日の出」でなくて「夜明け」にすぎない、[1]というわけである。『草の葉』以前は、単に伝記上の事実としてあるだけで、文学上の事実としては無に等しいというのが、多くの評者の見方であろう。

そこからは当然、『草の葉』出現を一つの「奇跡」とする見方が生まれてくる。「奇跡」である以上、それにつけ加える何もない、ということになりそうだが、そうはならず、様々の解釈が「奇跡」について行なわれるのも、やはり必然のなりゆきであろうか。曰く、恋愛、曰く、宗教的ともいえる悟り、曰く、骨相学者の影響、曰く、エマスン、カーライル、ジョルジュ・サンドの影響、曰く、社会の不適格者の内的世界への逃避、曰く……

これらの説明は、どれもある面で事実を指摘しているが、全貌をとらえていないという面では共通しており、そこで結局、詩人のすべての経験が、ある時点でせきを切ってほとばしり出た、それが『草の葉』だ、ということに落ち着いてしまうのである。なるべくしてこうなった、というわけだ。

この結論が結局は正しいのだろうが、そうすると、「要するに『奇跡』は必然であったのだ」ということに尽きてしまい、『草の葉』の読者としては、なる程その通りだが、それでもやはり『草の葉』誕生の根源に何があるか知りたいものだ、という気持ちが残るのである。偉大な詩集『草の葉』を準備した青春のエネルギーは永遠の謎なのか？　『草の葉』以前の時期は、ただ生活上の体験としてだけ『草の葉』に結びついていて、作品の上では、両者の間には完全な断絶があるだけなのか？　問題は依然として残るのである。

一九六八年、ジャスティン・カプランは、以上のような「奇跡」に対して、ホイットマンが二十二歳ないしは二十三歳頃に発表した十一の小説（一つをのぞき短篇）を、もっと『草の葉』との関連のもとに考える必要がある、ということを強調した。例えば、これらの作品に見られる「墓場の花」といったタイトル、「墓場の髪」と表現される草、「愛らしく心なだめる死」への願い、「陰気な母」のイメジ……こういったものは明らかに、『草の葉』以前と『草の葉』との連続を思わせる、というわけである。[2]

無論カプランも、これらの小説の趣味、モラルがある面で陳腐であることを認めてはいるが、同時にそれが、ホイットマンの「長く久しい待機の歳月」を知る上に重要な手がかりを与えていないかという点に注意を向ける。実際、カプランを待たずとも、『草の葉』以前を解明するのに、シェイクスピアなみの量の伝記が出ているのにもかかわらず、その時期の作品があまり分析されないというのは奇妙であり、以下、幾つかの問題点をあげて、小説と『草の葉』との関連について考えてみたい。

先ずホイットマンが、一貫して『草の葉』で展開した「死」のテーマについてはどうか？　小説では、執拗といってよい位、「死」のテーマが繰り返される。これについては、文芸の伝統や、当時の流行小説の背景が考えられなくてはいけないが、生涯にわたって「死」のテーマと取りくんだホイットマンを考える場合、小説における以上の態度は、『草の葉』以前と『草の葉』との連続を考える上に大切である。

「教室における死（ある事実）」（一八四一）は、ホイットマンが自らを詩人と自覚するのに一つの役割を果たした作品であるが、ここでは、六歳で父を失った十三歳の少年が、盗難容疑で、無実であるのに教師によっていびり殺される。教師が鳴らすベルは、「沈黙と注意を促す命令」であり、教師は、牛皮の鞭や枝鞭を持ち、子供に苦痛を与える様々の巧妙な方法をわきまえている。すでに死体となっている生徒をなおも鞭うつという教師の残酷さは異常であり、これに対して生徒の方は、心の病気をわずらっていて、この世のものとは思えぬ程美しく、後家の母と愛し合って暮らしている。

やさしく、よるべなく、慈愛の心深いもの、こういう性格の者（孤児、後家、娘）が、その性格のゆえに、強権・残酷を代表する存在（父、おじ、教師、主人）によって、いじめられ滅ぼされてゆく、これが若いホイットマンの好みの筋書であったようで、外にもいくつかの類型的な作品がある。

その一つ、「もの言えぬ娘ケート」（一八四四）（最初の題名は「もの言えぬ娘ケート——若死」）では、地主の美しい娘ケートが恋におちいる。相手は富農の息子のハンサムな青年。かれはケートを誘惑した後、単身ニューヨークへ去り、成功する。間なしにケートは心の苦しみのため死んでしまう。

ここでもケートは、やさしく、内気で愛情深く、彼女がつくるのを好んだ百合のように美しい。淡い色の髪、長い絹のようなまつ毛、ぱっちりと開かれたやさしく、青い目、まるみをおびた姿、ほお笑み、優雅なゆったりとした物腰——というと、まことに通俗的であるが、注目すべきことは、先の「教室における死」と同じように、心の病いを持つ者、障害者などが、異様なほどの美しさをそなえており、この世の悪とはたたかえないほどやさしい心を持っていることである。これはホイットマンが自分の兄弟に、精神薄弱者・脳梅毒患者・アルコール依存症の人・生活無能力者……が居たこととも関わりがあろう。

ある快い春の日、はかなく息絶えたケートの棺は、うすみどり色の若草の上を運ばれる。ぶらついている一人の少年が、好奇心に動かされてやって来、墓から投げ出された新しい土の上の何かに気をとられた。それは弱々しいが美しい花、たった今、あらい砂利の中に投げこまれた花である。少年はそれを指でひねる。傷つけられた花片は、一瞬、香りを漂わせて墓穴に落ちていき、少年は身をかがめ、好奇心にみちてのぞきこむ……

このあたりになってくると、通俗的なりに詩的である。ここでの「草」は、後に作品「わたし自身の歌」で表われる「希望にみちた布地で織りなされたわが気質の旗」でもなければ、「神のハンカチ」「形の一様な象形文字」でもない。

主役は「草」でなくて「花」であり、その「花」も、ケートと同じように輪郭は定かでない。

『草の葉』をおもわせるとすれば、「草」や「花」よりもむしろ「少年」であり、この「少年」は、「わたし自身

の歌」の

A child said *What is the grass?* fetching it to me with full hands;
How could I answer the child? I do not know what it is any more than he.

「草ってなに?」、両手に一杯草を持ちわたしの所に見せに来て子供がきいた、
どうして私に答えられるか、子供と同じように私にも草が何かは分からない。

(六・九九—一〇〇)

という時の「子供」や、また、作品「はてなく揺れる揺籃から」における、野茨の繁みの中の鳥の巣を、気をくばりながらのぞきこむ好奇心にみちた「子供」を思わせる。詩集『草の葉』を構成する要因は、すでに「もの言えぬ娘ケート」にも芽を出していると言えよう。

以上の外に題名だけを拾ってみても、「墓場の花」とか、「ルービンの最後の望み」とか、「死」に関りのあるものが目につくが、筋書を拾ってみても、「荒くれ男フランクの帰還」(一八四一)では、馬のことで父親の家を出た少年が、二年後に帰って来、野で眠っている時、馬にひきずられて死んでしまうのであり、「ルービンの最後の望」(一八四二)では、父親の飲酒癖のために虚弱な息子が死に至ることになる。禁酒小説「フランクリン・エヴァンズ、別名呑んだくれ」(一八四二)で、のんだくれの夫が結局は妻を心労で死なせてしまうのと同じである。

このように小説においてホイットマンは、好んで死を描いたといえるが、残酷なものが弱いものをいじめ殺す、という筋書は、「最後の王党員」（一八四二）にも見られる。ここでは、やもめ暮らしの男の死後、十歳の子供はおじの手に委ねられる。このおじは短気で、執念深く、強慾で、子供は虐待、折檻、鞭、飢え……に苦しめられる。子供は常々ひ弱かったが、今や弱り青ざめてゆき、その父の死後二年もたたぬうちに死んでしまう。おじは独立戦争で王党派に加わり、かえって財産を失ってしまう。既に他人が住んでいる自分の家へ帰ってみると、そこには子供の幽霊が出る、という話である。

このあたり、やはり類型的な筋書であり、むしろ通俗文学との関わりのもとに考えられるべきだろうが、「墓場の花」（一八四二）になると、すべての不遇な者、しいたげられた者にも暖かい目を注ぐホイットマンらしさがにじみ出ている。

すなわち、西インド諸島出身の貧しい夫婦。夫は死に、病気の妻（物語の時点では七十歳）は救貧院へ送られる。夫が死んだ時も妻は病床にいたので、夫の遺体は、急いで掘られた穴に、はっきりとした確認もなく投げこまれてしまっていたのだ。妻には墓を掘りかえして夫の遺体を確認する道も閉ざされており、寺男が二つの墓のどちらかだという言葉を頼りに、二つの墓に参り続けるのである。

ここでは「墓」について長々と述べられており、「死」は不幸でない、生き残った者こそがあわれであるという『草の葉』で展開される発想が、すでに表われている。要約すると、

埋葬された男があのように亡くなったのはしあわせだった。婦人の方こそが気の毒だ。この世ではおびただしい数の人たちが、まるで疲れた子供が夜を待ちのぞむように、長い休息を求めている。墓を恐ろしい所

だなどというのはどこの愚か者だ。墓はやさしい友であり、その腕はわれわれをかかえこみ、その胸に頭をおけば、われわれは、どのような心労、誘惑、激情をも忘れてしまう。この世において、心を悩ませ、いらいらと過ごした人も、もはや悲しまなくなる。人々の中をさまよい、世人のいつわりに心くじけて帰ってくる時は、墓や死のことを考えよう。それらはまるで静かな快い音楽のように思えてくる……

ということになり、心なだめる死への願いをこめて『草の葉』の代表作へつながる。

All goes onward and outward, nothing collapses,
And to die is different from what any one supposed, and luckier.

万物は前へ外へと進み、何ひとつ崩壊するものはない、
そして死ぬということは、誰かの想像とちがってずっとしあわせなことなのだ。

「わたし自身の歌」（六・一二九―一三〇）

I saw battle-corpses, myriads of them,
And the white skeletons of young men I saw them,
I saw the debris and debris of all the slain soldiers of the war,
But I saw they were not as was thought,
They themselves were fully at rest, they suffer'd not,
The Living remain'd and suffer'd, the mother suffer'd,

And the wife and the child and the musing comrade suffer'd,
And the armies that remain'd suffer'd.

わたしは見た　戦死者の屍、無数の屍を、
そして若者の白骨、それをわたしは見た、
戦で殺された兵士の屍また屍の連なるのを　見た、
しかし　わたしは見た　屍は世の想像と違うことを、
死者は全くいこい、苦しんでいなかった、
生きている者がとり残されて苦しみ、母が苦しんだ、
妻や子やものおもいに沈む仲間が苦しんだ、
そして生き残った軍隊が苦しんだのだ。

「先頃ライラックが前庭に咲いたとき」（一五・一七七―一八四）

「死」を「快い」「美しい」と表現するとらえ方は、小説の時代から、初版の時代を経て南北戦争へと引き継がれるのであり、『草の葉』における「死」の描写がしばしば類型的になるのも、この辺と関わりがあろう。『草の葉』が一切の類型と断絶して始められたわけでは必ずしもないことを確認するのは大切だ。小説はこの確認に役立つのである。

以上、「死」のテーマをめぐっての小説と『草の葉』との連続を指摘したが、その外、カプランの言うように、「父と子の対立」「母の讃美」などの問題も重要であろう。さらにまた、小説にあって後とのつながりを思わせるのは、戒律や強制への、自然人ホイットマンの反撥である。

「荒くれ男フランクの帰還」では、利得に敏で息子たちに労働を強制する裕福な農夫の父、勤勉で真面目で父に従順な長男、気まぐれでいたずら好きのフランク、フランクを愛する母親といった組合わせになっているが、このうちフランクは、家出後二年して帰って来た時、「何もしないでぶらぶらしている」、人間らしいもの腰で居酒屋の腰かけに坐る、足をのばしてひじをもたれさせゆっくりと煙草をふかす、といったいかにもホイットマン好みの姿で描かれている。こういう姿態は、父と対立するものであろう。

また、「子供と道楽者」(一八四一)では、後家の母は十三歳の息子が「苛酷な労役」を強いられているのに心を痛める。息子の主人は、先のフランクの父親や、「最後の王党員」のおじのように、「無情な拝金主義者」で、子供をこき使う。たまたま酔漢にからまれた少年は、ある放蕩者の青年(時に一週間も一か月も家をあける)によって救われるが、その夜二人は共に眠る。『新世界』紙に発表した時のもの(一八四一)では、

彼(青年)の想像はすべて、かたわらに眠る少年と織りまざっているように思われた。青年の体に腕をまきつけ、眠っている間中、少年の頰は青年の胸にもたれていた。二人には自ら意識しない美しさがある……

となっており、相手の体に手をまわす(触れる)ことによって愛情を確認するという『草の葉』の描写の芽がここにある。そしてこの場合も「労働」は実利一点ばりの拝金主義と結びついていて、これと対置されるのが、の

らくら者＝自然な心情の尊重者であり、こういう人間こそが愛（同性愛を含めて）を実感できるのである。

右のような人物像（フランク、道楽者の青年）の背景としてあるのは、カプランも言うように、青年ホイットマンが文学に志して、畑仕事を強制する父親と決定的な対立をし、また、仕事に無頓着でしばしば雇い主を怒らせたという伝記的事実である。また、同性愛的性癖（女性への無関心）である。

こういう状況の中でホイットマンは、彼のローファー讃美を展開する（一八四〇）のであるが、それが『草の葉』の中の、家から出歩き、大自然の万象に好奇の目を輝かす少年や、「ゆったりとぶらつき、よりかかり」、本来の力をもった抑制されない自然に語らせる「私」へと、結実していったことは明らかであろう。同性愛、肉体愛についても同様である。


さて、以上、カプランの提起をふまえながら、小説と『草の葉』との連続の面を考えてきたが、カプランはどういうわけか、『草の葉』以前の詩（以下「初期の詩」と呼ぶ）と『草の葉』との関連についてはふれていない。が、ホイットマンが詩人である以上、重要なのは散文よりもむしろ詩について考えることであって、しかも「初期の詩」には、小説に劣らず、『草の葉』の原型となるものが見いだせるように思われる。この点について考えてみたい。

第一に「死」のテーマであるが、「インカの娘」（一八四〇）では、スペイン人の奴隷になることを諾《うべな》わず、自ら毒矢で生を絶つペルー王女が題材になっており、「スペインの貴婦人」（一八四〇）も、アイネッズ・ディ・カストロ殺害の悲劇を描いている。

また、「結末」（一八四〇）では、すべての地上の栄華もやがて滅亡に至る、哲学の探求者も獅子吼する政治家も、佳人も、貧者も、同じように「静かな墓」に入ってしまう、荘厳な星や造物主のつくり給うた世界に比べれば、最大の栄光といえども貧しいものだといったありきたりの思想が展開される。

その外、「人それぞれに悲しみあり」（一八四一）では、「地上には多くの悲しい情景がある……」ということから始まって、みじめな人たち、貧しい人、不幸な恋人、病気の子供、老人などの悲しみを言い、若者は若者で誇りと欲望、心の痛みに苦しむことを言う。してみると先のホイットマンの小説も結局、生徒、聾唖の娘、荒くれ男、親のない子、貧しい老婆などを通して、「人それぞれの悲しみ」を描こうとしたものだということが分かる。

そしてこの詩においてもやはり、生はこのように悲しいものだが「墓」にはいこいがある、ということになり、

So, welcome death! Whene'er the time
　That the dread summons must be met,
I'll yield without one pang of fear,
　Or sigh, or vain regret.

だから　ようこそ死よ！
あの恐ろしい招きに会わねばならぬ時は何時でも、
わたしは少しの恐怖の苦しみもなく、

ため息も、無益な悔いもなく、招きに従おう。
（三七-四〇）

と描かれて先の「墓場の花」で要約した部分と同じ発想になり、同時にまた、

Come lovely and soothing death,
Undulate round the world, serenely arriving, arriving,
In the day, in the night, to all, to each,
Sooner or later delicate death.

おいで　愛らしく　心しずめる死よ、
波打ちながら世界をめぐり、静かに現れ、また現れ、
昼も、夜も、みなに、それぞれに、
はやかれ　おそかれ　訪れる　やさしい死よ。
「先頃ライラックが前庭に咲いたとき」（一四・一三五-一三八）

と連続してゆく表現になっている。こういう側面だけを拾ってゆくと、「初期の詩」――『草の葉』の連続を指摘することも容易である。

さらに「死」について言うならば、「誇りの罰」（一八四一）、「野心」（一八四二）など、どれも何らかの点で

「死」に触れており、小説のように題名だけを拾ってみても、「マクドナルド・クラークの死と埋葬」（一八四二）とか、「自然を愛する者の死」（一八四三）とか、わずかな作品の中によくもこんなに「死」のことばかりを扱ったものだ、と思わせられる。

カプランが小説の中に、後に『草の葉』で展開される「愛らしく心なだめる死」への願いを見たように、われわれも「初期の詩」の中に、『草の葉』で繰り返される「死」のテーマがかなり執拗に追求されているのを見るのである。

第二に、これも小説と同じことになるが、「初期の詩」では、本能、野性、原始的要素などを含む人間の自然の情への重視がある。

「誇りの罰」では、人間を裁く天使が、傲慢で苛酷であり、やさしい慈悲の声や弱き者の嘆願に耳傾けぬため、天界を追われ、地に下りて人間となる、地上で彼は人間の感じる悲しみや罪を知り、「死」によって天によびかえされる、かつての栄光の中に再び置かれた彼にはもう罪への軽蔑はないという話である。ここでは「荒くれ男フランクの帰還」や「子供と道楽者」に表われた、父や主人のかたくなな態度への批判と共通するものがあるが、さらに「息子のグライムズ」（一八四〇）では、当時のホイットマンとは正反対の、社会の常識に合致した人物像を描いている。

グライムズは、十四歳までは女の子に会いに行ったりはせず、煙草を吸わず、ののしったりはせず、快楽や飲食のことで華美に流れることもなく、それでいてしみったれではなく、流行におぼれず、ステッキもつかず、ほおひげもはやさず、町歩きもせず、その家庭には貞節な妻とやさしい母親と、徳行でしつけられた子供たちが住んでいる、といった工合に描かれている。そして結局、「都市の騒音、繁華な所をさけて、罪、苦痛にわずらわされずに閑静な暮らしを楽しめ」と説かれているのである。

右についてホロウェイは、ホイットマンが軽いアイロニーで自分自身を描いたのだ、と書いているが、[3]トマス・L・ブレイシャの解説では、当時のホイットマンは、右のグライムズとは全く反対の姿、つまり、ステッキをつき、フロックコートを着、ほおひげをはやし、カフェや劇場に出入りしながら気どって街を歩いていたということで、[4]そうすると右の作品はグライムズ的な生まじめで脱線を知らぬ性格に対する諷刺とも考えられる。つまり「初期の詩」にも、人間の自然の情の重視という点で『草の葉』初版につながる面が存在するのである。

第三に、詩型の面での「初期の詩」と『草の葉』との連続である。

後に、「ヨーロッパ――合衆国建国七十二年、七十三年目の」という題名になった作品（一八五〇）は、「初期の詩」の中で『草の葉』に加えられた唯一の作品であり、対句とコントラストの強調、韻律の自由など（ブレイシャ）によって、新しい「自由詩」の第一歩を踏み出したものであった。[5]

Those corpses of young men,
Those martyrs that hang from the gibbets, those hearts pierc'd by the gray lead,
Cold and motionless as they seem live elsewhere with unslaughter'd vitality.

They live in other young men O kings!
They live in brothers again ready to defy you,
They were purified by death, they were taught and exalted.

若者たちのこれらの死体、
絞首台からぶら下がる彼ら殉教者たち、灰色の鉛で射ぬかれたその心臓、
それらは冷たく動かないように見えるが、どこかで不滅の生命力で生きている。

彼らは外の若者の中で生きている、おお王たちよ!
若者たちは同胞の中に生きている、再びお前に手向かおうと。
彼らは死によって浄化され、教えられて、高められたのだ。

（二五―三〇）

死による浄化、向上、死―生―死の転移など、この作品は、形式の面だけでなく、内容的にも、『草の葉』の他の作品と連続している。ホイットマンがこの詩を『草の葉』へとり入れたのも、この詩の『草の葉』的要素を評価したからだろう。

その外、「友の家」（一八五〇）は、ブランク・ヴァースと後の手法との中間をゆくものであるが、[6]とにかく自由詩のはじまりであり、「報償」（一八五〇）では、「行またがり」の使用によって、まだ『草の葉』の手法から遠いことを感じさせるものの、後の対句法を予感させるものを持っていて明らかに自由詩になっている。[7]

右の三つの詩について注目すべきことは、第一の作品は、一八四八年革命のことを言っているものの、じつは暗黙のうちに民主党の裏切りをめぐる国内情勢に言及したものであり、第二の作品も奴隷問題をめぐっての民主党への抗議であり、さらにまた、第三の作品も、「逃亡奴隷法」の擁護者ダニエル・ウェブスターへの怒りであ

る。[8] そうしてみると、ホイットマンの自由詩への転換は、まず、こうした時勢を憤り変節者に抗議するといった政治詩を契機として始まっているのであり、内に熟してきた新しいスタイルがたまたま政治のテーマをとらえたという見方も一方ではできるものの、やはり『草の葉』形成の上に「政治」は見過ごせない事実としてあるだろう。少なくとも文学的事実としては、一八五〇年、センチメンタルなテーマや因襲的な韻律と入れ代わりに「政治問題」が表れてくるのである。奴隷問題についての、ホイッティア、エマスン、ソーロウなどの反応をおもう時、右の三作品もそれほど特異なものではないが、やはり『草の葉』との連続を考える上に重要だろう。

このように小説や「初期の詩」と、『草の葉』とのつながりは随所に見いだし得るが、もう一つ考えるべきものは、ジャーナリストとしてのホイットマンの「記事」と『草の葉』とのつながりである。この点については、「記事」の具体的な分析が必要になろうが、アセリノーは、記事の描写と『草の葉』との間の、むしろ断絶の側面を指摘する。[9]

すなわちアセリノーは、ニューヨークの火事について、ホイットマンが『ブルックリン・イーグル』に書いた「都市の火事」という文章の描写と、「わたし自身の歌」における同事件を想起しての描写とを比べ、両者が同一人の筆になったとはとうてい信じられないとまで言っている。つまり前者は過去形で書かれ、人間の不幸について、きまり文句と平凡な道徳で記事を埋めた傍観者の記録であり、後者は現在形で書かれ、作者が個々人の悲劇の中に生き、われわれをそれに参加させているというわけであり、また、作品「ブルックリンの渡しを渡る」についても、記事と『草の葉』とを比べて同様のことを言っているのである。

もっともアセリノーは、ジャーナリストとしての体験のおかげでホイットマンは、初期の作品をそこねたマンネリズムやきどりから解放されたのだ、と言う。紋切り型の表現とか陳腐なきまり文句からの解毒剤の役目を、ジャーナリズムが果たしたのだ、というのだ。また、とりわけジャーナリズムによって、ホイットマンの心は開かれ、国家、世界、宇宙、社会、政治についての感覚が養われたことを、アセリノーは指摘する。[10]

そうしてみると、「記事」と『草の葉』との間は表現の面では断絶、伝記上の事実としては（生活体験の面では）連続ということになるが、ホイットマンの雑多な個々の事物、事実への強い関心、羅列の手法、記録性などが、「記事」のどういう芽によって養われたかを考えることは、大切だろう。

以上、小説、初期の詩、ジャーナリズムの記事をもとにして、『草の葉』以前と『草の葉』との連続を考えてきた。『草の葉』の出現は、やはり「奇跡」であり、連続よりむしろ断絶の面の方があらわであることは明らかである。が、それにもかかわらず、文学的価値は乏しいにせよ、小説と「初期の詩」の中に、『草の葉』の萌芽を見いだそうという試みを無意味なものとは言えないように思われる。一人の天才が周辺の通俗的な文学世界からさえ、あるいはブライアントやポウの卑俗な模倣からさえ、どのようにして『草の葉』の独創をきずきあげてきたか、それを単に伝記的事実からだけ見ようとするのでは明らかに不充分であり、初期の作品は『草の葉』の展開を読みとる上にも一定の役割を果たしているように思われるのである。

Ⅱ　『草の葉』の世界

1　離脱と融合

「わたし自身の歌」について

作品「わたし自身の歌」が詩集『草の葉』を代表する作品であることは、もはや動かし難い事実であろう。かつてリチャード・チェイスは、「わたし自身の歌」はホイットマンの最善の詩であり、本質的には『草の葉』に関するほとんどすべてのものを含むと述べた。[1] また最近では、『コロンビア　米文学史』のなかでジェロウム・ラヴィングがやはり、「わたし自身の歌」は『草の葉』の中心的な詩であると位置づけている。ラヴィングによればホイットマン自身が、「『草の葉』は『わたし自身の歌』とその発見のドラマから大きくなったもの」と見ていたというのである。[2] いずれも妥当な見解であろう。もちろん『草の葉』は、「わたし自身の歌」以外にもさまざまな魅力ある作品を含むが、いずれにしても「わたし自身の歌」が『草の葉』を代表する作品であることは疑い得ない。

このような「わたし自身の歌」ではあるが、それでは個々の部分は何を表現しているか、全体の構成はどうなっているかというと、諸説入り乱れて多くの問題を孕む。ホイットマンに限らず、すべての偉大な作品は必然的に多くの解釈を生むが、そういうこととは別の次元の混沌が、「わたし自身の歌」のなかに潜むことも事実であろう。

一九六四年には、J・E・ミラー編による『「わたし自身の歌」――源泉、展開、意味』が、一九八九年にはエドウィン・H・ミラーの『ウォルト・ホイットマンの「わたし自身の歌」、諸解釈の収集』が出版された。またわが国でも、一九八四年に常田四郎の『ウォルト・ホイットマンの「わたし自身の歌」詳注／解釈／批評』が出され、「わたし自身の歌」に関わる多くの説が整理され、論じられた。

このような書物から学ぶことで、「わたし自身の歌」についてのわれわれの読みが一段と深められることは言うまでもない。

けれども反面、相異なる諸説に触れることで、この作品に対するわれわれのイメジが、さらに混沌としてくることも否定できない。所詮はホイットマンの、「君があらゆる方面に耳傾け、すべてを君自身というふるいにかけるようにしてやる」（「わたし自身の歌」二・三七）における、自分自身の「ふるい」に拠ることになるのであろうか。

ところで「わたし自身の歌」では、そもそもの初めから離脱が語られる。「わたし自身の歌」は、『草の葉』初版の主要作品であるが、J・ラヴィングは『草の葉』初版について言う。「『わたし自身の歌』の第十節で逃亡奴隷が北へ向かうように、『草の葉』の『アメリカ人』は、ヴァージニアからマサチューセッツへ――原罪（original sin）から『本来の活力』（original energy）へと連れ戻される。『抑制されない自然』（nature without check）というのが『草の葉』初版のテーマである。」[3]

原罪から「本来の活力」へ、「抑制されない自然へ」。そのような活力を働かせ、自然を自在に語らせるためには、「わたし」が内面の抑圧から解き放たれる必要があるのだろう。「わたし自身の歌」ではそもそもの初めから、離脱が語られる。離脱しなければ新しいアメリカでの自らのアイデンティティを実現することができないのであろう。それはまず、「さまようてはわが魂を招く」("I loafe and invite my soul," 1:4) において示される。「さまよう」(loafe) ことで桎梏から離れるのであるが、「わたし自身の歌」では桎梏となるさまざまなものが挙げられている。「教義」(creeds, 1:10)、「学派」(schools, 1:10)、「香料」(perfumes, 2:1) などがそれである。世の基準、虚飾、解釈など、それらはまことの認識を妨げる。それらはまた、「ヴェール」(veil, 24 : 517)、「錠前」(locks, 24: 501)、「扉」(doors, 24: 501) など、事物のありのままの姿を隠し、閉ざして、見えなくするものでもある。それらすべてをはぎとること、「わたし自身の歌」ではそのことが繰り返し語られる。これはエマスンから出て、さらにそれを徹底させた主張であろう。

何から離脱すべきか。

第一に先に挙げた原罪の意識があろう。十九世紀のアメリカ合衆国に生きたホイットマンは、原罪の意識はピューリタニズムに最も反映されていると見たのか。あるいはさらに広く、「ピューリタンの信仰に源を発する流れ――ジョナサン・エドワーズやエマスンに至る」(V・W・ブルックス) 流れを究極的に離脱の対象と見たのか。[4] 後のエマスンとの決別を考えれば、後者の方であろう。

「わたし自身の歌」と同じく初版のなかに含まれている作品「わたしは充電された肉体をうたう」には、「これは核心――子供が女から生まれた後で、男が女から生まれる」("This the nucleus — after the child is born of woman, man is born of woman," 5: 64) というところがあるが、これについてラヴィングは、「アダムの子としての男がエデンの園へ帰って行くのは性的結合を通してであって、その抑制によってではない」と指摘している。[5] ラヴィングの言う「性的結合」が「原罪」のことであるとするならば、ホイットマンの「アダムの子ら」は、「原罪」を犯しながら（あるいは犯すことで）エデンへ帰って行くということになろう。ホイットマンがピューリタニズムに対置させたものは何か。彼は「ローファー」（loafer）を、そうありたい意識を体現するものとし、例として古代ギリシャの哲学者ディオゲネスやアダムを挙げた。「ローファー」の典型をアメリカ人に見いだすことは困難だったのだろう。

ベッツイ・アッキラは、作品群「アダムの子ら」の最初の題名（第三版、一八六〇）がフランス語であったことを重視する。アッキラによれば、ホイットマンがフランス語を使ったこと自体が、ピューリタンのアメリカ的感覚への挑戦の手段であったという。また彼女によれば、ホイットマンは自らの詩の性愛のテーマを、フランスと結びついた性的な自由や「自由意志論者」の伝統と接続させようとしたのだという。[6] ホイットマンはピューリタニズムを超えようとして、「原罪」以前のアダム、古代ギリシャ、フランスの意識のなかに、自らの意図するものを見いだしたのであろう。

第二に、「わたし自身の歌」の「わたし」が離脱しようとしたものに、天地創造説や終末観がある。

I have heard what the talkers were talking, the talk of the beginning and the end,
But I do not talk of the beginning or the end.

There was never any more inception than there is now,
Nor any more youth or age than there is now,
And will never be any more perfection than there is now,
Nor any more heaven or hell than there is now.

Urge and urge and urge,
Always the procreant urge of the world.

おしゃべり屋が話すのを、始めと終わりについて話すのを　わたしは聞いた、
だが　わたしは始めと終わりについては話さない。

過去に劣らず現在にも始まりはあり、
過去に劣らず現在にも老若はあり、
未来に劣らず現在にも完成はあり、
未来に劣らず現在にも天国と地獄がある。

衝動　衝動　さらに衝動、
つねに世界をつらぬく生殖の衝動。
（三・三八－四五）

右の四十行目は、「現在と同じように過去にも始まりはなかった」という解釈も可能であろうが、常田四郎は、世界の始まりは「過去に劣らず現在にもある」という解釈をとる。[7] than 以下に「肯定判断の強調」を見るのである。そのような世界の絶えざる生成が前提にあって初めて、「衝動　衝動　さらに衝動」（“Urge and urge and urge," 3:44)という表現が出てくるのであろう。ロバート・フェイナーはこの表現について、ここでの三つのアクセントと五つのシラブルは、終末をあり得ないものとする、ゆっくりとして深い、永遠の欲望を表現するものだという。[8] ホイットマンは当時の地質学や天文学の成果を、詩的想像にとり入れた。それによって既成の時間空間に関する類型的な発想から離脱しようとしたのであろう。右の引用部分の「おしゃべり屋」(the talkers)は、「教義」「学派」の固定観念の代弁者を含むものと思われる。

ホイットマンは既成の宇宙観からの離脱を示すものとして、宇宙のなかでの自己形成を壮大なイメージで描いている。「わたし自身の歌」の四十四節では、「わたし」は改めて自己自身を物語ると言う(一一三四行)。「既知のものをはぎとり、/男女をすべてわたしと共に『未知のもの』へ送り出す」(一一三五―一一三六)。既知からの離脱と未知への旅立ちによって自己自身の姿があらわになるのである。

I am an acme of things accomplish'd, and I an encloser of things to be.

My feet strike an apex of the apices of the stairs,
On every step bunches of ages, and larger bunches between the steps,
All below duly travel'd, and still I mount and mount.

Rise after rise bow the phantoms behind me,
Afar down I see the huge first Nothing, I know I was even there,

I waited unseen and always, and slept through the lethargic mist,
And took my time, and took no hurt from the fetid carbon.
わたしは遂げられたものの頂点、これから産み出されるものの包含者。

わが足はもはや階段の頂点の極みに達している。
それぞれの段に幾つもの時代の束があり、段の間にさらに大きな時代の束があり、
過去すべての段を正しく辿り来て、さらに登りまた登る。

わが後方　階段の頂点の蹴上げごとに亡霊がお辞儀する。
はるか下方に巨大な原初の「無」が見え、わたしはそこにさえいたと思う、
見られずに何時も待ち　眠りを誘う霧のなかで眠り抜いた、
そしてゆっくりと時を過ごし　臭い炭素から何の害も受けなかった。

（四四・一一四八‐一一五五）

空間のなかのローファーである「わたし」は、時間の上でも、過去、現在、未来にわたる無窮の動きを意識の上で感得している。それは作品「ブルックリンの渡しを渡る」での「わたし」が、渡船場を渡る未来の群衆を思い浮かべているのにも似て、それより遙かに大きな想像である。

ジョウゼフ・ビーヴァは右の一一五〇‐一一五三行について、「無限にゆっくりした進行は、時間（階段を登ること）と空間（「遙か下方に巨大な原初の『無』が見え」）に関わる二つの手法によって表現されている」と述べてい

るが、[9] ここで「わたし」がそのなかに位置づけられている時間、空間は、惑星の形成や生命の発生についての近代科学の思考の所産なのである。ホイットマンは科学の成果を詩的想像にくみ入れようとしたことで、アメリカのロマン主義詩人のなかで特異な存在であった。

次に融合の面はどうか。

「わたし自身の歌」において「わたし」が、アイデンティティの実現を妨げるものから離れることは、すなわち自己形成に力を与えるものと結びつくことを意味する。離脱と融合は表裏一体の関係にある。

「わたし自身の歌」冒頭の四行目に帰ると、「さまよい　わが魂を招く」では、「わたし」は「わが魂」を招き、夏草を見つめて、「抑制されない本来の活力を持った自然」に、万難を排して語らせようとする。ポール・ツヴァイグは、その境では人為なく、詩もなく、ただ自然（本性）、おのずからなる自然だけが存在するという。[10]「わたし」と「わが魂」の融合によって新しい境地が開かれるのである。

それでは、この第一節の「わが魂」(my soul) とはどのようなものであろうか。

ルイス・ハイドによれば、ホイットマンの「わたし自身の歌」での「自身」(self) というのは一種の「肺」(lung) であって、それは世界を吸いこんだり吐き出したりしているという。[11] そうだとすれば、「自身」によって招かれる「わが魂」とは、「世界」を満たし、それを構成する「気」に近いものになるのだろうか。

「自身」と世界との関わりを呼吸のイメージでとらえるとするならば、私たちは直ちに『創世記』の次の箇所を思い出す。

「そして神は地のちりで人を造り、その鼻にいのちの息を吹き入れた。すると人は生けるものになった。」

And the Lord God formed man of the dust of the ground, and breathed into his nostrils the breath of life; and man became a living soul.

(Gen. 2:7)

ここでは「人」は神によって「いのちの息」を吹きこまれることで「生けるもの」となる。そうだとすれば「わたし自身の歌」の「わが魂」とは、『創世記』の「いのちの息」のようなものであろうか。

仮に「わが魂」を、ハイドの言う「世界」、あるいは『創世記』の「いのちの息」のようなものと考えれば、「わたし」は、「わが魂」を「招く」＝吸いこむことによって、「生けるもの」(a living soul) としての活力をとり戻すことになるのであろう。

もっとも、「わたし自身の歌」の「わが魂」が分かりにくいのは、右の第一節の「わが魂」と、次の第五節の「わが魂」とでは、内容的に全く違うことである。つまり第一節では「わたし」は「わが魂」から力を得ようとしているのに対し、第五節では逆に、「わたし」は「わが魂」に力を与える存在になっているのである。

I believe in you my soul, the other I am must not abase itself to you,
And you must not be abased to the other.

Loafe with me on the grass, loose the stop from your throat,
Not words, not music or rhyme I want, not custom or lecture, not even the best,
Only the lull I like, the hum of your valvèd voice.

わたしは君を信頼する　わが魂よ、もうひとつのわたしも君に対し自らを卑しめてはならない。
そして君ももうひとつのわたしに対して自らを卑しめてはならない。

わたしと共に草の上をぶらつこう、君ののどから栓をはづせ、
歌詞も旋律も押韻もいらぬ、習慣や講義も、最善のものでもわたしには不要、
ただ心なだめる歌　君の自在な声のハミングだけがわたしは好きなのだ。
（五・八二－八六）

ここでも第一節と同じく、「わが魂」「草」「ぶらつく」（loafe）が表われる。つまり素材は第一節と同じである。けれども第五節では「もうひとつのわたし」が描かれる。これはどのようなものであろうか。解釈の分かれるところである。

この八二―三行の所については、ブラッドリとブロジェットの注では、中世文学の霊肉論争のことが書いてある。[12]つまり「もうひとつのわたし」＝「肉体」（body）ということになり、ここで描かれているのは、「わが魂」と「わが肉体」との関わりということになるのである。

もちろんホイットマンが、右のような霊肉論争の手法を形の上で作品に適用しているということは否定できないが、ツヴァイグは八二―三行について別の解釈を行なっている。すなわち「自身（self）と魂（soul）はやさしい気持ちでさまよってはいるが、それでもほとんど、お互いに触れ合っているようには思えない」というものである。[13]そうだとすると、「もうひとつのわたし」は、「肉体」ではなくて「自身」だということになる。つまり

ここでの「わたし」と「君」は、肉と霊ではなくて、「自身」と「わが魂」なのである。両者は共にさまよい、「わたし」は第一節の場合とは違い、今度は「わが魂」から既成の桎梏（栓、歌詞、旋律、押韻、習慣、講義）をはぎとるのである。

以上を総合するならば、「わが魂」は「わたし」に対して活力を与えたり、また与えられたりする異なった内容を持つものになる。これが「わたし自身の歌」の「わが魂」の理解を困難にしている一つの理由であろう。ただし、いずれにしても「わが魂」は「わたし」が融合するべき対象なのである。

以上のような離脱と融合を経て、「わたし自身の歌」の「わたし」が究極に目指す境地はどのようなものか。それは一つには、言葉のない言葉、韻律のない詩、歌詞のないうた――そういうもののように思われる。それは、「心なだめる歌」（lull, 5: 86）、「ハミング」（hum, 5: 86）という語に集約される。

F・O・マシーセンは、この「心なだめる歌」には、クエーカーの「黙従」（passivity）の影響がある[14]と説明しているが、[14] E・H・ミラーは、「のどの栓」（stop, 5: 84）をとり去ると声は、「母親の、心なだめる、歌詞のない子守歌（lullaby）」のようなものになると説く。[15]

「子守歌」といえば、アーサー・ミラーの『セールスマンの死』の第一幕の終わりで、妻リンダが疲れ切った夫ウィリーのために子守歌を歌うところがあるが、そこでのト書きには、「リンダ、静かな子守歌をハミングで口ずさむ」（"Linda hums a soft lullaby."）と書かれている。歌詞のない、心なだめる子守歌――それこそが「わたし」の求める究極の肉声なのだろう。

ホイットマンは直接性を求め間接性を斥ける。

マーク・バウアラインによれば、「書く」という行為は書き手を、自分自身の言葉やその受け取り手（読み手）から切り離してしまうことであるから、書くことは、言葉の提供者と受容者とが直接的に経験を共有することを妨げるという。書かれたものを読む時、読み手は「ものごと」（things）の、二重に間接的な受け手になってしまうというのである。「わたし自身の歌」では、「ものごとの二重三重に間接的な受け手には　君をさせない」（二・三五）と書かれている。

つまりバウアラインによれば、ホイットマンは書かれたものによっては事は間接的にしか伝わらないと考えていたという。[16] そうだとすれば、息と共に吐き出される言葉こそがまことに人と人とを結びつける――ホイットマンはそのように考えていたのであろう。彼が肉体、接触、性を重視したのも、弁論やオペラに非常な関心を示したのも、そのことと関わりがある。

2 数字の意味

「わたし自身の歌」第十一節をめぐって

ホイットマンの「わたし自身の歌」のなかでも、第十一節は、外の節との関連で奇異に感じる所である。ここでは、水浴する二十八人の若者を、「窓のブラインドのうしろ」から見つめている二十八歳の独身女性が描かれている。深窓の令嬢ともいえる彼女は、部屋で身動きひとつしないが、その「見えぬ手」は若者たちのからだをまさぐり、「アーチのように乗り出し身をかがめ、喘ぎ　よりかかる」（二一五）。

フレデリック・シャイバーグはこの箇所に言及して、ホイットマンの詩、とりわけ「わたし自身の歌」においては、心象や連想の流れは、しばしば独自に作用する潜在意識的な要素をそなえていると書いた。またシャイバーグは、ホイットマンの詩と、後のシュールリアリズムやジェイムズ・ジョイスとの関わりを指摘している。[1] ニュー・イングランドの詩人たちが主流を占める詩壇の中で孤立していたホイットマンの詩が、二十世紀の現代詩に通じる側面を持っていたということは興味深い。

ところで、この第十一節の前の部分、つまり第十節では、荒野や山での狩猟、「ヤンキーらしいクリッパー」

での航行、「西部」でのネイティヴ・アメリカンの結婚式、逃亡奴隷をかくまう所などが描かれている。また、後の方、つまり第十二節では、「屠殺場」や「鍛冶屋」が描かれる。

第十一節の前後で描かれているものは、自然の中の自己や、ネイティヴ・アメリカン、奴隷などのマイノリティの姿、肉体労働者の働く姿態などである。「逃亡奴隷」の所を除き、第十節、十二節では、自然と肉体の動きが描かれていると言える。従ってその限りでは、第十一節は、特にその前後から突出しているわけではない。けれども、第十、十二節では、作品を理解する上での前提となる神話、伝説のたぐいは存在しないように思われる。ひとり第十一節だけに、神話、伝説についての諸説が現われてくるのである。これは何故か？

第十一節は余り長くない節なので引用する。

Twenty-eight young men bathe by the shore,
Twenty-eight young men, and all so friendly;
Twenty-eight years of womanly life, and all so lonesome.

She owns the fine house by the rise of the bank,
She hides handsome and richly drest aft the blinds of the window.

Which of the young men does she like the best?
Ah the homeliest of them is beautiful to her.

Where are you off to, lady? for I see you,
You splash in the water there, yet stay stock still in your room.

Dancing and laughing along the beach came the twenty-ninth bather,
The rest did not see her, but she saw them and loved them.

The beards of the young men glistened with wet, it ran from their long hair,
Little streams pass'd all over their bodies.

An unseen hand also pass'd over their bodies,
It descended tremblingly from their temples and ribs.

The young men float on their backs, their white bellies bulge to the sun, they do not ask who seizes fast to them,
They do not know who puffs and declines with pendant and bending arch,
They do not think whom they souse with spray.

二十八人の若者が岸辺で水浴、
二十八人の若者、それにみんな仲よく、
二十八年の女の生涯、それにただひとりわびしく。

女は土手の高い所にすてきな家を持つ、
彼女はきれいに豪華に装って　窓のブラインドのうしろにひそむ。

若者たちで誰が　彼女の一番のお気に入り？
おや　一番素朴なのがすてきなのだ。

どこへお出かけ？　お嬢さん。わたしにはあなたが見える、
あなたはあそこでしぶきをあげながら、それでもこちらの自分の部屋でじっとしている。

岸づたいに踊ったり笑ったりして　二十九人目の水浴者がやって来た。
若者たちには見えないが、彼女には彼らが見え、、彼らを愛した。

若者たちのひげは濡れて輝き、その長い髪から水がしたたる、
小さな流れが身体一面に流れる。

見えぬ手が彼らの体の上を通る、
手は若者たちのこめかみと胸から　震えながら下っていった。
若者たちは仰向けに浮き、白い腹は日に向かって盛り上がる、体をつかむのは誰か　彼らは尋ねもしない、
アーチのように乗り出し　身をかがめ　喘ぎ　よりかかるのは誰か　分からず、
自分たちのしぶきが誰にかかるか　気にもかけない。

（一九九一・二・一六）

「あなたはあそこでしぶきをあげながら、それでもこちらの自分の部屋でじっとしている。」彼女（あなた）の肉体は自室にある。しかしその意識は「二十九人目の水浴者」として若者たちの身体をまさぐり、彼らによりかかるのである。

この詩で気にかかるのは、「二十八人の若者たち」、「二十八年の女の生涯」、「二十九人目の水浴者」という時の、二十八、あるいは二十九という数字は一体何か、ということである。この数字を読む時に何かの前提を必要とするのであろうか？

少し場違いの比較になるが、正岡子規に

鶏頭の十四五本もありぬべし

という句がある。この句は後に、子規の根岸派（アララギ派）の系列の歌人佐藤佐太郎の、

赤松の十四五本もありぬべし故里しぬび我は来にしか

という短歌を生んだと思われるが、右の十四、五という数字の場合は、その背景に何らかの伝承とか伝記的事実は必要としないのではないか。つまり多様な解釈を生む可能性は存在しないのではないか。

これに対して、「わたし自身の歌」の第十一節の「二十八」「二十九」には、さまざまな解釈が表われた。一九八九年、エドウィン・H・ミラーによる、「わたし自身の歌」に関わる諸解釈を集約した書物が出版されたが、ここにも幾つかの説が収められている。[2]

以下諸説を述べて、それぞれの妥当性について考えてみたい。

（1）アメリカの歴史的事実から、二十八という数字を説明する。

つまり、「二十八人の若者たち」というのは、当時のアメリカ合衆国が二十八州で構成されていたからで、従って「二十九人目の水浴者」は、第二十九番目の州として合衆国に参加するテキサス州だというのである。テキサスは、意識の上では合衆国への加入を熱望していたということなのか。

この説は首をかしげさせる。ホイットマンがテキサス併合に賛成であったとしても、はたしてそのような数字を前提にこの詩を書いただろうか。文学上の効果ということではつまらないものになり、この説を採る気にはならない。

（2）ホイットマンの伝記上の事実と関わって、エジプトのオシリス伝説から説明する。

ホイットマンはその友人によると、自らをオシリスやキリストになぞらえていたという。彼は当時、流行のエジプト学に関心を持ち、ニューヨークで、アボット博士のエジプト関係のコレクションを見に行っていた。従ってオシリス伝説は熟知していたと考えられるのである。

オシリス（冥界の神）は、彼の弟（または子）のセト（嵐と暗闇を司る）に裏切られ殺される。その死体は十四の部分にバラバラにされて、エジプト中に撒かれる。イシス（オシリスの妹で妻）は、バラバラになった死体を探して見つけ出すが、この後の状況を描いた次のようなプレートがある。

一つのプレートでは、オシリスの遺体はミイラ状に描かれており、その遺体からは二十八本の穀草が生えている。

二つ目のものには、オシリスの息子ホールス（天空神、太陽の神）が、仰向けにされた父の遺体の隣りに立っている。遺体は蘇ろうとしている。

三つ目のものには、オシリスはやはり仰向けで、ミトラをつけ、その姿は直立した男根を持つ神として表現されている。

（・印は著者、以下も同じ）。

以上が、殺害された後のオシリスの姿である。

二十八本の穀草、仰向けの肉体と太陽神、男根をつけた像といったオシリスのイメジは、第十一節の次の描写に照応する。つまり、「若者たちは仰向けに浮き、白い腹は日に向かって盛り上る」という所である。しかもその若者たちは二十八人いるのである。

オシリスは死と復活を司る神であり、イシスは豊穣と受胎の神である。オシリス、ホールス、イシスへの崇拝は地中海諸島を通して広がり、ローマ帝国の主要な宗教の一つになったという。

このような、性、死、復活に関わる異教の神は、ホイットマンの好みに合致する。彼がオシリス伝説を作品にとり入れたということはあり得る。またこの説は詩的にも魅力的である。

ただし、水浴する二十八人の若者から、読者はオシリス伝説を直ちに連想し得るのか、そこの所に疑問がある。ホイットマンがエジプト学に興味を持ったことと、作品の表現とは直接的にはつながらないのではないか、といったことも考えられる。

（3）暦と女性の受胎能力から説明する。

月の周期は二十九日であり、月経の周期（受胎能力の周期）は二十八日である。また、この説に関わるものとして、閏年の伝説がある。閏年、つまり二月が二十九日の年に限り、女性からの結婚のプロポーズが許されているという。二十九日の二十九という数字が、「二十九人目の水浴者」として、意識の上で若者たちの中に現われる深窓の女性の、二十九という数字になっているとする。[3]

この説は（2）に比べると、伝記的事実や神話、伝説のたぐいを必要としない普遍性を持つ。受け入れ得る説である。

もっとも、作品を読む時に、「二十八人の若者たち」の二十八が、自然に受胎能力の週期である二十八日の二十八と重なるかというと、疑問の所もある。たしかにこれだと断定し切れない所も、この説にはある。

（4）再び伝記的事実にもどってくる。「ひとりわびしく」住んでいる二十八歳の女性とは、二十八歳のホイットマン自身だったとする説である。つまりこの女性は詩人の仮面であったというのである。

二十八歳のホイットマンは、社会的には失意の状態にあった。また詩人としては、同性愛のタブーに苦しむ自己を、欲求を充足できない深窓の女性の姿で表現した。つまり女性の視点を採用したというのである。

ロバート・K・マーティンは、アメリカ詩の同性愛についての書物の中で、この第十一節に触れ、ホイットマンは抑圧された女性の欲求とホモセクシュアルの欲望との関係を感得していたようだと述べている。[4]十九世紀のホモセクシュアルは、ヴィクトリア朝の女性のように、体面を守るため自らの性的特質を隠してきた。彼らの「お上品ぶり」は、この節に描かれた水浴する若者たちの活気に溢れた陽気さと、鋭い対照をなすという。そして水浴シーンは、十九世紀の同性愛を描く文学絵画の、ほとんど常套的な手法であったとする。

マーティンはまた、「若者たちは仰向けに浮き、白い腹は日に向かって盛り上がる」というのは、性的行為の過程での肉体の反応を、直接的に描写したものであるという。

マーティンによれば、ホイットマンの読者は、作品の背景にある現実の性的行為を綿密に見ることを好まず、きまり悪さと無知から、直ちに象徴的な解釈に走ったという。「二十八人の若者たち」はすべて、明らかに性的クライマックスに達して、空と、自らの性的パートナーに向かって射精しているのである。「自分たちのしぶきが誰にかかるか　気にもかけない。」という時の「しぶき」は、若者たちの生命力であり、その生命力が世界に解き放たれて、世界の多様性の中で価値の象徴になるという。

第十一節を同性愛のリアルな描写だとすると、たしかに明快になってくる所がある。ここでの「しぶき」は、従来の解釈にあったように「水しぶき」ではなく、「精液」だということになる。二十八という数字についても、象徴的な解釈は消えて、若者たちとその性器が群をなしているという構図になる。二十八は一定の量を示す数字だということになる。

ただし、この解釈は仮面の問題を含んでいないので、読みが単純化されているきらいがある。また説明された情景もおぞましいものである。マーティンは右の解釈の後で、「ホイットマンは、異性との性交（男の支配と所有の意味を含む）という『資本主義』に対し、特別な意図のない性という『社会主義』を対置しているのだ」と述べているが、ここまでくると、読みが現実的であるように見えて、逆に概念化されているように思われる。

（5）女性の性的エネルギーが、伝統的な性の抑制を破ろうとしているのだという視点から、第十一節を説明する。

ベッツイ・アッキラは、「二十八人の若者たち」は、十九世紀の労働者の文化に共通のレクリエーションに興じているのであり、彼らは人間の集団と肉体的世界の豊かさを象徴していると言う。アッキラによれば、一人の女性と「二十八人の若者たち」というイメジは、女性の性的エネルギーを示すある種の「ほら話」（tall tale）である。二十八という数字は、月の周期、女性の受胎力の周期であると共に、女性や全体のエピソードを、自然の再生の過程や詩の民主的な形態と結びつけているとする。それによって世界の多様性は、単一の統一体の一部分として、平衡と調和を与えられているというのである。

マーティンの結論と似た所もあるが、アッキラは二十八という数字について、（3）の説をも採り入れながら、同時に、二十八の中に、集団、豊穣、性的エネルギーを見る。[5]

彼女は第十一節の中に、性的な面での女性の能動性を見るのだが、他方で二十八歳の女性はホイットマンの仮面であるという説も採用している。つまりアッキラは、二十八日＝受胎能力周期説や、同性愛にも関わる仮面説をも採り入れているのだが、作品中の描写を解説する過程で、諸説が整理されて活用されてはいない。諸説は諸説のままで別々に、解説の中で引かれているのである。

以上、五つの説を引いた。（1）は問題にならないとして、他は次のように分類し得る。

（2）エジプトのオシリス伝説

（3）　暦と、女性の受胎能力の周期
（4）　同性愛と仮面
（5）　女性の能動的な欲求（（3）（4）を含む）

るると次のようになる。

（2）（3）（4）（5）はそれぞれ捨て難い側面を含むが、これらの説を、作品構成との関わりでまとめてみると次のようになる。

この第十一節には、見られる側と見る側とがある。

見られる側は、水浴する「二十八人の若者たち」である。「若者たちのイメジ」は、（2）によれば、オシリスの遺体とそこから生える二十八本の穀草であり、（4）によれば、一斉に性的クライマックスに達するホモセクシュアルズである。また、（5）によれば、能動的であろうとする女性の、性的エネルギーを示す「トール・テイル」の対象である。ホイットマンは、自らをオシリスになぞらえていたという。またホイットマンはホモセクシュアルないしはバイセクシュアルであった。従って（2）（4）の中に詩人自身を見ることも見方によれば可能であろう。

次に見ている側は、二十八歳の深窓の女性である。この女性を文字通り女性ととれば、（5）のように、伝統的な性の抑制を破ろうとしている能動的な女性ということになる。またこの女性を詩人の仮面ととれば、（4）のように、充足されない欲求に悩むホモセクシュアルということになる。この女性が仮面をつけたりはずしたりすることで、ヘテロセクシュアルとホモセクシュアルの二重の意識が、単一の場で交錯している状況を想像することもできる。

もちろん右の女性は、見られる側にも入る。語り手は、若者たちと女性とを終始見ているのである。語り手が詩人であるとすれば、彼は見る側と見られる側の両方に入りこんで、意識の世界を構築する。それでは結局の所、二十八という数字をどう受けとめればよいかという始めの問題に帰る。

ひとつは、伝説や伝記的事実を顧みない読み方である。作品の表現自体を尊重するのである。その場合、一行目、二行目の二十八は、単なる二十八という数にすぎない。そこにはただ、二十八人の若者たちの裸の肉体が、群として活力を放って存在するだけのことである。それは、背景に特別な意味を持たない。三行目で、二十八歳の女性が表われる。この場合の二十八という数字は、成熟し、それゆえにいっそう孤独な二十八歳という年頃を示していると考えられる。そしてこの三行目の二十八が、遡って、一行目二行目の、「二十八人の若者たち」の二十八に影響していることは考え得る。

シャイバーグはこの第十一節を完全に作品「わたし自身の歌」の枠組みの外にあるものとした、とアッキラは言う。しかし彼女は、第十一節こそが、実際には「わたし自身の歌」の民主的なテキストの中心をなしているとする。ここでの欲求する女性像は、『草の葉』のなかで、究極的に民主化を進めるものとしてのエロスの力を示しているのだとアッキラは評価する。このような評価によってこの女性像は、第十節に出てくるネイティヴ・アメリカンや逃亡奴隷と統一されるものとして、アメリカの風景の中に位置づけられるのである。つまり第十一節だけに特別な読み方があるわけではない。

基本的には以上を、二十八という数字の読みとしたい。

けれども、この数字をめぐって、伝記や伝説を前提とする多様な解釈が生まれるのも、必然性のあることなのだろう。二十八という数字から、オシリスの死体に生えた二十八本の穀草、月や受胎能力の周期である二十八日、失意の詩人の二十八歳という年齢……を連想するのも、作品への否定し切れない対応のあり方である。

最初の読みで通すか、読者の態度、感性、知識によって、第二、第三の読みをとるか。複数の読み方は抑える術がない。実際問題として、いったん諸説を知った読者の読みは、それを知らなかった以前の状態にはもどらない。

以上が結論であるとすると、結局のところ私は、作品の読みの際に生じる古くて新しい問題の中を、改めて彷徨したのに過ぎないのかもしれない。

3　ホイットマンにおける「性」

（1）

ホイットマンは性のタブーに挑戦して性の美を本質的なところでとらえ、また性を思想として語った。その意味でも彼が先覚者であることは、今日周知の事実である。彼は性の実態をありのままにとらえると共に、同性愛のタブーにもいどんだということで、二重の意味で既存の道徳理念に挑戦して有形無形の迫害を受けたのであった。

ただし今日、一部の人たちは、芸術表現に名をかりて性を商品化し、むしろ表現の自由への介入を招いているが、この人たちにとってホイットマンが先覚者であった、などと私は言うつもりはない。ホイットマンの置かれていた社会状況はきびしく、彼が敬愛するエマスンの忠告をさえ振り切って性の表現にかけた決意は、なみたいていのものではなかった。これを今日の、内的必然性のない安易な性描写と同じ次元に置くことはとうていできないのである。

ところで、以上のことはともかく、それではホイットマンの性表現の根底に何があったかということになると、そこには色々な問題が生じてくる。

たしかに、大胆で露骨な性の描写は、ある部分そのまま彼の思想として受けとめてよかろう。が、例えば異性愛について述べたところは、そのどこまでが彼の本音であったかということになると、事柄はかなり複雑である。詩人の一生に太い筋のように連なっているホモセクシュアルな傾向は、ある時はそれ自体が独自に表現されながら、ある時は異性愛の表現のなかに微妙な影をおとす。以下、『草の葉』（一八五五-九七）以前の作品から「カラマス」（Calamus）詩群に至るまで、それぞれに作品の特色に触れながらホイットマンの性について考えてみたい。

(2)

ホイットマンは一八四一年、「子供の守り手」という小説を書いている。[1] 後に「子供と道楽者」と改められる作品だが、全体については、全集では後者の方しか見ることができない。[2] 筋書を述べると、「後家である母親は、自分の十三歳になる息子が、主人から『苛酷な労役』を強いられているのに心を痛める。この主人は『無情な拝金主義者』で、子供をこき使う。少年はたまたま酔漢にからまれるが、その時一人の青年が彼を救ってくれた。この青年は『道楽者』であって、時に一週間も一か月も家をあける男であるが、彼はその夜、少年と共に眠る……」ということになる。

この若者は眠ろうとして床についた時、非常に快い気持ち、立派な行為を成し遂げたという気持ちで心を満たされた。その気持ちは、また、以前よりもっとしっかりした、賢明な道を行こうという新しく目覚めた気持ちでもあった。

その時、この家は二人に夜の避難所を貸し与えたのである。――二人のうちの一人はあらゆる悪と関わりのない、罪のない人間であったが――もう一人――ああもう一人の人物にとっては悪というものは、行為のなかにも自らの欲望にとってもかつて存在しなかったものだった。[3]

もっとも、ここの所は一八四一年『新世界』誌に発表された方では次のようになっている。[4]

彼らが眠ろうとして床についた時、非常に快い気持ちが若者の心を満たした。立派な行為を成し遂げた、汚れのない愛情だという気持ち――その気持ちはまた、以前よりもっとしっかりした賢明な道を行こうという気持ちでもあるが。若者の想像はすべて、自分のかたわらに横たわっている少年と織り交ぜられているように思われた。若者は少年を抱きかかえた。そして青年が眠っている間、少年の頬は青年によりかかっていた。この二人は自分の美には気づいていないが魅力的であった。美しい、が、その美しさはそれぞれに異なっている。二人のうち一人はあらゆる悪と関わりのない罪のない人間であり、もう一人、――ああもう一人の人物にとっては悪というものは、行為のなかにも自らの欲望にとってもかつて存在しなかったものだった。(〇印は著者)

つまり『新世界』誌に発表した方が、同性愛的な描写が濃厚であり、ホイットマンは散文ではあるが、ここですでに後の「わたし自身の歌」や「カラマス」の描写を思わせる表現を展開していることが分かる。
すなわち第一に、『新世界』誌の方では、相手の「体に腕をまきつけ」るという所作、つまり肉体的接触（touch）によって、本当に両者が一体となるということが描かれている。これは『草の葉』にはしばしば表れる場面である。

第二に、二人には、「自ら意識しない美しさ」があるということである。人工の虚飾を排した詩人は、自然なありのままの素朴なものに美を見いだそうとした。その萌芽がここに出ている。同時に、男（少年）の美ということが言われている。

第三に、あわれな少年をいじめる「労働」は、彼の雇い主の、実利一点ばりの拝金主義と結びついている。この「労働」＝拝金主義と対置されているのが、「道楽者」（profligate）であり、一か月も家をあけるこの青年は、ホイットマンの言う「のらくらもの」（loafer）と共通の生活態度、心情の持ち主であって、こういう人物こそが少年を救い、また、愛情を持ち得る人間だということであろう。

さらに第四番目には、この場合の愛は、ホモセクシュアルな、肉体的な要素の強いものであり、しかも作者はそこには罪がないことを強調したがっている。そして実はこのことは、ホイットマンが生涯を通して最も表現したかったものの一つではなかろうか。『草の葉』以前の初期の作品には、通俗的な要素が濃厚であるとはいえ、かなりの程度詩人の本来の欲求が秘められており、八十一ページの引用文の○印の部分も、ホイットマンの同性愛描写の一つの原型と見ることもできるのである。

(3)

もっとも、右の素材は、直ちに「わたし自身の歌」(一八五五)へ持ちこまれるわけではない。「わたし自身の歌」では、「わたし」は、無制限に広くおおらかに拡散し、性は、表現の中身であると共に、骨組である。性はイメジとしていたる所に現われる。

まず「わたし自身の歌」では、詩人は一切の規制(宗旨や学派)から離れ、本然の自然の我に回帰することを熱望する。本然の我に回帰するには、まず自らがありのままの姿にたちもどり、同時に自然をありのままにとらえなくてはならない。詩人のインスピレーションは、「長い間沈黙してきた多くの声」に語らせるのであり、また「禁じられてきた言葉」を掘り起こす。禁じられてきた言葉とはすなわち、「性と愛欲の声」なのであり、性を語ることは詩人の当初からの意図であったことが分かる。「わたし自身の歌」では性はどのように語られているであろうか。

第一に、「わたし自身の歌」では、「わたし」は自らの肉体をあらわにして自然(大気、海)と接触する。人間と自然との結びつきが性のイメジで描かれる。例えば風は、「その性器をわたしにこすりつけて、そっとくすぐる」(二四・五四二)のであり、真夏の夜は、

Press close bare-bosom'd night—press close magnetic nourishing night!
Night of south winds—night of the large few stars!
Still nodding night—mad naked summer night.

ひしと抱き締めよ　胸あらわな夜――ひしと抱き締めよ　魅了し養ってくれる夜よ！
南風吹く夜――大きなわずかな星の輝く夜よ！
静かにまどろむ夜――狂おしく赤裸な夏の夜よ！

（二一・四三五―七）

であって、胸もあらわにぴったりと寄りそって大地と海を抱きしめる。そして夜に抱きしめられる大地の方も、官能的（voluptuous）で、涼やかな息を吐きかけるのであり、また、海はといえば、

You sea! I resign myself to you also—I guess what you mean,
I behold from the beach your crooked inviting fingers,
I believe you refuse to go back without feeling of me,
We must have a turn together, I undress, hurry me out of sight of the land,
Cushion me soft, rock me in billowy drowse,
Dash me with amorous wet, I can repay you.

君　海よ！（わたしは君にも身を委ねる――君の気持ちがわたしに分かる。）
わたしは岸から君の手招きする曲がった指を見る、
わたしに触れずに引き返すのを君はきっと拒むだろう、

引き返す時は一緒でなければ、わたしは服を脱ぐ、急いで陸から見えぬところへ連れて行け、
わたしをやさしくクッションにのせ、波で揺さぶって眠らせてくれ、
好色なしぶきをかけてくれ、応じることが私はできる。

（二二・四四八-四五二）

とあるように「わたし」が身を委ねる対象であって、「わたし」は「服をぬぎ捨てて」、海の柔らかなクッションのなかで、大波のゆりかごにまどろみながら、海の「好色な」しぶきで自分の身を濡らし、そして自分も海に応えるということになるのである。「わたし」はここで海に対して、「わたしは君と一体だ」と呼びかけるのであり、いわば主客合一の世界が出現する。

以上のように「わたし自身の歌」では、「わたし」は性を媒介として自然と結合するのであり、風も、大地も、海も、それぞれ「好色な」「打ちつける」「委ねる」といった言葉によって、深く人間存在と関わるのである。「わたし自身の歌」は、あらゆる世界への出入自在の「わたし」を描いたドラマであるということだが、「わたし」はそこでは、自在に自然との交流を深め、広げてゆく。いわば「わたし」と自然との所えらばぬ性的な交流が展開されるのが「わたし自身の歌」の世界なのである。

第二に、「わたし自身の歌」では、認識の世界もまた性によって表現される。「わたし自身の歌　五」においては、「ある夏のすんだ朝」に、「君（魂）の頭」と「わたしの腰」、また、「わたしの胸のあばら」と「君の舌」との接触があり、さらには君の手がわたしのひげや足に触れる（touch）ことによって、忽然として「地上のあらゆる議論」をこえる平安と認識の世界が出現する。すなわち、詩人と「魂」との愛が性のイメジで表現され、理念の展開もまた性のイメジで語られる。性的なエクスタシーと生への認識が一

つに結びつくのであり、人間の認識過程が性的衝動、性的行為で語られるのである。
ホイットマンにあっては、自然も、宇宙をつらぬく力も、人間の最高の認識も、すべてが性の行為と同質となる。いきおいの赴く所、「神」とそれがもたらすものもまた、性によって表現されるのである。インドのホイットマン研究家、T・R・ラジャセカライヤーは、ホイットマンには性的要素と宗教的要素との形而上的な交錯があることを指摘しているが、[5]「わたし自身の歌」の世界では、当初、初版においては、「神」さえもが性的行為の対象になっていたのであって、そのことは左記の臨終版の例と比べれば分かるのである。

I am satisfied—I see, dance, laugh, sing;
As the hugging and loving bed-fellow sleeps at my side through the night, and
    withdraws at the peep of the day with stealthy tread,
Leaving me baskets cover'd with white towels swelling the house with their plenty,
Shall I postpone my acceptation and realization and scream at my eyes,
That they turn from gazing after and down the road,
And forthwith cipher and show me to a cent,
Exactly the value of one and exactly the value of two, and which is ahead?

わたしは満足――見て、踊り、笑い、歌う。
抱き締め、愛してくれる共寝したあの人が、夜中、わたしのそばで眠り、夜明け忍び足で帰っていき、

家中を豊かな気持ちに溢れさせる白いタオルをかぶせた籠を二つ残していったのに、
その気持ちを受け入れ　受容し　実現するのを先に延ばして、自分の目に向かって金切り声をあげ、
道沿いにあの人をじっと見送ることもしないで、
早速計算して一つの値打ち、二つの値打ちは正確にはいくら、どちらが多いか、
一セントまで間違わずに教えろなどと
わたしが目に向かって叫んだりするものか。

（三・五九―六五）

すなわち、現在の『草の葉』における、「わたし」と一夜を共にして「わたし」を抱きとめ愛してくれた人は、実は初版では、

As God comes a loving bedfellow and sleeps at my side all night and close on the peep of the day,
And leaves for me baskets covered with white towels bulging the house with their plenty,

（イタリック体は著者）

愛情こもる共寝の神が夜じゅう夜明け近くまでわたしの側で眠り、
家中を豊かな気持ちに溢れさせる白いタオルをかぶせた籠を二つ残していったのに、

というように、「神」そのものであったのであり、同性愛と共に、神を性的な存在に描くことが、当初のホイッ

トマンの意図であったことが分かる。初版の時期のホイットマンにあっては、「神」と「わたし」との交流もまた性的な関わりとして示されたのである。

また、右の引用部分についてスティーヴン・A・ブラックは、エドウィン・ミラーの書を引きながら、次の内容の解説を行なっている。

これは妊娠のイメジである。すなわち「家」は、愛情こもる同衾者の訪問後、ふくらんだ肉体を示す。フロイトによれば、box, case, chest などは何れも「子宮」を示すから、basket も「子宮」のことであろう。come は射精の意味である。つまり右の詩は、「わたし」が神によって受胎し、日常の仕事から離れて無意識の世界へ探求的な冒険を行ったということを示している。[6]

右のような「精神分析」の方法が、はたして詩の内容の把握に全面的に有効であるかどうか疑問であるが、いずれにしてもホイットマンは、初版の時期には「神」との交流を含めて、認識作用を性によって示そうとしていたのであり、ホイットマンの性的表現にかけた関心の深さが分かるのである。彼が『草の葉』第二版(一八五六)において、「セックス・プログラム」を立て、性の理念の詩的な展開を志した必然性も、以上の経過を踏まえれば、よく理解できるのである。

(4)「セックス・プログラム」の構想の内容は次のようになる。

1 "Poem of Women"(婦人の詩)

2 "Poem of the Body"（肉体の詩）
3 "A Poem of Procreation"（生殖の詩）
4 "Bunch Poem"（果実の房の詩）

このそれぞれの題名は後に、

1 "Unfolded Out of the Folds"（「ひだから広がって」）
2 "I Sing the Body Electric"（「わたしは充電された肉体をうたう」）
3 "A Woman Waits for Me"（「女がわたしを待っている」）
4 "Spontaneous Me"（「自発的なわたし」）

という題名に変えられるが、ホイットマンは第二版においては「婦人」「肉体」「生殖」「果実の房」といった構想によって、性を綜合的・全面的に追求しようとした。「わたし自身の歌」の場合に比べ、ここでは性についての理念的表現が多くなり、「わたし自身の歌」にあった描写の密度はやや薄くなっている。理念と描写との葛藤、あるいは私的なものと公的なものとの矛盾は、右の四作品についてどのように表われるであろうか。

もっとも右の四作品のうち、「わたしは充電された肉体をうたう」については、もとの詩はすでに初版の十二の詩のうちに入っていたのであるが、その点では「わたし自身の歌」と同じで、外の三作品と同列には考えられない。が、それはともかくここでは性や肉体はどのように描かれているのであろうか。

This is the female form,
A divine nimbus exhales from it from head to foot,
It attracts with fierce undeniable attraction,
I am drawn by its breath as if I were no more than a helpless vapor, all falls aside but myself
and it,
Books, art, religion, time, the visible and solid earth, and what was expected of heaven or fear'd
of hell, are now consumed,
Mad filaments, ungovernable shoots play out of it, the response likewise ungovernable,
Hair, bosom, hips, bend of legs, negligent falling hands all diffused, mine too diffused,
Ebb stung by the flow and flow stung by the ebb, love-flesh swelling and deliciously aching,
Limitless limpid jets of love hot and enormous, quivering jelly of love, white-blow and delirious juice,
Bridegroom night of love working surely and softly into the prostrate dawn,
Undulating into the willing and yielding day,
Lost in the cleave of the clasping and sweet-flesh'd day.

これは女のからだ、
聖なる光が頭から足にかけて流れ出て、

打ち消しがたいはげしい力で引き付ける、
まるでわたしはただの無力な蒸気のように、女の吐息に引かれ、わたし自身と女のからだの外はすべて散り落ちる。
書物、芸術、宗教、時間、目に見える堅固な大地、天国に期待し地獄に恐れたことも、今はすべて焼き尽くされ、
狂おしい欲情の繊条、御し難く吹き出る水が　からだから吹き出し、わが反応も同じく御し難い、
髪、胸、尻、脚の屈曲、しどけなく垂れた手　すべて拡散し、わたしの方もまた拡散する、
潮引けば上げ潮に刺激され、潮満ちれば引き潮に刺激され、「愛の肉」は膨れて快く疼き、
熱くおびただしい　限りなく透明な愛の噴射、震える愛のジェリー、白く吹き出す忘我の体液、
花婿の愛の夜は横たわる夜明けに　たしかに優しく入り込み、
いそいそと身をまかす昼へとうねり入り、
抱き締める昼の甘美な肉の割れ目にわれを忘れる。

「私は充電された肉体をうたう」（五・五二―六二）

すなわち、既存の理念、秩序、教義が、女性のはげしい牽引力によって散らされ、焼き尽くされ、残るはただ「わたし自身」と「女のからだ」だけになる。欲情が潮の干満にたとえられ、夜→夜明け→昼の移行が性行為のイメジで描かれる。このあたりは、先の「わたし自身の歌　五」で、「君」（魂）と「わたし」との肉体的接触によって超越的世界が出現するというところや、接触によって新しく自己を確認したという部分と同じである。性

によって既存の一見合理的なものが解体されて、事物の本質があらわになるというのであり、ここには、「わたし自身の歌」で繰り返えされる思想が表現されている。

他方、この作品には、広い世界とそこに躍動する人びとの姿を視野のうちに収めようとする詩人の構えが、強く打ち出されている。現実の日常生活にあらわれるさまざまの庶民の肉体や所作が、リアルに描かれる。とっ組み合いをする徒弟、消防士のたくましい機敏な動作、さらには、八十歳の老農夫の姿や、奴隷市場の奴隷の姿態の美が描かれる。広大な空間のなかで躍動する民衆の肉体の動きと美——それはホイットマンの性描写と結びついて、ホイットマンの性を豊かで、おおらかで、たくましいものにする。

既存の観念を解体しようとする意図と、最も平凡なものに美と力を発見しようとする意図、この二つが統一されたものがこの作品で、最後の第九節の、身体の各部分の名称を羅列してうんざりさせる所以外は、ホイットマン独自の迫力を発散させている。ホイットマンの性は、ここではまだ開かれた性であった。

次に「果実の房の詩」(「自発的なわたし」)は、一八五六年版(第二版)に表われた詩であり、ある意味で「アダムの子ら」詩群を代表する。

bunchというのは、成熟の季節、秋に、木から垂れ下がっているさまざまな果実のことであり、それがまた男性の性器のイメジとも重なる。[7]が、ホイットマンは一八六〇年版(第三版)で、"Spontaneous me, Nature"という一行を作品の最初におくことによって「自発的なわたし」がすなわち自然であることを示した。ここでは自然と「わたし」が一つのものとしてとらえられている。

一方に、「人目につかない自然のままの堤」「野生のりんご」で示されるありのままの自然があり、そのなかで枝もたわわに垂れ下がる果実と、男性の性器と、詩作のイメジが交錯する。すなわち、豊穣と生殖と創作との一体化である。さらに、「成熟し切った乙女花（女）」の上に身をかがめる「毛深い野蜂（男）」の描写（これは後にD・H・ロレンスに影響を与えたといわれる）があり、また、ぴったりと寄り添って眠る二人の姿、果実や木々の香り、少年の愛、性器、若い男女の欲望……など、多様な愛欲の世界がなまなましく描かれる。木々のみのりと人間の愛欲と詩人の創造が、ここでは一つに組み合わされているのである。

フレデリック・シャイバーグはこの作品について、単複両性の情感が描かれており、ここには、身をまかせるといったエロティックな感覚さえあると指摘している。そして、これを書いたのが体の大きな、ひげのはえた無骨な男だということを忘れている限り、ここには美が存在する、などというヨハネス・V・イェンセンの文章を引用しているのである。[8]

シャイバーグのこの指摘は、ホイットマンの性描写がどういう時に多様性を持つかということを考える上に、参考になる見方であろう。すなわち、困惑し、はにかむ姿を描く時、また、男性的立場と女性的立場という二つの立場を効果的に作中に交錯させる時、ホイットマンの性描写は迫力を持つ。

他者になり変わり得る能力、それはホイットマンが小説を書いていたことでも身につけた能力であるかもしれないし、また「わたし自身の歌」でも存分に発揮したものである。が、同時に、二元的な描写の能力というのは、詩人自身がホモセクシュアルな傾向を持っていたこととも関わっているのではないか。ホイットマンのホモセクシュアルな傾向は、彼の異性愛の描写にも複雑な影をおとしているように思われるのである。

さて、次に四作品中残りの二つ、「ひだから広がって」と、「女がわたしを待っている」についてはどうであろうか。

結論から言うと、この何れも一八五六年版（第二版）初出の二作品は、作品としてはあまり出来のよくないものと言えるのではないか。すなわち、「ひだから広がって」は、unfolded out of～の繰り返しと、unfoldedとfoldsとの重なりといった、スタイルの上での一種の工夫はあるかもしれないが、「完璧な肉体」、「強い」、「昂然たる」(arrogant)など、類型的な形容詞が並べられているにすぎず、いわばホイットマンの「期待する女性像」の反映とでもいったところである。

また、「女がわたしを待っている」については、すでにD・H・ロレンスの有名な批評がある。[9]

彼(ホイットマン)はこう言った方がよい。「女性がわたしの男性を待っている」と。おお、美しい一般論と抽象! おお、生物的な機能。／――筋肉と子宮。彼らは顔を持つ必要など全くなかったのだろう。

つまりホイットマンは、異性愛の描写にあたっては、多くの場合、個々の人物像を具体的に描いてはいない。「女が私を待っている」にしても、登場人物はさかんに女性に迫ろうとしているものの、その意気ごみにも拘らず、表現としては読者にあまり迫ってこない。ロレンスの言うように、ここには理念による「美しい綜合と抽象」だけがあり、それが「ひとりの女」を「女性」にし、「顔」のない存在にしてしまったのであろう。

ホイットマンは、性を媒介として既存の理念を解体し、自然に回帰しようとした。いわば新しいケイオスを求めた。彼の意図は、「わたし自身の歌」や、「アダムの子ら」詩群のいくつかの作品で、文学的な成功を見た。けれども、ホイットマンが最終目標としたのは、現実や社会から切り離されたアナキイではなかった。彼はケイオスを追求しながら、同時に新しいコズモスをもつくりあげようとした。彼にとって、性はケイオスへの橋わたしであったが、同時にそれは新しいコズモスのなかにも位置づけられねばならなかったのである。

当然のことながら、本来私的ないとなみである性の行為を、公的な場に引き出すことは、容易ではなかった。とりわけホイットマンが、男女の性行為を、生殖ということで未来のアメリカの繁栄と結びつける時、表現としてどうしようもない無理が生じるのを否定することはできない。が、あくまで「国民詩人」であることを志すホイットマンは、異性愛だけでなく、タブーである同性愛をも、公的な場に引き出そうとする。これを詩人の予言者への転換と見る見方も成り立ち得るかもしれないが、しかしこの根底に、変質者的と思われた自我の、解体を防ぐために、必死に居なおろうとする詩人の苦悶をも見ることはできないであろうか。第二版の「セックス・プログラム」に続いて、ホイットマンは第三版（一九六〇年版）において、民主主義のための「新聖書」を書くことを志すのである。

(5)

ホイットマンは第三版を一定の主題によつて編集しようと考えていたし、彼の希望は、アメリカを記録し、それについて発言することであった。従って同性愛がそのなかに位置づけられる時、「友愛」(comradeship)がそこでのテーマとなることは、いわば必然のなりゆきであった。「友愛」の思想は、ひらけゆくアメリカの、民主主義のなかに正しく位置づけられねばならなかったのである。

けれども、ゲイ・W・アレンの指摘のように、「友愛」のテーマは、同性愛を描く過程では容易に実現しなかった。本来、沢山の仲間との連帯を前提とする「友愛」は、たった一人の仲間、すなわち若い男との交友となり、「二人だけの世界」となった。その意味ではここでのホイットマンの性は、少なくとも形の上では『草の葉』以前の段階にもどったと言えるであろう。つまり閉じられた性になったのである。

「人の通わぬ小道で」においては、語られていることは、ある面では「わたし自身の歌」の最初の所に似ている。すなわち、「これまですでに明らかにされてきた規範」「さまざまのたのしみ、利得、順応」から逃れ、「世の喧噪」から離れることが語られる。

けれども、逃れる先は、「わたし」がおおらかにふるまえる自然の世界ではない。「もはや恥じいること」はないと語られる。が、その理由は、「人里はなれた此の場所」では、外の所ではできないしぐさで、ふるまえるからである。つまりここでの「人里はなれた此の場所」というのは、「わたし自身の歌」における、「わたし」が自在に入ってゆく開かれた世界、多様な、人びとの世界ではない。ここでの「男同士の愛」、「たくましい愛」（athletic love）とは、二人だけの、閉じられた、秘密の世界であり、そこには、第三者の入りこむ余地はない。ましてやそこに公的な理念が展開される場は存在しないのである。

同様のことは、「いま私を引き止める君が誰であろうと」（一八六〇）でも言える。

But just possibly with you on a high hill, first watching lest any person for miles around approach unawares,
Or possibly with you sailing at sea, or on the beach of the sea or some quiet island,
Here to put your lips upon mine I permit you,
With the comrade's long-dwelling kiss or the new husband's kiss,
For I am the new husband and I am the comrade.

しかし　とにかく君と共に　高い丘の上で　まわり何マイル間は誰も近づかないよう　まず見張りをし、
あるいは多分君と共に船で海に出、あるいは海岸かどこか静かな島で、
ここなら君にキスさせよう、
何時までも続く仲間のキスか　あるいは新鮮な花婿のキスを、
何故ならわたしこそ新夫であり仲間でもあるのだから。

（一七—一二）

すなわち、何処かの高い丘で誰も人が来ないことを見定め、あるいは何処かの海岸や静かな島においての、人目をはばかる愛のいとなみが描かれる。ここでの、半ば絶望的な、孤独な表白は、およそ、新世界の新しい人を自認するホイットマンの理念とは縁遠い。公的なものと私的なものは、同性愛の描写においても容易には重ならないのである。

(6)

以上のように、ホイットマンにあっては、詩と性は、一見簡単に、しかし実際には複雑にからみ合っていた。まず、異性愛は、生殖ということから、しばしば発展不窮の哲学や、若いアメリカのナショナリズムと結びつけられた。必然的にホイットマンにおける異性愛は、個々の女性の描写よりも、女性一般や生殖の世界の描写に重点がおかれたのである。S・A・ブラックは、ホイットマンの異性愛について次の内容のことを書いている。

ホイットマンは、「わたしは充電された肉体をうたう」では女体との交流について明らかに述べているが、そ

こから受ける印象は、autoeroticなものであり、しかもそこにはrapistの連想さえ見られる。ホイットマンは性的な面で罪の意識に苦しみ、またそれ故に女性に敵意をさえ持っていた。ホイットマンが女性に完全さを求めたのは、彼が、自分を苦しめている内的な葛藤やアイデンティティの欠如から、女性は解き放たれているように思っていたからだ……。[10]

極論のように思える所もあるが、もしブラックの言う通りだとすると、ホイットマンの女性讃美は、実は女性一般の理想化（あるいは観念化、偶像化）であって、そこでは、個々のなま身の女性が持つ悲しみや苦しみは捨象されているということになる。そしてそう言われてみると、ホイットマンの異性愛の描写では、印象に残る個々の女性は表われず、人間以外の世界、つまり先の、「成熟し切った乙女花」の上に身をかがめる「毛深い野蜂」の描写とか、また「はてなく揺れる揺籃から」〈一八五九〉の鳥――永久に帰って来ない雌鳥を待つ雄鳥――の描写などにおいて、詩が高い純度を獲得していることに気づくのである。後者の雄鳥の叫びが詩人の魂からの叫びだったとすると、ホイットマンは異性によって自己を充足させたことがなかったのではないか、といったことも思われてくる。だからこそ、異性愛の描写は、公的な理念によってしばしばその力を低めたのであろう。ブラックの論も、全面的に否定することはできないのである。

それでは同性愛の場合はどうであろうか。

すでに述べたように、ホイットマンにあっては同性愛こそが、最も表現欲をそそられる対象であった。異性愛についての露骨な大げさな描写は、ある場合には同性愛を描くための煙幕であり、偽装であった。そのことは、現在の『草の葉』では異性愛のように表現されている「かつてわたしは雑踏する都会を通った」〈一八六〇〉において、

Once I pass'd through a populous city imprinting my brain for future use with its shows, architecture, customs, traditions,
Yet now of all that city I remember only a woman I casually met there who detain'd me for love of me,
Day by day and night by night we were together—all else has long been forgotten by me,
I remember I say only that woman who passionately clung to me,
Again we wander, we love, we separate again,
Again she holds me by the hand, I must not go,
I see her close beside me with silent lips sad and tremulous.

かつてわたしは雑踏する都会を通り　その情景　建築　習慣　伝統を　先々の用にと脳裏に刻んだが、
しかしあの都市のことでは　たまたま出会い　愛のためにわたしを引き留めた女のことを覚えているだけ、
一日一日、一夜、一夜と　ぼくらは共に居て——外のことはみなずっと前に忘れてしまい、
今はただはげしくわたしにしがみついたあの女のことを覚えているだけ、
再びぼくらはさまよい、愛し合い　また別れる、
再び彼女は行ってはいけないとわたしの手をとる、
悲しげにふるえる唇を静かに結んでわたしに寄り添う彼女の姿が今も目に見える。

（一一七）

と描かれた女性が、草稿では実は男であったことでも分かるのである。

実際、同性への愛を語る時、ホイットマンの描写は妙になまなましく具体的になり、自然に流れるような力に溢れてくるのをどうすることもできない。一種の秘密を語る語り口の時はとりわけそうなのであり、そこでは性は、その本来の秘密性をとりもどす。言いかえれば、生殖を伴わないということでは不自然なはずの、同性愛を追求することで、詩人は逆に、本然の自然さをとりもどすのである。

けれども、だからといってホイットマンの同性愛的傾向は、そのまま閉じられた世界に埋没するのではない。ホイットマンは、多くの場合、現実と積極的に関わることを志向した詩人であり、しかもアメリカの現実には、彼の同性愛が普遍的な「友愛」に昇華し得る要因が存在していた。

たとえば居所を定めぬ放浪者の世界――それは本論の最初にあげた小説中の人物の世界を徹底化したものであるが――は、しばしば男だけの世界であり、男同士の仲間意識をはぐくむものでもあったろう。西部の荒野を開拓する人たちの世界にしても同様で、ホイットマンの同性愛は、広大な西部の大地にさすらい、たたかい、建設する人たちのなかで、力強い「友愛」と結びつく基盤を持ち、密室の陰湿性から解放される可能性を秘めていた。また、第三版に見られるホイットマンの「精神的危機」は、南北戦争における傷病兵看護という公的な行為のなかで克服されてゆくが、ホイットマンの同性愛は、戦争の過程でついには聖なる色彩をさえ帯びて、「軍鼓のひびき」〈一八六五〉における「友愛」「同志愛」に結実するのである。

後、一九〇一年に至って、ニューヨークの若い知識人たちが、『仲間』という社会主義的な芸術文学のための雑誌を出した時、ホイットマンからの引用によつて読者に挨拶したのも、ホイットマンの「友愛」理念の普遍性と永遠性を示すものであろう。[11]

閉ざされようとしながら絶えずひろがりを求めて苦悶した詩人の内面が、最も端的に影を投げかけているところ——それがホイットマンの性、とりわけ同性愛の、描写のように思えるのである。

4　ホイットマンの「死」の世界

ここにいる一人の詩人は、しつけのよいあらゆる詩人たちのように、恋愛と憂鬱と、夜鶯と女性美と、武勲と死とをうたわないで、〈民主主義〉と〈平和〉と〈友愛〉と〈進歩〉とを揚言していた。[1]

ジャック・フェルナン・カーエンがホイットマンについてこう言う時、ロマン主義詩人のなかでのホイットマンの独自性を要約した手際のよさに感心しながらも、異議をさしはさまずにはいられない。というのは彼はむろん、それまでの「しつけのよいあらゆる詩人たち」のようなやり方では、「恋愛」や「死」をうたわなかったし、事実彼の「民主主義」「平和」「友愛」「進歩」の理念は、アメリカで民主主義の理想が唱導された時にはしばしば振り返られた。[2] けれども、ホイットマンにあっては、「民主主義」「進歩」の主張と、「死」「女性美」（「男性美」も含めて）への賛歌とは分かち難く結びついていたのであり、後者をぬきにしては前者をも把握することはできないからである。

実際、単純に数の上から言っても、『草の葉』ではしばしば「死」に関わりのある語が使われており、しかもそれは詩人としてのホイットマンのほぼ全生涯にわたっている。ゲイ・W・アレンが書いているように、「死と不滅のテーマ」は、その扱い方は時期によって幾分異なるとはいえ、初版を含むすべての版における重要なテーマである。[3] ホイットマンの「死」のテーマ処理の跡は、そのまま作品の展開を反映すると言ってよいであろう。

また質的に見ても、リンカン大統領の死を悼んだ作品「先頃ライラックが前庭に咲いたとき」に対しては、「ホイットマン作品中最善のものである」（C・フィーデルスン）、[4]「彼の作品中最も偉大な詩である」（F・O・マシーセン）、[5]「英語で書かれた最も美しいエレジーの一つである」（J・O・マギー）[6] といった最大級の讃辞が寄せられている。また同じく死をうたった作品「はてなく揺れる揺籃から」についても、「ホイットマンの最も複雑で美しい詩の一つ」（リチャード・チェイス）という評価が与えられているのである。[7] ホイットマンが好んで「死」を描いた詩人だと言っても言い過ぎではないのであり、それどころかチェイスによれば、ホイットマンこそはまさに死を「美の母」だと考えることができる詩人だったのである。[8]

以上のように、「死」のテーマはホイットマンにとってきわめて重要なものであったが、その際、「死」は必ずしもリアルな姿で作品のなかに現われてくるのではない。例えば『草の葉』のなかで「死」という名詞にどのような形容詞がつけられているか、コンコーダンスで調べてみると次のようになっている。[9]

（A）	（B）	（C）
5 beautiful	1 heavenly	1 strange
2 delicious	2 sacred	
1 lovely	1 solemn	
1 peaceful		

（A）

1 soothing

3 sweet

つまり右の形容詞は、そのほとんどが、(A)群の美しい、やさしい、甘美な、とか、(B)群の神聖な……といった感覚を表わす語であり、恐怖や戦慄を示す語は含まれていない。晩年のホイットマンが、南北戦争の際、戦場や病院で死んでいった数百の人々のことを例に引きながら、苦痛を伴う死はきわめてまれだと書いていることを思うならば右の現象は理解できる。ホイットマンは「死」一般について語る時、明らかに自己の感情あるいは表現を一つの概念に当てはめようとしているのであって、このことは彼自身が、「一般的な倦怠」、「死へのおののき」といった感情を、低級で不面目な見解だと見なしていたことと無縁ではない。つまりポウとは違うのである。ホイットマンの「死」についての表現が、一面で、作品「はてなく揺れる揺籃から」、「軍鼓のひびき」、「先頃ライラックが前庭に咲いたとき」などのすぐれた作品を生みながら、他方で類型的な感じを与えるのは、ここに原因がある。

P・ツヴァイグは、ホイットマンの「死」について論じたところで、次の部分を引用している。一八五一年の春、つまり『草の葉』刊行以前のホイットマンが、「ブルックリン芸術協会」で行なった講演の中の箇所である。そこでは詩人は「死」について、「ギリシャ人の神殿では、『死』と彼の兄弟の『眠り』は、『夜』の腕のなかで憩う美しい青年として描かれている。また別の時代には『死』は、静かな、しかし沈みがちなまなざしをした優雅な姿として表現されている」と語っている。

ここにはホイットマン作品に出てくる同性愛のイメジの源を見ることもできるが、それはともかくツヴァイグは、右の部分の引用の後で、ホイットマンの詩の核心には「心しずめる死」についてのミス（myth）があると指摘する。そしてそのミスは、彼の作品のなかでは、しゃがれ声の老母、大洋、形のない幻に満たされた夜、永遠の拡大、死・腐朽・再生といった自然の循環にもとづく輪廻などのイメジで、現われてくるという。[10]

ホイットマンの「死」は彼の美意識のなかで描かれ、多くの場合、それから離れることはなかった。もっとも、彼の「死」の処理の特質が、生涯のそれぞれの時期で変化していることは否定し得ない。以下幾つかの時期に分けて、それぞれの時期の特質を考えてみたい。

(1) 『草の葉』以前の時期

いわゆる「初期の詩」においても、「死」はしばしば取り上げられており、「死」に関わる幾つかの語の使用度数を調べてみても、『ホイットマン全集』（NYU版）の『初期の詩と小説』において、わずか三十七頁二十一作品の間に、かなりの数が表われる。

2 dead　1 deadly　11 death
6 die　2 died　2 dying

「初期の詩」では、「死」は単なる「ほろび」であり、すべてを呑みこんで消滅させる無として描かれている。つまり『草の葉』初版の、独自性を強調した「死」の哲学はそこには見られない。すべての地上の栄華もやがて滅亡に至るのであり、哲人、政治家、貧者、富者などすべての人びとの辿り着く先は「静かな墓場」である。「おごそかな星」、「神の創造物」に比べては、地上のすべてのものは、たとえそれが最高の栄誉に属するものであろうとも、無意義な存在に過ぎない（「結末」）。「造物主のみ手」の造り給うた空中や地上の木、花、鳥、川などが、よろこびと平安のために作られているのに比べれば、人間は弱く高慢で誤りを犯し、結局は「死」によって息の根を止められてしまう（「来世の愛」）。願わしいことは、「豪華な高慢の館」や、「争いの雷鳴」のなかではなく、人里離れた所で、雲の下、日没時にただ一人死んでゆくことである（「自然を愛する者の死」）。

つまり「初期の詩」に見られるのは、人間が弱くはかないものであり、「死」の前には無力であって、空しい滅亡を免れるためには神の造り給うた自然の尊さを知り、天上を仰がねばならないという考え方である。後の作品「わたし自身の歌」などに見られる、人間を神と同列に置いた人間賛歌はここには全く見られない。

また、「初期の詩」には近代以前を素材にした作品、つまり「インカの娘」や「スペインの貴婦人」が現われる。どちらも高貴な姫君の死であり、前者はスペイン人の奴隷になることを潔しとせず、自ら毒矢で生を絶つ誇り高い「太陽の娘」――ペルーの王女――の話であり、後者はヨーロッパ文学ではしばしば現われるというアイネズ・ディ・カストロの悲劇がバラッド体で描かれている。[11]

前者はインカの滅亡を描いたという点ではアメリカ的と言えるのかも知れないが、どちらの作品も、ホイットマンが後に『草の葉』ではヨーロッパ文学の模倣として斥けた要素をそっくり含んでいる。その要素とは、「ありきたりの主題」「恋や戦についての選りすぐった構想」「旧世界の詩に現われたまれな人物」「伝説」「ロマンス」「麗句」「韻律」などである。[12] つまり悲劇的な「死」の高貴性を、死者の身分上の「高貴さ」によりかかって示そうとする因襲的手法を、ホイットマンの「初期の詩」は踏襲しているのである。

また、先に挙げたように、一八五一年にはすでにホイットマンの内部で、「心しずめる死」についてのミス（myth）が形成されていたのだから、「初期の詩」にも次のような描写が見られる。

Nor only this: for wise men say
　　That when we leave our land of care,
We float to a mysterious shore,
　　Peaceful, and pure, and fair.

So, welcome death! Whene'er the time
　　That the dread summons must be met,
I'll yield without one pang of fear,
　　Or sigh, or vain regret.

そしてこれだけではない、何故なら賢者は言う、
　心労の国を去るとき、
われらは神秘の岸辺
　平和で、汚れなき国へ漂い行くと。

だから、ようこそ死よ！
あの恐ろしい招きに会わねばならぬ時は何時でも、
わたしは少しの恐怖の苦しみもなく、
　ため息も、無益な悔いもなく、招きに従おう。

「人それぞれに悲しみあり」（一八四一）（三三―四〇）

「死」についてのこのようなとらえ方は、後の『草の葉』に踏襲されてゆく。けれども、右の作品の冒頭では、地上における「生」は、「多くの悲痛な光景」「多くの苦悶の声」を伴う、いとわしい、わずらいの多いものとして描かれていて、『草の葉』初版の世界とは異質である。

これら「初期の詩」が、二十一歳から三十一歳までの、肉体的、精神的燃焼力の最も強烈な時に書かれたことを思うと、『草の葉』での詩人の突然変異は、論じ尽くされたとはいえ、興味ある文学史的事実である。それが、仏陀、パウロ、マホメットにも比べられるホイットマンの「宇宙意識」のゆえだという説の出てくるのも、不思議ではない。ただし常田四郎は、ホイットマンは『草の葉』初版の出る七、八年前も前にすでに、その「手稿ノート」で、「独自の思索の営みが始まっていたという事実」を示していると指摘しており、「初期の詩」の終り頃から、詩人の理念が独自の展開を始めていたと見てよいであろう。何れにしても『草の葉』における「死」の処理は、ゲイ・W・アレンによれば、次の三つの時期に、それぞれ明白な特徴を示している。

初版（一八五五）、第二版（一八五六）の時期では、「死」は「哲学的な問題」であり、第三版（一八六〇）では、

「死」は「混沌」であり、「挫折」であった。さらに第五版（一八七一―二）では、「死」の概念と予測は、喜ばしい、自己自身の解放――知的な面ではやはり汎神論的であるが――になっている。[13]

右のアレンの分類のうち、第三版初出の作品が、ホイットマンの「最初の精神的危機」の時期を反映していることは、容易に推測し得る。それでは第五版（一八七一―二）より後の時期についてはどうか。やはりアレンによれば、一八七三年には、ホイットマンは中風の発作や母の死により、「第二の精神的危機」が始まったということであるが、その事実は「死」の理念の上にどのような影を落としているのであろうか。以下、『草の葉』以後について考えてみたい。

(2) 初・二版（一八五五―五六）の時期

この時期には、ホイットマンが確立した「死」の理念が詩のなかに展開されていったのであり、それと共にパーソナルな感覚の表現が各所に散在する。ホイットマンによれば、星、太陽、墓場の草など、万物はその大小強弱にかかわらず、等しく永遠に「転移」(transfer)、「向上」(promotion) を遂げる（「わたし自身の歌」四九・一二九九―一三〇二）。すべてのエネルギーは引き継がれるのだが、その際自然は生と死との媒介をなし、一切の汚れたものや病的なものをためらうことなく呑みこんで、それらを浄化し、不断に健全なものを生み出してくる。汚れたもの・病的なものと、清潔なもの・健全なものとの両者は、対比的に並べられお互いに転換し合うものとして描かれていて、ホイットマンの詩の流動感を内容の面で保障している。このような考えが最も明確に示されるのが、「この堆肥」であるが、この作品は、一八五六年版の題名では、「小麦の復活を驚く詩」である。

この作品では一方に、「伝染病にかかった」「腐臭を放つ」「病んだ」「死者」「墓」「腐敗」「強烈な悪臭」などの語があり、他方に、「清浄な」「透き通った」「清潔な」「みずみずしい」「無傷の」などがある。前者的なもの（病、醜、死）から後者的なもの（健、清、死）への転換は、「芽を出す」(burst)、「突き出す」(pierce)、「現われる」(appear)、「突き破る」(break through)、「生み落とされる」(be dropt)、「生える」(rise)、「茂らせる」(grow)、「めぐる」(turn)、「精製する」(distill)、「よみがえる」(renew)、「与える」(give)、「受けとる」(accept) などの動詞に示されているが、これらはこの転換が、移動と共に変化、生成を含むことを示す。つまり先の「わたし自身の歌、四九」の「転移」「向上」ないしは「譲渡」「促進」を表現しているのである。

先のアレンの指摘のように、初・一版の「死」は、「哲学的な問題」である。が、同時に初・二版には、必ずしもその「哲学」とはかみ合わない個々の死についてのリアルな描写が散在する。リチャード・チェイスが、イマジズム的で小説的だとする描写である。[14]

The suicide sprawls on the bloody floor of the bedroom,
I witness the corpse with its dabbled hair, I note where the pistol has fallen.

自殺者が寝室の血まみれの床の上に伸びている、
わたしは髪が血にぬれた死体を目撃し、ピストルの落ちている場所に注目する。

「わたし自身の歌」（八・一五二―三）

また、「わたし自身の歌」第三十三節では、崩れ落ちる壁に「押しつぶされた消防士」の死が描かれる。この場合、「わたし」はその消防士に変身しているのである。

White and beautiful are the faces around me, the heads are bared of their fire-caps,
The kneeling crowd fades with the light of the torches.

わたしをとり巻く顔は白く美しい、皆の頭から消火帽が脱がれ、
ひざまずく人々がたいまつの光と共に消えてゆく。

「わたし自身の歌」（三三・八五四―五）

死に行く消防士の側からの意識の消滅が、右のように描かれる。
この三十三節は、戦場で息を引きとろうとしている将軍の最期の言葉でしめくくられているが、外に、作品「時間をおもう」（一八五五）では、市井の人（ブロードウエイの駅馬車の御者）の死と葬儀が、深いおもいをこめて描かれる。

He was a good fellow, free-mouth'd, quick-temper'd, not bad-looking,
Ready with life or death for a friend, fond of women, gambled, ate hearty, drank hearty,
Had known what it was to be flush, grew low-spirited toward the last, sicken'd, was help'd by a contribution,
Died, aged forty-one years—and that was his funeral.

いいやつだったあの男、言いたいこと言い、気短かで、その顔だちもわるくない、
友のためにはいのちかけ、女が好きの、賭けごと好み、大飯ぐらいの大酒飲み、
羽振りのよい日のありようも知らぬわけではなかったが、終りに近づき意気衰え、わずらい、人の助け受け、
四十一で亡くなって——あれが彼のおとむらい。

（四・四五―八）

ホイットマンは消防士や御者を好んだが、このような人びとの仕事、生き様をリアルにとらえることも、初版の世界には存在した。そこから右のような「死」の描写も生まれたのであろう。「死」についての初版の哲学と、日常的な死の描写とは、ある場合、平行線を辿っているように思われる。

(3) 第三版（一八六〇）の時期

第三版とそれ以前の初・二版との間にある作品の違いはどこから生まれたか？　フレデリック・シャイバーグは、一八六〇年版は詩人の心理的危機を記録していると言い、一八六一年の南北戦争勃発までにホイットマンが、不名誉で放縦なサロンの生活を送ったのではないかと指摘している。[15]

第三版には初・二版にあった自己讃美や予言者的な叫びはほとんど影を潜めている。それらに代わって、第三版では、一方に「カラマス」詩篇が、後に加えられた一篇を除いて存在し、他方に、「わたしは座して見ている」や、「いのちの海と共に退きつつ」などがある。

後者のうち作品「いのちの海と共に退きつつ」では、「わたし」は、「波に洗われる小さな漂流物」になぞらえられており、「わたし自身」は、「砂と漂流物の一部」に溶かしこまれるだけである。「挫折し」（baffled）、「失望し」（balk'd）、「自分自身に押しつぶされて」などが示すように、己の行為は悔やまれ、自分の能力は疑われる。「わがすべての尊大な詩」はどれも「本当の『わたし』」（the real Me）に迫り得なかったのである。

作品「わたし自身の歌」におけるあの確信に満ちた「わたし」は何処へ行ったのか？　初・二版ではすべてを呑みこんで浄化し活力を与えてくれた「自然」も、作品「いのちの海と共に退きつつ」では襲いかかって「わたし」を苦悩に陥れるのである。

I perceive I have not really understood any thing, not a single object, and that no man ever can,
Nature here in sight of the sea taking advantage of me to dart upon me and sting me,
Because I have dared to open my mouth to sing at all.

わたしは分かる　実は何も会得していなかったことが、ただ一つの物象さえも、そしてそれは誰にもできぬこと。
海の見えるここでは　自然は弱味につけこんで襲いかかり　わたしをさいなむ、
ともかく歌おうと口を開いたばっかりに。
（三二―四）

「襲いかかり」（dart）、「さいなむ」（sting）という動詞が示すように、自然はここでは自己に対する完全な対立物であり、「難船」のイメージは自己と周囲との破局を示す。
第三版では「死」はこのような不安感のなかでとらえられた。従ってここでは、作品「わたし自身の歌」や作品「この堆肥」で見られた、昂然とはしているが、いささか作為的な「死」の哲学は、あからさまな形では表われない。第三版のある作品では、「死」の理念はおのずから象徴的な世界のなかに吸収され、詩人の激情を鎮静浄化するのである。作品「はてなく揺れる揺籃から」（一八五九）がその例である。

この作品のテーマは「愛」と「死」という多くの叙情詩に共通のものであるが、この作品の最初の題名が「子供の思い出」であったことが示すように、この詩においては過去と現在、誕生と死とが一つに結合されている。詩人は幼い日に月光の下で、茨やきいちごの繁みから自分に歌ってくれた鳥のことを思い出す。その間、彼自らの悲しみはおのずから鳥のうたう悲歌に融合してしまう。子供、鳥、「わたし」——これらが交互に表われながら、ついに海は「わたし」に対し、「静かな心地よい言葉」をささやいて一篇は終わるのである。

Whereto answering, the sea,
Delaying not, hurrying not,
Whisper'd me through the night, and very plainly before day-break,
Lisp'd to me the low and delicious word death,
And again death, death, death, death,
Hissing melodious, neither like the bird nor like my arous'd child's heart,
But edging near as privately for me rustling at my feet,
Creeping thence steadily up to my ears and laving me softly all over,

Death, death, death, death, death.

それに答えて、海は、
おくれず、急がず、
夜中わたしにささやき、夜明け前にははっきりと、
静かな心地よい死という言葉を波音まじりで言った、
そして繰り返す　死、死、死、死、
美しい波の呟き　それは鳥の歌でも　目覚めたわたしの　子供の心のようでもなく、
わたしだけを求めるようににじり寄って　足元で音をたて、
それからわたしの耳元へ着実に上ってきて、身体中をやさしくひたしながら言った、
死、死、死、死、死。

（一六五―一七三）

鳥の歌が海のささやきと結びつく過程、それは「わたし」という個人の激情が、「完全な情的甘受と知的受容」（ゲイ・W・アレン）によって純化されてゆく過程である。[16] 過去と現在、鳥の声と海の音、現実的なものと象徴的なものといったように、二つのものが一つに融合するなかで、「死」はおのずから自己のうちに生へ転化するものを見いだす。作品「わたし自身の歌」の「死」の哲学が、ここで詩的な表現を得たのである。波の音と、「死」をささやく海の言葉との微妙な交錯のうちに、「わたし」は詩人としての自己の誕生を意識する。「おびただしい歌のこだまがわがうちに湧き出て、ふたたび消えず、」（一四九）、「われ自らのうたがその時より目覚めた」（一七

八）などの語が示すように、死と生の交錯のなかで、表現の不滅性（不死）が強調されているのである。

アレンは、作品「わたし自身の歌」が、『草の葉』全体の主要理念に対して序論的な性格を持っていることを指摘しているが、このことは「死」の理念の展開の仕方についても言える。

たとえば、作品「はてなく揺れる揺籃から」（以下「揺籃から」と略す）の構成は、「わたし自身の歌、二六」の構成によく似ている。後者は、オペラを聴いている時の意識を描いたものであるが、ここでも、

It sails me, I dab with bare feet, they are lick'd by the indolent waves,

それ（オーケストラ）はわたしを水に浮かべる、素足で水をたたくと、無精な波が足をなめる、（六〇六）

のように海への連想があり、さらに、「甘い麻薬にひたされ、わたしの気管は死の詐術で息をとめられる」（六〇八）という過程で、詩人は「謎の謎」である「実在」（Being）を感得するというのである。

つまり「わたし自身の歌、二六」の、オペラ（テノール歌手の歌声、ソプラノ、オーケストラ）――海――死――「実在」の感得という筋道は、作品「揺籃から」の、鳥の声――海――死――自己の存在の意義の自覚という経過と同じであり、このことは作品「揺籃から」が、詩人の追悼や「最初の精神的危機」（ゲイ・W・アレン）での体験に根ざしながらも、作品形成の底には、すでに内部に蓄積された理念や構成があったことを示している。

ホイットマンの「死」の理念の展開は、作品「揺籃から」において一つの頂点を示した。ここで打ち出された方法が、南北戦争での体験を経て、彼の代表作の一つ、「先頃ライラックが前庭に咲いたとき」（以下、作品「ラ

イラック」と略す）に結実してゆくのである。

(4) リンカン讃歌

すなわち一つの重大な死（作品「揺籃から」では、つれあいの雌鳥の死、作品「ライラック」ではリンカン大統領の死）による痛烈な悲しみが、「完全な情的甘受と知的受容」へと昇華されてゆく過程を描くことで、この二作は類似しているのであり、エドワード・カーペンターも、この二作品が次の点で、他の作品と異なる芸術的な調和と特質を持っているとしている。

一、統一された場面と風景
二、いくらかの象徴――ライラック、星、灰褐色の鳥、沈みゆく月、海――の繰り返し
三、愛と死により導入されたリズミカルな歌
四、「はてなく揺れる揺籃から」を通じての波のむせび泣くような旋律と、リンカン讃歌の繰り返される音楽[17]

つまり、現実の情景、象徴物、全篇を貫く独自な旋律の微妙な融合が、この二つの作品の美を保障しているのだが、ただ作品「ライラック」では、詩人の歴史的現実を踏まえた現実把握が、作品「揺籃から」にはない壮大な振幅を作品に与えているのであろう。

作品「ライラック」では、「ライラック」「星」「鳥」の三つの象徴物が交錯する。象徴物は、次々に現われ

る現実の光景によって現実界と結びつき、他方さまざまな現実の光景は、象徴物によって象徴の世界へくみこまれてゆく。広大なアメリカの国土やおびただしい数の人びとは、それ自体多様な存在でありながら、進みゆくリンカンの棺によって統一を与えられている。棺は、

Over the breast of the spring, the land, amid cities,
Amid lanes and through old woods, where lately the violets peep'd
  from the ground, spotting the gray debris,

春の丘腹、土地をこえ、あまたの都市を通り、
すみれが近頃土から顔出して、灰色の岩屑に点在する小道の上を、
  年経た林の中を、
(五・二六―七)

通りすぎてゆくのであるが、ベッツィ・アッキラによれば、ここでのすみれの青と、瓦礫の灰色は、北軍と南軍の兵士たちの制服の色を暗示するという。[18] つまり戦死者の屍が点在する国土を、リンカンの棺は進んでゆくのである。

ここでは最初から、「ライラック」「星」「鳥」の三つの象徴が交錯するのだが、三たび鳥の歌が頂点に達するに及んでもはや象徴間の対立交錯は影を消す。リンカンの死という事実さえすでに痕跡をとどめず、ただ「死」の讃歌が残るばかりになる。

Come lovely and soothing death,
Undulate round the world, serenely arriving, arriving,
In the day, in the night, to all, to each,
Sooner or later delicate death.

おいで　愛らしく　心しずめる死よ、
波打ちながら世界をめぐり、静かに打ち寄せ、打ち寄せ、
昼も、夜も、みなに、それぞれに、
はやかれ　おそかれ　訪れる　やさしい死よ。

（一四・一三五-八）

ここでの「死」の描写は、先に述べた一八五一年の講演における「死」のミス（myth）の詩的表現と言える。「死」は決して不気味な、つらいたぐいのものではなくて、「美しい」(lovely)（一三五）といった形容詞で表わされるものであり、読者は右の「つぐみ」の歌を媒介にして、甘美な「死」の世界へ入ってゆくのである。それは作品「揺籃から」の終末で、海がやさしく「死」という言葉をささやくのに似ている。

ところで、鳥が死の世界への媒介をするという時、思い浮かぶのは、シェリーの「雲雀に寄せて」や、キーツの「ナイティンゲール頌」である。けれども、ホイットマンの「鳥」はシェリーやキーツの鳥とは違う。ホイットマンにあっては、鳥の声が現実の言葉に置きかえられており、それによって鳥の声と詩人の歌が重なってゆく。

そしてさらに注目すべきことは、「鳥の声」が「かぐわしい杉と　いとも静かな影のような松」（一四・一二〇）から聞えてくる時でさえ、南北戦争の惨たる情景、「次々に現われる幻の光景」（一五・一七〇）が眼前に出現することである。つまりホイットマンにあっては、詩人の魂が象徴幽玄の境にさまよう時も、あくまで現実の雑多な世界とは無縁ではないのであり、「死」の世界は「生」の世界と断絶しないのである。なるほど詩人は作品「ライラック」において、鳥を媒介として現実界（無数の原野、広大な草原、人口の密集したすべての都会、人の群がる波止場や道路）（一四・一六〇）を超えて彼岸の世界へ入ってゆくように見える。しかし、現われてくる幻は、南北戦争での幾百の血にまみれた軍旗、幾千の若き兵士たちの屍、白骨など、過去になり切れない生々しい現実界の形象なのである。このような「死」の包含によって、ホイットマンは作品「ライラック」において、独白の象徴の世界を展開し得たのであろう。

(5) 晩年

南北戦争終了後八年、一八七三年（五十四歳）の時にホイットマンは、母の死と中風の発作によって、二度目の精神的危機を迎える。ゲイ・W・アレンによれば、ホイットマンの晩年の心境は、「コロンブスの祈り」（一八七四）によって示されており、そこでは詩人は、明らかに自己の姿と重ね合わせながら、打ちひしがれたコロンブスを、「打ちのめされ、遭難した老人」（一）として描いているということである。[19]

なるほど、「打ちのめされ」(batter'd)、「遭難した」(wreck'd)、「ほうり出され」(thrown)、「病気で死にかかり」(sicken'd and nigh to death) といった表現は、突然おそいかかった病気に呻吟する詩人の心をそのまま反映したものと言えるし、また、「わが船を、神よ　み胸に委ねます」（五〇）という言葉は、老境に入り始めたホイットマンの諦念のように受けとることができる。

ホイットマンの晩年の心境は、詩に現われた限りでは静かなものであった。「七十の寿命」、「さようなら　わが空想」（一八九一）、詩群「老いの繰り言」など、一八八〇年以降に書かれた作品あるいは作品群のうち、ほとんどのものには、第三版の「最初の危機」の時代の作品や、南北戦争時の比較的写実性に富んだ作品にあるような、「死」に対する痛切な哀傷はみとめられない。そこにはただ、内面に沈潜した、おだやかな心情が秘められているばかりである。

The soft voluptuous opiate shades,
The sun just gone, the eager light dispell'd — (I too will soon be gone, dispell'd,)
A haze—nirwana—rest and night—oblivion.

静かでここちよい　感覚をにぶらせる闇、
日は沈んだばかりで、鋭い光も消散し——（わたしもまたすぐに沈み　消散するだろう。）
茫漠——涅槃——休息と夜——忘却。

「たそがれ」（一八八七）（一一二）

しのび寄る死の影は、「静かな」「ここちよい」「感覚をにぶらせる」などの語で示されるものであり、「わたしもまたすぐに沈み、消散するだろう」は、おのずからほろびへの道を辿る人間の心情を示している。ここでの「わたし」は沈みゆく夕陽のように、何の葛藤もなく死の境へ入りつつあるのであり、「死」は忘却といこいとしてとらえられている。「最初の危機」の時代を代表する作品「はてなく揺れる揺籃から」や、作品「いのちの海と共に退きつつ」にあるような、はげしく、狂おしい惑乱や活力は、「第二の危機」での「わたし」にはもはや存在しない。「心しずめる死」についてのホイットマンのミスが、晩年の作品に至ってようやく自然な表現を得たというべきか。

ところで、エモリ・ホロウェイによれば、この作品「たそがれ」での「忘却」という語が、ホイットマンの哲学と矛盾するということで、彼の読者から多くの抗議をよび起こしたという。ホイットマンが当時の愛好者からどういう風に評価されていたかを示すエピソードであり、固定的なホイットマン像が形成されていたことを推測させる。「忘却」という語は、ホイットマンが「十一月の枝」（一八八八）において、若い兵士の死を描く時にも使っており、死は忘却であるというとらえ方は、少なくとも南北戦争後にはホイットマンの「哲学」であったのではないか。

ホイットマンの一生を通して考えてみる時、「最も小さな芽でさえ死は実際には存在しないことを示す」といった考え方は、作品「わたし自身の歌」以降のものと考えられる。それ以前の時期では、ホイットマンは「死」を単なるほろびとして描いており、人間は弱く、高慢で、過ちを犯し、結局は「死」によって息の根をとめられるというとらえ方が支配的である。

晩年のホイットマンは、彼の心酔者の知らなかった本来の姿にもどりながら、「心しずめる死」という自らのミスに詩的表現を与えようとしたのである。

5　ホイットマンと南北戦争

南北戦争はホイットマンにとって重要な意味を持っていた。チャールズ・I・グリックスバーグが指摘するように、南北戦争こそはホイットマンにとって、「国家的危機」、「現代の叙事詩」、「創造力」と言い得るものであり、[1]何よりも詩人自身の言によれば、戦時の三、四年の体験なしには『草の葉』は存在しなかったというのである。[2]もっともここで彼が言う『草の葉』とは、第四版（一八六七）ないしは第五版（一八七一）以降の『草の葉』ということになるのだろうが、いずれにしても、南北戦争での体験が詩人に大きな影響を与えたということは明らかである。

ところで、戦争に先立つ第三版（一八六〇）の時期に、ホイットマンはゲイ・W・アレンの言う「最初の精神的危機」に陥っており、その状況は第三版初出の作品に反映されている。ただしアレンは、一八七一年までにホイットマンの精神的危機は完全に終わったと言い、さらに、「彼（ホイットマン）を救ったものは、何よりも南北戦争の全般的な影響――それは単に陸軍病院における彼自身の愛国的で献身的な奉仕を通じて現われただけではなく、戦争が彼と国家に対してエイブラハム・リンカンをもたらしたゆえに――によるものであった」と述べて、南北戦争という「国家的危機」が詩人の「精神的危機」の克服に与えた影響の大きさを指摘している。[3]

もちろん第三版に表われた「精神的危機」は、詩人の内面に本質的に存在するものという見方も成り立つだろう。そうだとすると、アレンの右の指摘は、ホイットマンの詩の流れをあまりに伝記的事実に即してとらえすぎているということにもなる。

けれども、私的な苦しみを、公的な献身によって昇華させるということは、当然詩人にも起こり得るのであり、第三版から詩群「軍鼓のひびき」へ移って行く過程に詩人の意識上の大きな変化があったことは明らかであり、変化の根底に彼の戦争体験があることも動かせない事実である。それは描写にも変化を与えずにはおかない。今、その一例として、問題点をホイットマンの全作品を貫く「死」のテーマに限るならば、右に言う変化は、アレンによって次のように要約されている。

「死」の重要性ということでは、「軍鼓のひびき」は『草の葉』第三版に劣るものではない。けれども前者の「死」の扱い方は、作品「揺籃から」におけるノヴァーリス風な情感のようには、病的でもなければロマンティックでもない。[4]

つまりアレンは、ホイットマンの「死」の描写については、第三版から作品群「軍鼓のひびき」への移行に伴って、病的でロマンティックな要素が次第に減少していったという。このことは、ホイットマンが、一方で兵士たちの死を殉教と見なしたことを示すと共に、他方、詩の描写においてはリアリスティックな要素を濃くしていったことを表わす。

南北戦争はホイットマンにとって、少なくとも当初は大義のための戦いであった。国の統一のためにたたかった兵士たちの死は、詩人にとって自らの死の理念（生―死―生の理念）の反映であった。が、同時に詩人は戦争の過程で、凄惨なむき出しの現実そのものと向かい合った。

ホイットマンはリンカンと共に、奴隷制度廃止をむしろ第二義的なものと見ており、主眼は国の統一であった。詩人が南軍の兵士たちにも同情の念を持ったことは、彼の人間性の豊かさを示すものではあるが、他方でホイットマンが、奴隷解放戦争としての南北戦争の意味を、必ずしも歴史的に把えていなかったことを現わす。その意味でホイットマンには、ソーロウやホイッティアのような鮮明な思想表現を欠くところがある。

一八八八年、ホイットマンがホリス・トローベルに語ったところによれば、ホイットマンの戦争詩の価値は、文学的な面よりは、むしろ人間的な面にあった、それは時には名称、日付け、事件などの単なる記述であり、複雑化や美化の衣裳をまとわぬものだったということである。[5] つまり想像よりは記録が前面に出て、それと共に個から全へ、象徴から現実への移行が進んだのであろう。

もっとも、だからと言って詩群「軍鼓のひびき」の描写が、それ以前の初・二・三版の世界と完全な断絶を示しているわけではない。これは一人の詩人が書いたものである以上当然のことかもしれないが。

たとえば第三版の作品「はてなく揺れる揺籃から」の発想は、すでに「わたし自身の歌、三六」に見られるが、この関係は、「軍鼓のひびき」と「わたし自身の歌」についても存在するのである。従ってその限りでは、「個人的危機」を反映する第三版も、「国家的危機」を反映する「軍鼓のひびき」も、共に「わたし自身の歌」を思想上技法上の出発点としている。そのことは、「わたし自身の歌、三六」と、作品「追いつめられた兵士らと進み、道は分らず」とにおける戦場描写を比べてみれば明かであり、南北戦争で現れた外界を描く手法は、部分的にはすでに初版の時期に準備されていたのである。

例えばホイットマンは、「わたし自身の歌、三五」では、「昔の海戦」の話を描いている。初版のこの部分に当たる所では、次のような書き出しになっている。

Did you read in the seabooks of the oldfashioned frigate-fight?
Did you learn who won by the light of the moon and stars?

海事の記録で旧式軍艦の海戦のことを読んだかい？
月と星の光をたよりにどちらが勝ったかを知ってるかい？

（八九〇－一）

この海戦は、一七七九年九月、イギリスのヨークシャー州東海岸沖合で、米船と英船との間でたたかわれた海戦である。「わたし自身の歌」の三十六節ではホイットマンは、「少年の遺体」（九三三）、「雑然と積まれた遺体、散らばった遺体」（九三七）、「マストや帆桁にくっついた肉片」（九三七）などの目に見える情景、「外科医のメスの鋭い音」（九四二）、「ほとばしる血しぶきの音」（九四三）、「短く狂おしい叫び」（九四三）、「長い、にぶい、息も絶え絶えの呻き」（九四三）などの音を羅列して、戦闘終了後の惨たる場面を描いている。また、「岸辺のすげの草地や野原の匂い」（九四一）などの描写を含め、視、聴、嗅覚による描写は、そのまま南北戦争の作品「追いつめられた兵士たち……」に引き継がれているのだが、むしろ「わたし自身の歌」の方が、細部が綿密に描かれ、構成は念入りに整えられている。

それにもかかわらず、「わたし自身の歌　三六」の戦争描写から受ける印象は弱い。昔日の戦闘を色々な情景の羅列によって克明に描写しようとする無理が、おのずから描写に現われている。

これに対し、作品「追いつめられた兵士ら……」の方では、「わたし自身の歌　三六」にはない臨場感がある。野戦病院（古い教会）の中には、「エーテルの匂い」（一五）、「血の匂い」（一五）がたちこめ、死者、負傷者は屋外にも横たわっている。負傷者の断末魔の叫びと軍医の声がおりおり聞こえ、たいまつの明かりの下での「小さな鋼の器具のきらめき」（一九）が鮮烈である。やがて集合の合図が聞こえ、出血のため息絶えようとしている少年兵士が、「わずかなほおえみ」（二一）を投げかける。「わたし」は再び暗闇のなか、知らない道を行進してゆく。

ここには、野戦病院に呻吟する兵士の苦悶に傍観者であり得ない詩人の、情景把握がある。単に現場に臨んで実景を直接に描いたというだけではなく、兵士の運命への共感が、このような人間記録を可能にしたのだろう。作品「薄暗くおぼろげな夜明けの露営地の光景」（一八六五）では、「わたし」が三人の戦死者に対して親しく話しかけてゆくという形で描かれている。遺体は毛布ですべてをおおわれているが、毛布をわずかにあげて覗くと、最初の人は「髪はほとんど白くなり、目のあたりの肉はすっかり落ちくぼみ、こんなにやつれて無気味な顔つきになった年配の人」（九）であり、二番目は「頬のあたりがまだ赤い可愛い少年」（一二）であり、三つ目の担架の人は、「少年でもなく老人でもなく、美しい黄白色の象牙のような、とても静かな顔」（一三）をしており、その顔はまさしく「キリストその人の顔」（一四）である。

このような描写の背景にある兵士への愛情を、ホイットマンの「友愛」と関連づけることも可能だが、兵士の顔がキリストに見えるということは、詩人が兵士の行為や死を神聖なものと見ていたことの反映であろう。ホイットマンは肉体や物質を、霊魂や観念と対等の独立したものと見てきたが、歴史的事実や無名の兵士のなかに聖なるものを見いだそうともした。その機縁となったのが、傷病兵の看護を通しての戦争体験であったのだろう。

作品「追いつめられた兵士らと進み、道は分からず」と、作品「薄暗くおぼろげな夜明けの露営地の光景」について、ブロジェットとブラッドリは述べている。これらの戦場の描写は、一八六〇年代において、後のスティーヴン・クレインやヘミングウェイのリアリズムに先鞭をつけたものである、と。[6] ホイットマンは、アメリカン・リアリズムの先がけでもあったのだ。

ただし、彼の戦争詩では、一方で現実描写が進められながら、他方では、時に唐突に、抽象的な表現や天体(月、星)が現われて、現実の浄化が行なわれる。ホイットマンはやはりアメリカン・ロマンティシイズムの詩人であった。さらにはまた、クエーカー的な神秘主義、超絶主義、「心を安らげる死」についてのミスなどが、ホイットマンの現実浄化の衝動を促したのであろう。酸鼻を極める修羅の巷を描くに当たっても、詩人は何らかの美化を必要とした。そのことは戦場を描いた散文についても言える。

それから負傷者の野営地――ああ、これは何という光景だ?――これが本当に「人間性」というものか――この屠殺場が? こんなのが何箇所かある。一番大きいところでは、林間の空地に、二百から三百のかわいそうな人が横たわっている――呻きと叫び――血のにおい――それといりまじった夜、草、木々のさわやかなにおい――この修羅場! おお、彼らの母親、姉妹が彼らを見ることができず――こんな事態を想像もできず、今までも想像もしなかったのは幸せなことだ。兵士は腕と脚の両方を砲弾で撃たれ――どちらも切断されている――ばらばらの手足がここにころがっている。ある者は両脚を吹きとばされ――ある者はたまで胸を打ちぬかれ――ある者は言語に絶するほどのいまわしい傷を顔か頭に受けて、全く不具にされ、吐き気をもよおすほど、引き裂かれ、えぐられ――ある者は腹部をやられ――ある者はまだほんの少年であり――多くの反徒も重傷を負い、彼らも外の者と共に、同様に通常の順番で扱われ――軍医も反徒を同じように扱う。負傷者の野営地はこのような状態であり――これがはるかに離れたところでの血なまぐさい情景の一断片であり、一回顧である――他方で、輝く大きな月がおりおり現われて、いたる所に、おだやかな、落ち着いた光を注ぐ。森の中でのあの人間の動きまわる風景――銃声、大砲のとどろき、叫び声の中に――ほのかな森のかおり――けれども鼻をつく、息づまる煙――時々天上からまことにおだやかに見おろす月の輝き――この上なく美しい空――あの上の方の明暗、あの天上の浮かぶ大洋――静かにゆっくりと現われて、それから消えてゆく、かなたの落ち着きはらった、大きないくつかの星――上の方も、まわりも、うれいに満ちた夜のとばりがある。

「一週間ばかり前の夜戦」6

右の文章での「呻きと叫び」と「血のにおい」との交錯は、先の作品「追いつめられた兵士らと進み、道は分からず」と似ているが、ホイットマンの場合、修羅場のリアルな描写が続いた後に、しばしば「月」や「星」が現れる。もちろん描かれる対象が夜だからでもあろうが、このことは、先の「わたし自身の歌、三六」でも見られるのである。

つまりホイットマンにあっては、戦場の血なまぐさい情景と周辺の自然物のかおり、そして月、星などの天体といった三者の組み合わせは、作品「わたし自身の歌　三六」にも見られた、いわば一つの型である。月や星、あるいは「心を安らげる死」についてのミスは、多くの場合、現実描写の後に必要としたものであった。

このことは、作品群「軍鼓のひびき」や外の作品でも見られる。三つの作品について考えてみたい。

第一に、作品「見おろせ、美しい月よ」(一八六五)ではどうか。

Look down fair moon and bathe this scene,
Pour softly down night's nimbus floods on faces ghastly, swollen, purple,
On the dead on their backs with arms toss'd wide,
Pour down your unstinted nimbus sacred moon.

見おろせ美しい月よ　そしてこの光景を包め、
青ざめ、むくみ、紫色の顔に　夜の漲る後光をやさしく注げ、
腕を大きく投げ出した仰向けの死者に、
惜しみなくあなたの浄い光を注げ　聖なる月よ。（一―四）

この詩は四行ばかりのものであるが、詩人は一方で戦場の惨状を、「青ざめ、むくみ、紫色の顔」、「腕を大きく投げ出した仰向けの死者」などの遺体の描写で具体的に示しながら、他方で「やさしく」が示すように現実の悲惨を柔らげようとする。「月」はここでは、美しさ、やさしさ、豊かさと共に、「聖なる」要素をも帯びている。詩人の現実浄化の願いが「月」に投射されているのである。

第二に、作品「昔の戦争の夢」（一八六五―六）はどうか。

In midnight sleep of many a face of anguish,

Of the look at first of the mortally wounded,（of that indescribable look,）
Of the dead on their backs with arms extended wide,
　I dream, I dream, I dream.

Of scenes of Nature, fields and mountains,
Of skies so beauteous after a storm, and at night the moon so unearthly bright,
Shining sweetly, shining down, where we dig the trenches and gather the heaps,
　I dream, I dream, I dream.

真夜中　眠りながら　多くの苦しむ顔を、
最初は　致命傷を受けた人の表情、（あの名状しがたい表情を、）
腕を大きく広げた仰向けの死者を、
　わたしは夢にみる、夢にみる、夢にみる。

「自然」の風景、野を山を、
嵐のあとのいかにも美しい空を、そして夜には実にこの世のものならぬ明るい月を、
溝を掘り累々たる屍を集めている処で、やさしく輝き、照らす月を、
　わたしは夢にみる、夢にみる、夢にみる。

（一一八）

ここでは兵士は、「多くの苦しむ顔」、「致命傷を受けた人の表情」、「あの名状しがたい表情」、「腕を大きく広げた仰向けの死者」といった語で描かれる。とりわけ腕を大きく広げた仰向けの死者は、先の作品「見おろせ、美しい月よ」でも描かれるし、いかに詩人が、この姿を心に深くしみ込ませているかを示している。そしてこの作品「昔の戦争の夢」でも、「この世のものならぬ明るい月」がやさしく光を注ぐ。月は、死者に対してだけではなく、屍を集める生き残ったわれわれにも照り輝くのである。

第三に、「二人の勇士のための挽歌」（一八六五–六）はどうか。ここにも兵士の死と月との組み合わせがある。

The last sunbeam
Lightly falls from the finish'd Sabbath,
On the pavement here, and there beyond it is looking,
Down a new-made double grave.

Lo, the moon ascending,
Up from the east the silvery round moon,
Beautiful over the house-tops, ghastly, phantom moon,
Immense and silent moon.

最後の日の光が

静かに　終了した安息日から、
この舗道の上に落ち、その向こうを見詰める、
　できたばかりの二つの墓を。

　おや、月が上る、
東から銀色のまるい月が、
屋根の上に、美しく　青ざめた、幻の月が、
　大きく静かな月が。
（一一八）

すなわち、「できたばかりの二つの墓」に安息日の夕べの光がさし、さらに、「銀色のまるい月」、「青ざめた、幻の月」、「大きく静かな月」が東から上る。墓に葬られるのは「息子と父の二人の勇士」（一九）であって、太鼓の音やらっぱの響きで「力強い葬送の曲」（二四）が奏でられる。月は「悲しみに満ちた巨大な幻」（二六）と表現され、「どこかの母親の透き通った大きな顔」（二七）が連想される。ここでは死者は今運ばれているところだが、現われているのは「二つの墓」であって、先の作品「見おろせ、美しい月よ」とは違い、悲惨な死者の姿がリアルに描かれているのではない。そして、月がはげしい悲しみを、静かな情調に軟化していることは明らかである。

「月」はホイットマンにとって、「恋愛詩の常套的なシンボル」でもなければ、「夜の女神ダイアナ」でもない。また、「青ざめた」「幻の」が、恐ろしさ、冷ややかさを感じさせることもあろう。

けれども右の作品で、「青ざめた、幻の月」は、悲しみを昇華させる役割を果たしていることは明かであり、また、「悲しみにみちた巨大な幻である月」が、「どこかの母親の透き通った大きな顔」と結びつけられていることからも分かるように、月は一種の慈愛を示すものであろう。先の作品「見おろせ、美しい月よ」でも、作品「昔の戦争の夢」でも、月はホイットマンの「心を安らげる死」のミスと同じように、やさしく甘美な要素を含み、死者に静かな慰藉の光を投げかける。いわば死者の魂をしずめるのに欠かせぬものである。

以上のように詩群「軍鼓のひびき」などの戦争描写では、現実的要素とミスティックな要素とは、ある時は雑居し、ある時は融合する。このようなホイットマンの戦争詩については、諸家の評価はもとより一様ではない。作品「わたし自身の歌」を高く評価するリチャード・チェイスは、「軍鼓のひびき」をあまり評価していない。チェイスは、ホイットマンの古い確信と創造力との間の亀裂を指摘し、「軍鼓のひびき」では想像力は分散し、一方では「単純なリアリズム」(時に興味深いけれども)、他方では戦後の詩に見いだし得る「曖昧で生気のない、感情の一般化」が残ったと評している。[7] チェイスによれば、ホイットマンの野戦病院訪問は、詩作の代償作用にはなったが、詩作のためのインスピレーションは提供し得なかったというのである。これについては評者の詩に対する見方にもよるが、いずれにしても南北戦争を境に、ホイットマンの詩的想像力が衰えに向かったということは否定できない。

他方で、フレデリック・シャイバーグのように、「軍鼓のひびき」をホイットマン芸術の偉大な進歩と見る見方もあり、[8] また、エドモンド・ウィルソンはその『愛国の血糊』(一九六二)で、ホイットマンの戦争についての散文や詩を高く評価している。ウィルソンはどのような観点から、また、どのような作品について、ホイットトマンの戦争文学に高い評価を与えたのか。
ウィルソンは言う。ホイットマンは下士官や兵士たちと共に戦場や野戦病院にあった。従って兵士たちの無力感やペーソスはしばしば詩人のものであり、彼の怒りは時に、兵士を操作し非難する立場の指導者へ向けられていると。大切な指摘であろう。
ウィルソンは、脱走兵についてのホイットマンの回想を引いている。その箇所では、十九歳にもならないのに、十二の戦闘で歴戦の兵にも負けず戦い、今は目にほうたいをした、ひたむきで純真な兵士のことが描かれているのである。[9]
ウィルソンによれば、ホイットマンは「軍鼓のひびき」や「リンカン大統領の追憶」などの詩群によって、南北戦争の文学にきわ立った貢献をした、「軍鼓のひびき」は南北戦争に関して戦時中に書かれた最善の詩を含んでいるという。そして次の作品について言及する。
一つは、「夜明けの旗の歌」（一八六五）である。ここでは星条旗のはためきによってほとばしるプロパガンダが際立つのではなく、東西南北の国中の人びとの姿が引き立たされており、彼らはすべて、進ませ急がせ働かせる戦争の衝撃力によって動かされているのである。また、作品「浅瀬を渡る騎兵隊」（一八六五）では、ロマンティックな物語詩に由来する疾走する騎手の代わりに、ホイットマンは騎兵隊の実物からスケッチしているという。[10]
以上のような評価は、ウィルソンならではのものであろう。そもそも彼は、『愛国の血糊』の冒頭で書いた。「アメリカ南北戦争の時代は、芸術的な文学が栄えた時代ではなかった。けれどもその時代は、主として演説と（時事問題の）論説、私信と日記、回想録と時事報告からなる注目すべき文学を生み出した」。[11] 南北戦争と文学についてのウィルソンのこのような把握を前提にするならば、彼がホイットマンの戦争描写に高い評価を与えている理由が分かる。リチャード・チェイスの言う想像力の分散を補って余りある現実の把握力が、戦争の過程で詩人の内部に生れたことは明らかである。

諸家の評価はさておき、誰よりもホイットマン自身が、自己の戦争体験の深さを確信していた。彼は言う。たとえ古の偉大な詩人であっても、彼ホイットマンが参加したほどの事件（南北戦争）には近づくこともできなかったのだし、また、どのような人物も、南北戦争とその傷跡を見ないでは、未来やアメリカ合衆国についての何の見解も持ち得ないのだと。「アメリカの魂」から湧き起こる詩をうたいながら、詩人は自らの使命を自覚する。作品「青いオンタリオの岸辺で」（一八六七）はその確認である。

By blue Ontario's shore,
As I mused of these warlike days and of peace return'd, and the dead that return no more,
A Phantom gigantic superb, with stern visage accosted me,
Chant me the poem, it said, *that comes from the soul of America, chant me the carol of victory,*
And strike up marches of Libertad, marches more powerful yet,
And sing me before you go the song of the throes of Democracy.

青いオンタリオの岸辺で、
いくさの日々とよみがえった平和と、そして帰らぬ死者のことを静かにおもうとき、

巨大でおごそかな「幻」が、きびしい顔つきで話しかけてきた、
「わたしに歌ってくれ」、――「幻」は言った、「アメリカの魂からあふれる詩、勝利の讃歌を歌ってくれ、
そして『自由』の行進、さらに力強い行進のうたを、
そして君が去る前に『民主主義』の陣痛のうたを、わたしに歌ってくれ。」
（一・一一八）

戦後の詩人の脳裏に常に表われるのは、死んでいった兵士たちの映像である。灰の中から起こる彼らの「壮大な幻」は、重要な詩的対象としてホイットマンのなかに生き続けるのであり、以後彼は、繰り返し戦争の体験を語り続ける。リンカン暗殺を契機として作られた「先頃ライラックが前庭に咲いたとき」は、ホイットマンの戦争体験、詩的創作の集約と見ることができる。

ホイットマンにとってはリンカンは、完全に「西部的・独創的・理想的で因習にとらわれない」人物の典型だった。いわば詩人の好みのタイプ、理想的な英雄像だった。従って先にもあげたように、そのようなリンカンの死が、ブル・ランの敗北と共に、ホイットマンの忘れ難い事件であったとしても不思議はない。と同時に、作品「先頃ライラックが……」においてホイットマンがリンカンをいたむ心は、多くの兵士たちの死をいたむ心の延長線上にある。

I saw battle-corpses, myriads of them,
And the white skeletons of young men I saw them,
I saw the debris and debris of all the slain soldiers of the war,

But I saw they were not as was thought,
They themselves were fully at rest, they suffer'd not,
The living remain'd and suffer'd, the mother suffer'd,
And the wife and the child and the musing comrade suffer'd,
And the armies that remain'd suffer'd.

わたしは見た　戦死者の屍、無数の屍を、
若者たちの白骨を、わたしは見た、
戦争で殺されたすべての兵士の　屍また屍の連なるのを　見た、
しかし　わたしは見た　その屍は世の想像と違うことを、
死者は全くいこい、苦しんでいなかった、
生きている者がとり残されて苦しみ　母が苦しんだ、
そして妻や子や　おもいに沈む仲間が苦しみ、
そして生き残った軍隊が苦しんだのだ。

（一五・一七七－一八四）

「わたしは見た」の繰り返しは、『民主主義展望』（一八七一）のような散文のなかにも現われるが、詩人の戦争体験の明確な確認であり、リンカンの死はこの確認のなかに位置づけられている。リンカンの死は、もろもろの兵士たちの死の集約なのである。ホロウェイの指摘のように、リンカンの棺は汽車によって運ばれる。それゆえ棺は、広大な空間、沢山の人びとの間を通り得るのである。

Coffin that passes through lanes and streets,
Through day and night with the great cloud darkening the land,
With the pomp of the inloop'd flags with the cities draped in black,
With the show of the States themselves as of crape-veil'd women standing,
With processions long and winding and the flambeaus of the night,
With the countless torches lit, with the silent sea of faces and the unbared heads,
With the waiting depot, the arriving coffin, and the sombre faces,
With dirges through the night, with the thousand voices rising strong and solemn,
With all the mournful voices of the dirges pour'd around the coffin,
The dim-lit churches and the shuddering organs—where amid these you journey,
With the tolling tolling bells' perpetual clang,
Here, coffin that slowly passes,
I give you my sprig of lilac.

小道と街々を通りすぎる棺よ、
昼も夜も大きな雲が大地を暗くし、
おごそかに旗にはリボンがまかれて　都市は黒色で包まれ、

どの州も　黒いベールに顔を包む女のように起立し、
葬列は長く　曲がりくねり　夜はかがり火、
無数のたいまつは燃え、沈黙の海なす　顔　脱帽した頭、
待っている駅、到着する棺、陰鬱な顔、
夜を流れる悲歌、強くおごそかに湧く幾千の声、
棺のまわりに注がれる　葬送の悲しみに満ちるあまたの声、
ほのかに灯ともす教会と　ふるえを帯びるオルガン——そこを、そのさ中を　棺よ　あなたは旅行く、
鳴りわたる　鳴りわたる鐘の　永久の響きの中を、
ほら、ゆっくり通り過ぎる棺よ、
あなたにライラックの小枝を捧げよう。
（六・三三—四五）

ここでホイットマンは、悲しみで満たされた沢山の人々の厳粛な顔つきを表現するのに「沈黙の海なす　顔　脱帽した頭」という語句を用いている。それは詩人の「海」への好みを反映した表現だが、他方それは、棺を送る大量の人々の存在を示す。「顔」「たいまつ」「声」「悲歌」などはいずれも複数になっているが、とりわけ「幾千の声」が示すように、このエレジーは、単なる詩人個人のうたではなく、合衆国の幾千幾万の人々のコーラスなのである。海のような群衆と融合し、その声をわがものとすることによって、ホイットマンはこの作品に、一種の公的性格を帯びさせた。つまりここで、幾千幾万の民衆の声を代表する詩人が、おびただしい戦死者の集約であるリンカンをいたむという関係が成立するのである。

このような意味で右の作品はホイットマンの戦争体験の詩的結晶ともいえるのであり、南北戦争はこのような形で詩人の内部に深い痕跡を残したのである。

Ⅲ　ホイットマンの空間

1　都市空間ニューヨーク

ホイットマンの生い立ちには、田園的な要素と都会的な要素とが入りまじっている。詩人はニューヨーク州ロングアイランドのウェスト・ヒルズという村で生まれた。その体内には幾世代にもわたる農民の血が流れている。けれども彼が四歳の時、一家はブルックリンへ移り、そこでホイットマンは十一歳の時まで短い学校生活を送り、以後は法律事務所や医師の使い走りをしたり、印刷所の植字見習工などをする。十七歳の時からロングアイランドで小学校教師をした後、二十二歳の時に、ニューヨークへ移り、そこではとりわけサロン、劇場、美術館などに心を奪われたという。

このような経歴から見ると、ホイットマンの生い立ちには、田園的要素より都会的要素の方が勝っているように思われる。なるほど彼は農家の出ではあるが、四歳でブルックリンへ移ってきたのだから、都会育ちと言えるし、また、十七歳から何年か、田舎の小学校で教師をしたといっても、それは、ロングアイランドのクイーンズ、サフォーク間の学校へ教えに行き、転々と下宿を変えたということであるから、やはり詩人に影響を与えたのは、むしろ都市であるように思われる。

もっとも、当時（一八三〇–四〇年）のブルックリンは、人口一万から一万二千の独立した市で、全く田園的な感じの所だったし、また、ホイットマンは、子供の時分から、しばしばロングアイランドでうなぎとりやかもめの卵拾いをしたり、馬、船、徒歩でそのあたりを廻って農民や漁師と親しんだというから、彼の内部では田園と都市との対立はなかったように思われるのである。

若き日のホイットマンにとって、ニューヨーク（今日の四十二丁目以南のマンハッタン）はまことに親しい所だった。二十三歳のホイットマンが、『ニューヨーク・オーロラ』に書いた幾つかの記事を読むとそのことがよく分かる。[1] もっとも記者としての立場がこのような文章を書かせたのであることは考える必要があるが、それにしても、後に書かれた詩集『草の葉』や『自選日記』（一八八二）と読み比べてみると、右のジャーナリスト時代の文章が多分に詩人の本音を反映していることが分かる。

「わが都市」（一八四二）ではホイットマンは次のようにニューヨークをとらえている。

ニューヨークはすばらしい所だ――それ自体で強力な世界だ。

ここには、あらゆる種類、あらゆる階層の人びとや、地球上のあらゆる国ぐにに出身の――あらゆる職業に従事している――さまざまな程度の、さまざまの色合いを異にした無知と学識、徳行と悪徳、富と貧窮、最新の流行と粗野、優雅な作法と野蛮、気高さと堕落、ずうずうしさとしとやさかの風を身につけた人々が居る。[2]

ニューヨークはアメリカではないと言われ、他方、いやその雑多なものの集まっているところがまさにアメリカ的なのだとも言われるが、右の若きホイットマンの文章は、いち早くニューヨークの特色を指摘している。ニューヨークには世界中のすべてのものが集まっている、いながらにしてわれわれはそれを享受できるのだというのがニューヨーカーの誇りのようであるが、今日、「ニューヨーク・エクスピリエンス」で上映されるニューヨーク紹介の映画を見ても、犯罪の多様性以外の、あらゆるニューヨークの多様性が強調されている。ホイットマンは右の文章でニューヨークの空間的な多様性をとらえている。内容を要約してみると、

マンハッタンの南端、ボウリング・グリーンからブロードウエイを北上すると、静かなたたずまいの家々が目につく。主に下宿屋である。道路の人通りは少ない。が、トリニティー教会を過ぎると、人通りが密になり、建物の一階は主に店舗で占められる。幾つかの一流ホテルがあり、午後には立派な身なりをした人たちが食後の散歩を楽しんでいる。装身具やさまざまの意匠の品物を売っている店、さらにはコルマン書店を過ぎると、ブロードウエイからパーク通りが分かれている所にくる。[2]

ということになる。ホイットマンはさらにセント・ポール教会、アスター・ハウス、パーク劇場、ニューヨーク・オーロラ社、市庁舎、ユダヤ人居住地域、チャタム広場のせり市……と筆を進めてゆく。バワリー通りを北上するとさまざまな人びとや店を二百メートルごとぐらいに見ることができる。さまざまな通りがあり、また、一つの通りにさまざまのものがある。どこを通るかは君のお好み次第だ、というわけである。

ホイットマンは、このようにしてニューヨークの空間の多様性が発散する活力や魅力をとらえている。次に「ニューヨークの生活」（一八四二）では、時間的な面でのブロードウエイやチャタム街の多様性が描かれている。これも要約してみると、

日の出少し前、多少の人の流れがある。牛乳配達の車が通り、早朝汽船が着くと、船着場から馬車が疾走する。歩行者のほとんどが労働者で、大抵の者は食事が入っている小さなブリキなべを持っている。新聞配達人、流行のみなりをして散歩している人、眠そうな顔をし、大きな真鍮の鍵をぶらさげて歩いている下っぱの少年店員、大理石のポーチをこすり、歩道の石だたみに手桶の水をぶちまけているアイルランド人のお手伝い――これらの人々が日の出前の街頭にいる人たちである。日が出ると情景は一変する。わが大都市の貴族たちが勢力を持つようになる。昼近くなると、美しい婦人や整った顔だちをした男たち――時に着飾ったしゃれ者もまじっている――が目に入る。本当にアメリカではブロードウエイがあるだけだと言われるのも、もっともだ。日暮れになると……[3]

ということになる。同じ空間でも、時間によって通る階層が違う。早朝の通行人を具体的に描いているのもホイットマンらしいところである。日の出前の眠そうな少年は、詩人の少年の日の姿に近かったのかもしれないし、また、青年ホイットマンもしゃれた姿でブロードウエイを闊歩したようだから、街頭の情景や人びとは、詩人の生い立ちと情感的につながっている。

ジャーナリズムの文章は常に具体的現実的であることが要求されるから、ホイットマンが親しい市井の情景や

人びとをまず散文で描いたことは、後の『草の葉』における都市描写にとって意味のあることだった。これらの散文には、すでに『草の葉』の萌芽が見られるのである。

ホイットマンが右の文章を書いたのとほぼ同じ頃、エマスンは「詩人論」(一八四四)において、「詩の読者は工場群や鉄道を見て、風景の詩情がこういったもののために台無しになったと思いこむ。これら人工の産物は、彼らの読み方ではまだ神聖なものにされていないからだ。しかし詩人はこういうものを、蜜蜂の巣や蜘蛛の幾何学的な巣に劣らず、偉大な『秩序』の中に含まれているものと見る。自然はこういうものを非常に早く、自らの生命の円の中にとり入れ、滑るように行く列車を自分のもののようにいつくしむ」と述べ、近代の産業文明をも詩の対象に含めることを呼びかけていた。エマスンのこの提起は、自然の中に、人工をくみ入れることだった。また彼は、同じ「詩人論」で、「われわれの比類のない素材の価値を知り、さらに、ホメロス・中世期・カルヴァン主義に現われた神々の姿を絶賛しながら、それと同じ神々が、この野蛮な物質主義の現代にも祭りをしているのを見る」ような天才は、まだいないと述べて、現代を描く詩人の出現を熱望している。近代産業文明の産物である大都市が、詩の領域に入る機運は熟していた。

以上のエマスンの提起は、ホイットマンにとって自らの生活実感を理論化してくれたものだったろう。ただし実感としてはニューヨークはすでにホイットマンの内部で、自然の延長として存在していた。彼は自然と都市を統一してとらえることに内部矛盾を感じなかった。あとはただ、自己の内部が詩として熟するのを待つだけであった。

「わたし自身の歌」（一八五五）では、都市描写はリアルな面を持ち、都市が理念に包みこまれることはない。エマスンの言う「偉大な『秩序』」や「自然」に似た理念は、まだ前面に表われず、その代わりに「わたし」がものをとり仕切っている感じである。

The blab of the pave, tires of carts, sluff of boot-soles, talk of the promenaders,
The heavy omnibus, the driver with his interrogating thumb, the clank of the shod horses on the granite floor.
. . . .
I mind them or the show or resonance of them—I come and I depart.

舗道を流れるおしゃべり、荷車の輪金、靴底のひきずる音、通行人の話し声、
重い乗合馬車、乗るかいと親指を立てる御者、御影石の道の馬蹄のひびき、
. . . .
これらのものを、あるいは　その姿やひびきを心にとめ—わたしは　来て去って行く。

（八・一五四–五、一六六）

視覚と聴覚を使ってのものの羅列のあと、短く乾いた表現でしめくくるのが、ホイットマンの表現手段の一つであるが、ここに見られるのは、一方で現実生活の瑣末なものに注目しながら、他方でそれに執しない状態である。この「わたし」の態度は、右と同じ第八節の、「こんなに多くのひびきを受けては返す　冷静な敷石」（一

六一）に似ているが、違うのは「わたし」が自在に空間を移動してゆくところにある。この手法によってホイットマンは、ロマンティシズムに根ざしながら、それを超えた現代性を獲得した。「わたし自身の歌」では詩人は、ものに活力を持たせながら、ものと「わたし」との間に自在な往復運動を成立させたのである。

リチャード・チェイスはモダニズムに対するホイットマンの貢献の一つとして、詩人が、従来散文の要素とされてきたものを抒情詩に導入したこと、そのことが「わたし自身の歌」に、経験が直接的であるという感じを与えたと評している。そしてその例として、右に引用した第八節の最初の二行をあげ、「詩は従来余り扱われなかった主題である都市を発見した」と述べているのである。[4] 都市を詩の対象に含むことは、単に素材を量的に拡大したというだけではない。それは、散文的要素の詩化、生活経験の直接的表現を伴った、詩の質的変革を意味する。ホイットマンは自由詩の創造によって詩の世界を変革したが、そのことを行なうに当たって、ニューヨークは大切な契機を提供しているように思われる。

そうは言っても、ホイットマンは後のモダニズムの巨匠たちのように都市や住民を見たのではない。ホイットマンは社会的市民的な改善運動を励ましたり、それに参加したりしたし、詩人としても、対象と一体化した、時には未分化の熱い心でニューヨークをとらえた。

ホイットマンは、その生い立ちから見ても、市井の庶民に対して、深い愛情と親近感を持っていた。詩人にとっては、庶民に属する人たちの方が富豪や知識人よりも親しい存在なのであった。また、ホイットマン四歳の時の一家のブルックリン移住は、農村での生活困難が背景にあったかもしれないが、彼の意識の中では、ブルックリンやマンハッタンはふるさとを出た果ての終着点という感じではなかった。むしろこれらの町が彼のふるさとであり、それに当時のニューヨークは、必ずしも荒涼たる都会ではなかった。今日、博物館や写真展などで、十九世紀のニューヨークの情景を推察しても、ホイットマンが街頭の情景や住民、とりわけ御者、渡し場の船頭、消防夫などに魅力を感じたことは、単に彼の同性愛的な資質のせいにはしてしまえない。当時の都会はまだ、日々の労働や暮らしの中で、人間個々の肉体や挙動が個性を示し得た時代であった。また詩人の見た群衆は、今日、地下鉄の連絡口をけわしい顔つきをして流れるように過ぎ去る朝夕の群衆とは、異質のものであったに違いない。

The march of firemen in their own costumes, the play of masculine muscle through clean-setting trousers and waist-
straps,
The slow return from the fire, the pause when the bell strikes suddenly again, and the listening on the alert,
The natural, perfect, varied attitudes, the bent head, the curv'd neck and the counting;
Such-like I love—・・・

衣装をまとった消防夫の行進、プレスのきいたズボンや皮帯を通して　たくましい筋肉が躍動する、
火事場からゆっくり帰ってくる——突如また、鐘が鳴り出すと、ぴたりと止まり、油断なく耳を傾ける、
自然で完全で多様な構え、頭を傾け、首をかしげ、数えている、
こういうものが　わたしは好きだ——

「わたしは充電された肉体をうたう」（一八五五）二・二八—三一

ニューヨーク市立博物館には火災関係の陳列室があり、十九世紀のニューヨークに多かった大火の絵、当時の消防用ポンプの模型、消防夫の衣装などが展示されている。消防夫の衣装などいきなもので、江戸の火消しを思わせたりする。一方でこういった都会の人間像を描きながら、他方でホイットマンは、ブルックリンやマンハッタンを讃えた。

Ah, what can ever be more stately and admirable to me than masthemm'd Manhattan?
River and sunset and scallop-edg'd waves of flood-tide?
The sea-gulls oscillating their bodies, the hay-boat in the twilight, and the belated lighter?
What gods can exceed these that clasp me by the hand, and with voices I love call me promptly and loudly by nighest
　name as I approach?
What is more subtle than this which ties me to the woman or man that looks in my face?
Which fuses me into you now, and pours my meaning into you?

ああ、マストに縁どられたマンハッタンほど、堂々としてみごとなものが、どこにあろうか？
川と落日と　帆立貝のように縁どられた上げ潮の波ほど、
体をふるわせて飛ぶかもめ、たそがれの中の干し草積みの小舟、出おくれた艀ほど、みごとなものがあろうか？

近づくと手を握ってくれ、すぐにわたしの好きな声をはりあげて　一番うちとけた名前で呼んでくれる人たち、
　神々でも彼らにまさることはない。
まともに顔を見てくれる女や男に　わたしを結びつけるもの、
今　わたしを君らにとけこませ、言いたいことを君らに注ぎこませるものほど　不思議なものはない。
「ブルックリンの渡しを渡る」（一八五六）（八・九―一七）

渡し船でイースト・リバーを渡り、ブルックリンとマンハッタンを往復することは、ホイットマンが最も楽しみにしていたことの一つで、それは彼に尽きることのない「生きた詩」を示してくれたという。右の作品ではニューヨークはどのようにとらえられているか。

第一に、マンハッタン（都市）は、美しい海（自然）に囲まれている。「川」「落日」「波」「かもめ」などは自然そのものであり、「干し草積みの小舟」「出おくれた艀」も、自然の匂いのする悠然たるものである。都市は自然と和合し、両者の間に対立はない。

第二に、詩人は同じ渡し船で川を渡る人たちとのつながりを意識している。当時の都会の片隅にあった庶民的人間的なふれあいを彼は大切なものに思っている。同時に、右の引用部分にはないが、詩人は、過去にこの渡し船で川を渡った人びと、未来に渡る人びととのつながりをも意識する。日常的世界から思弁的世界へ入ってゆこうとしているのである。また、親しく声をかけてくれる人びとには、「神々でも彼らにまさることはない」という言い方は、先にあげたエマスンの、「ホメロス、中世期、カルヴァン主義に現われた神々の姿を絶賛しながら、それと同じ神々が、この野蛮な物質主義の現代にも祭りをしているのを見る」天才はまだいない、という表現を

連想させる。むろんエマスンが言っていることと、ホイットマンの右の作品とは直接関係はないかも知れないが、ただホイットマンがエマスンの言を受けて、現実のニューヨークに、古代、中世、旧世界の「神々」に代わるものを作り出そうと気負っているところはうかがえる。

第三に、詩人はこの作品の第三節では、国の内外の船がここに集まっている様子を描いている。スクーナー船、スループ船、船員たち、マスト、長旗、汽船、舵手、航跡、外輪、波、倉庫、小舟、艀舟、鋳物工場の煙突……が描かれる。マンハッタンは全世界に門戸を開き、アメリカ合衆国の入り口になっているのである。

ここでは、「わたし自身の歌」にあった軽妙な都会描写は見られず、自然に囲まれた都市の美観や、時空を超えた普遍的な人間のつながりが描かれている。ものは理念の中に包みこまれていくのである。ここでも先にあげたエマスンの、「自然はこういうもの（工場群や鉄道など人工の産物）を非常に早く、自らの生命の円の中にとり入れ、滑るように行く列車を自分のもののようにいつくしむ」という言葉が思い浮かぶが、このような「自然」（偉大な「秩序」）は、ものをとり入れることでは流動的だが、ものとの関係ではそれを統べる立場にあり、固定化しやすい。エマスンの衣鉢を継ぐホイットマンの内部に、空間やものの間を自在に移る「わたし」に代わって、新しい理念が固定化してゆくのは、時間の問題であったのかもしれない。ニューヨークを描くことから、むしろそれを讃える方へ詩人の表現は移ってゆくのである。

近代の大都市が新世界においてだけ特別の道を歩むことはない。大都会の発達は、都市を自然から切り離し、市民を孤独に追いこみ、ニューヨークはエリートの居住地から、国の内外で疎外された人たちの終着の地となってゆく。ニューヨークは、さまざまな人びとを受け入れるということでは大きな力を発揮してきたけれども、今日、犯罪や貧困などの社会問題を解決する力をかなりの程度失ったようにも見える。

もちろん、ホイットマンが大都会に潜む現実の暗黒面を見なかったわけではない。彼は「ニューヨークの市場の生活」（一八四二）において、文明のかげにとり残された男の悲惨を描いている。

> のろく、もの憂い足どりで、青白い顔をし、やせて病人らしい中年男が歩いている。みすぼらしい服を着て、なけなしの二枚の十セント貨を、使う前に長々と注意深く見つめているように思われる。かわいそうに！（中略）。健康によい空気、気持ちよい日光、外界の楽しい影響などは、この男に与えられず、こうしてほとんど墓に埋まりそうな様子でここにいるのだ。文明の恩恵をあざけるように！

都市は、その脱落者たちを、金と共によい空気や日光からも切り離す。彼らは自然を奪われ、その代償としての「文明の恩恵」も彼らには無縁である。

ホイットマンの兄弟には不幸な人が多く、九人中三人に精神障害があり、一人はアルコール依存症にかかっていた。このように肉親に少なくない生活不適応者を抱えていた詩人が、悲惨な人びとの姿を人ごととして見過ごせなかったのは自然だろう。

The opium-eater reclines with rigid head and just-open'd lips,
The prostitute draggles her shawl, her bonnet bobs on her tipsy and pimpled neck,
The crowd laugh at her blackguard oaths, the men jeer and wink to each other,

(Miserable! I do not laugh at your oaths nor jeer you;)

阿片常用者が頭を硬直させ、口を少しあけてもたれかかっている、
売春婦がショールの裾をひきずり、ボンネットが　酔いで赤い　吹き出物の出た首の上ではねる、
群衆は　女が口汚く罵るのを笑い、男たちは嘲笑し、目くばせし合う、
(かわいそうに　わたしは君の悪態を笑ったり、君を嘲笑したりはしない)

「わたし自身の歌」(一五・三〇四-七)

自らは腐敗しているのに、売春婦のような社会の脱落者に対しては、苛酷な法や刑を施行する警官、政治家を、ホイットマンはきびしく批判した。

また、すでに述べたように一八五六年、ホイットマンは「第十八代大統領職!」という政治的小冊子を書いたが、彼はここで二人の政治家が大統領選挙候補に推薦されたことに憤激している。ホイットマンによれば、こうした候補者を指名した党大会の連中は、「健全なアメリカの自由人」「真の西部」「さまざまな都市の堕落せず政治に関係していない市民」から出てきたのではなくて、「深夜非道な分離の陰謀が企まれる名も分からぬ秘密の場所」「大都市のうみの出る傷口」から出てきたのである。東部の政治家、実業家、知識人によって新世界の理想は汚されようとしており、それを浄化するものとして西部の民衆がある、というのが当時のホイットマンの考えだった。政論家ホイットマンにとって、大都市の腐敗は既成の事実だった。

さらに詩人としても、ホイットマンは壮麗な都市の外観、その文明に必ずしも共感を示してはいない。「狂宴

の都会よ」（一八六〇）では、詩人は都市に呼びかけ、「お前の野外劇、移り変わる活人画、見せ物」「際限のないお前の家並み、波止場の船、道の行列、商品を並べた明るいショーウインドー」「学識のある人びとと話したり、夜会や宴会に招かれたりすること」などは、「所詮はむなしい」と言っている。そして、

Not those, but as I pass O Manhattan, your frequent and swift flash of eyes offering me love,
Offering response to my own—these repay me,
Lovers, continual lovers, only repay me.

そういったものではなくて、わたしが通りすぎる時に　おおマンハッタンよ、わたしに愛を示すお前のひんぱ
んな　すばやい目のひらめき、
わたしの愛に反応を示す目のひらめき――これこそがわたしに報いてくれる、
愛してくれる人、変わらぬ愛を示す人だけがわたしに報いてくれるのだ。　（七―九）

と言っている。ここでは壮麗な都市文明やそこで活躍する教養ある人びとは、「わたしに愛を示す」マンハッタンの人びとと区別されている。この態度は、一方では、「宗旨」「学派」「香料」「蒸溜酒」に対して、「自然」「大気」を讃えた詩人の態度からの、当然の帰結と見ることもできるが、他方では、都会の現実をリアルに表現することが、彼にはむずかしくなってきたのではないか。右の作品ではマンハッタンは擬人化されているがリアリティーに乏しい。作品が短いせいでもあろうが、ものの躍動はなく、「狂宴の都市」はかなたの世界のものとして

眺められている。

明らかにホイットマンは、大都会とその文明の偽善、虚飾、腐敗、空虚を見ていた。けれどもそれを詩によって表現することは、以後のホイットマンにはむずかしいことなのであった。南北戦争の最中にニューヨークを離れたからでもあろうが、以後の詩人は、都会を理念で美化するようになる。従ってこの後のホイットマンの都会を扱った詩が高揚を見せるのは、都市描写の写実によるよりも、彼が人類やアメリカ合衆国に思いを寄せるような事件のあった時に限られてくる。「ブロードウエイの華麗な行列」（一八六〇）、「おお、まず序曲の歌を」（一八六五）、「先頃ライラックが前庭に咲いたとき」（一八六五–六）などがそのような作品だろう。いずれも都市は事件の中で一定の役割を果たしているが、詩人の理念のうちに包みこまれていて、都市描写自体が独自の展開を遂げることはない。

「ブロードウエイの華麗な行列」では、一八六〇年に派遣された幕府の使者、新見正興一行が登場する。

Superb-faced Manhattan!
Comrade Americanos! to us, then at last the Orient comes.

To us, my city,
Where our tall-topt marble and iron beauties range on opposite sides, to walk in the space between,
To-day our Antipodes comes.

壮麗な顔つきのマンハッタンよ、
わが友アメリカ人よ、それでは　わたしたちの所へついに東洋がやってくる。

わたしたちの所へ　わたしの都市よ、
そびえ立つ美しい大理石と鉄が向き合い並び、その間の空間を歩く　わたしの都市よ、今日、わが対蹠地の人
　が訪れる！

（二・二二―二五）

世界は一つにつながり、そのつながりの中に「世界の『自由』」が幾千年も悠然とすわっていると、今日は、一方から「アジアの貴族」（新見正興ら）が来、明日は他方からイギリス女王の長子（皇太子エドワード）がやってくる――と詩人は書いている。マンハッタンは壮麗な都市として「自由」が腰をおろす所になっている。ブロードウエイや五番街のパレードは、今日もニューヨーカーのお好みのもののようだが、ホイットマンは新見正興らの行列に、世界のつながりの完成を意識し、ニューヨークが世界の「自由」の中心であることを構想した。都市は理念の中に包みこまれ、その理念の中に、今度は世界のさまざまなものが包みこまれてゆくのである。

ホイットマンの代表作の一つ、「先頃ライラックが前庭に咲いたとき」では、都市は自然と同列に置かれ、故リンカン大統領のおくつきの部屋にかける絵の中の情景となる。

In the distance the flowing glaze, the breast of the river, with a wind-dapple here and there,
With ranging hills on the banks, with many a line against the sky, and shadows,

And the city at hand with dwellings so dense, and stacks of chimneys,
And all the scenes of life and the workshops, and the workmen homeward returning.

遠景には　流れつつ輝く広がり、そこ此処に　まだらに波を立てる川面、
両岸に連なる丘、空を背景に多くの線、そして影、
近景には都市、密集した家々、林立する煙突、
そして　くらしのあらゆる姿と工場群、家路につく労働者たち。

（一一・八五―八）

このあと第十二節では、「見よ、肉体と魂よ――この国土を、／尖塔並び立つ　わがマンハッタン、きらめくあわただしい潮流、群がる船、」（一二・八九―九〇）と続くから、詩人の脳裏にはやはりニューヨークがあったろうが、いずれにしても自然と都市は、古代エジプト王の墓にあるような絵となってリンカン・エレジーの中に位置づけられる。この作品では、理念は詩人の、リンカンをいたむおもいと融合し、その中で「わがマンハッタン」「この国土」を作品に展開して効果をあげている。いわばホイットマンのロマンティシズムの完成した姿であろう。「家路につく労働者たち」はミレーの絵の中の農民のような、おごそかな感じをさえ与える。

けれども、かつてジャーナリストとして、あるいは「わたし自身の歌」の作者として、ホイットマンが描いた近代大都会の姿は、もはや『草の葉』の中で躍動することはない。都市は自然と共に、右の作品の中に然るべき位置を占めて動かない。都市が「自然」の枠組みをこえて独自の動きを示すことはもはやない。

ホイットマンは晩年、ニューヨークを訪れた時、この都市の人びとを、しばしば「大洋」「まわりの海」「潮」

などにたとえている。また、そのような人々で構成されたマンハッタンやブルックリンを、「地球が与える最も壮麗な自然界の住みか、水陸の環境」とか、「この上ない環境の中の、この上ない民主主義の都市」とか記している。海は詩人が最も好んだものの一つだから、海のイメジを多く用いていることは、彼のニューヨークへの愛情と信頼を示す。同時に、ニューヨークは老詩人の心象に、一種のアルカディアとして定着したことが分かる。作品「マナハッタ」（一八八八）は、そのような詩人のニューヨーク像の集約である。

My city's fit and noble name resumed,
Choice aboriginal name, with marvellous beauty, meaning,
A rocky founded island—shores where ever gayly dash the coming,
going, hurrying sea waves.

わが都市の　ふさわしい気高い名前の復活、
すばらしい美を秘めた　えり抜きの土着の名前、その意味は、
「岩に築かれた島——あわただしい波が　寄せては返し、絶えず陽気に砕け散る岸」
（一一二）

ホイットマンは詩においては、マンハッタンをマナハッタ（ネイティヴ・アメリカンの呼称）と呼ぶことを好み、弟ジェフは自分の娘にこの名をつけたという。アメリカン・ロマンティシズムから出て、田園から都市に進んだホイットマンは、都市を、美化された自然像で包むことで、詩人としての生涯を終えたのである。

2　空間と文化象徴

ホイットマンは広大な空間をとらえようとした詩人であった。宇宙への想念もさることながら、彼は大陸と海を、好んで詩の素材とした。彼の代表作の一部と考えられる「はてなく揺れる揺籃から」（一八五九）は海、「先頃ライラックが前庭に咲いたとき」（一八六五―六）は大陸を表現している。ニューヨークから見て東の大西洋の彼方には旧世界があり、西にはアメリカ大陸が広がり、その西には太平洋を隔てて東洋があった。これらのつながりをホイットマンは意識したが、それはまた大洋を隔てて住む世界の人びととのつながりをおもうことでもあった。

広大な空間をとらえることは新世界の詩人たちにとって新しい課題であった。ブライアントの「大草原」（一八三二）では西に広がる空間は次のように呼ばれている。

These are the gardens of the Desert, these
The unshorn fields, boundless and beautiful,
For which the speech of England has no name—
The Prairies. I behold them for the first,
And my heart swells, while the dilated sight
Takes in the encircling vastness. Lo! they stretch
In airy undulations, far away,
As if the ocean, in his gentlest swell,
Stood still, with all his rounded billows fixed,
And motionless forever—Motionless?—
No—they are all unchained again.

これは荒野の園、これは
取り入れのない野原、無限で美しく、
これに当たる名前は英国の言葉にない——
「大草原《プレアリー》」。初めてそれを見つめ、
我が心は高ぶる、広がる視野に
まわりの広大な地域が組み込まれて。見よ！　草原は広がる、

軽やかにうねりつつ、遥かかなたへ、
まるで大洋が、ゆるやかにうねりつつ、
丸くなった波をすべて固定させて、静止し、
永久に動きを止めたように。――動きを止めただと?
いや――波は再び解き放たれる。

（一一二）

「大草原」（プレアリー）は本来の英語にはなかった言葉であった。イギリスの詩的伝統を身につけた詩人たちにはとらえがたい空間であったろう。このように茫漠と広がるアメリカの空間は、まとまりのない無中心の雑多な世界であり、歴史や伝統の陰影を必要とする詩人にとっては、時に絶望にも似た苦しみを感じさせる空間ではなかったか。十九世紀には「ハーヴァードの詩人たち」とか、コンコード・グループの詩人たちとか、少なからぬ詩人が伝統のないアメリカに苦しんだであろうが、二十世紀になっても、アーチボルド・マクリーシュは次のように、「アメリカ人であることの不思議」を語った。

This land is my native land. And yet
I am sick for home, for the red roofs and the olives,
And the foreign words and the smell of the sea fall.

この国はぼくの国。だけど

ぼくはかの国の、赤屋根やオリーブ、
異国の言葉　つりなわの香にあこがれる。
「アメリカ人の手紙」（二一‐二）

アメリカには旧世界の住民の持つ「古い家」やそれにまつわる古い思い出に乏しい。アメリカは「場所」でもなければ「血筋の名前」でもない。「アメリカは西部であり、吹く風である」——マクリーシュはこのようにアメリカをとらえる。

America is neither a land nor a people,
A word's shape it is, a wind's sweep—
America is alone: many together,
Many of one mouth, of one breath,
Dressed as one—and none brothers among them:
Only the taught speech and the aped tongue.
America is alone and the gulls calling.

アメリカはひとつの国土でも、ひとつの国民でもない、
それは言葉のかたちであり、吹きまくる風である——
アメリカはひとりだ。多数がいっしょで、

ひとつの言葉、ひとつの音声を使う多数、
一様の服を着て――しかも誰もはらからではない。
教えられた言葉、人まねの話しぶりがあるだけだ。
アメリカはひとりだ、かもめの呼び声だ。

（四三―四九）

ここにはアメリカ詩人の深い嘆息がきかれる。マクリーシュは一九二三年にヨーロッパへ渡り、地中海沿岸などを歩いて五年後に帰国した。歴史的文化的伝統に乏しいアメリカにあって詩作するためには、まずアメリカの無伝統性を認識し、ハンディキャップに耐えて新しい詩的対象を発見創造する必要がある。このことは容易なことではなく、二十世紀の詩人マクリーシュにして右の歎きがあるのだから、ましてホイットマンの場合、克服すべき課題は大きかった。新世界の詩を作ろうとしたホイットマンは、無謀と言える実験に踏みこんだわけであり、彼の作品に時に空疎なところが見られるのも、そこに理由があろう。

広大な空間を結びつけるものとして、新しい機械が発明された。一八一一年、ミシシッピ川に蒸気船「ニューオーリンズ」号が就航したが、翌年にはオハイオ川に汽船が就航して以来、西部河川を航行する汽船の数は、一八四二年には四五〇隻に及んだ。汽船はやがて鉄道にとって代わられた。鉄道マイル数は一八六〇年、すでに三千マイルに及んでいたが、一八六九年には大陸横断鉄道が完成した。また電信については、一八六六年には大西洋横断海底電信が敷設された。馬や風の力から蒸気や電気の力への移行が時代の特徴であった。

See, steamers steaming through my poems,

見よ、わたしの詩のなかを汽船が進むさまを、

「ポーマノクからの出立」（《一八五六》一八六〇）（一八・二五二）

See, on the one side the Western Sea and on the other the Eastern Sea, how they advance and retreat upon my poems as upon their own shores,

見よ、一方に「西の海」他方に「東の海」が、自らの岸辺に向かうように　わたしの詩に寄せては返すさまを、

「ポーマノクからの出立」（一八・二五六）

See, the many-cylinder'd steam printing-press—see, the electric telegraph stretching across the continent,
See, through Atlantica's depths pulses American Europe reaching, pulses of Europe duly return'd,

見よ、あまた輪転胴をそなえた蒸気印刷機——見よ、大陸を横切り伸びる電信網、
見よ、大西洋の深みをくぐってアメリカの脈搏がヨーロッパに達し、ヨーロッパの脈搏もきちんと返る、

「ポーマノクからの出立」（一八・二五九―六〇）

See, the strong and quick locomotive as it departs, panting, blowing the steam-whistle,

見よ、力強く　すばやい機関車を、あえぎ　汽笛を吹きつつ発車する、

「ポーマノクからの出立」（一八・二六一）

ホイットマンはこのような時代に生きた。彼は一方で旧世界や東部の旧文明をきびしく批判しながら、他方で科学や機械を讃美した。とりわけ汽船・汽車といった文化象徴は、詩人にとっては、自然の対立物ではなく、各地の鼓動を伝え、未知の空間への夢を誘うものであった。大陸や海と同じく、汽船や汽車が、しばしば『草の葉』に現われるのはその故である。ただし、汽船の場合は、ホイットマンは汽車に対するほどの親近感を持っていなかった。汽船は彼の詩の中に多く現われる船の一種にすぎない。以下、汽車、船、気球を中心に、ホイットマンの空間を考えたい。

(1)　汽車とホイットマン

第一に汽車は、『草の葉』のカタログ・スタイルのなかで、羅列物の一つとして登場する。「よろこびの歌」（一八六〇）では、次のように機関手のよろこびが描かれている。

O the engineer's joys! to go with a locomotive!

To hear the hiss of steam, the merry shriek, the steam-whistle, the laughing locomotive!
To push with resistless way and speed off in the distance.

おお　機関手のよろこびよ！　機関車と共に行くよろこびよ！
蒸気の噴出、陽気な叫び、汽笛、機関車の哄笑をききながら、
抗し難い勢いで進み　かなたへ疾走するよろこびよ！

「よろこびの歌」（一〇–一一）

ホイットマンはこの作品で、アメリカ人の色々な日常の体験を讃えた。ここで機関手のよろこびと共に並べられているのは、騎手、消防士、闘技場の戦士、母親、筏師、鉱夫、兵士、捕鯨船員、雄弁家、農民などのよろこびである。汽車はこういったもろもろの暮らしの活力、よろこびの中で、それらと同質のものとしてとらえられている。ここに表れる形容詞は、「陽気な」「哄笑する」「抗し難い」であり、動詞は、「進む」「疾走する」であって、いずれも明るい、活気のある前進の姿を示す。汽車は現実の暮らしのなかをひたぶるに疾走するのである。

同様に、南北戦争を描いた「夜明けの旗のうた」（一八六五）では、都市、農場、工場が描かれ、それから汽車が現われる。

I myself move abroad swift-rising flying then,

I use the wings of the land-bird and use the wings of the sea-bird, and look down as from a height,
I do not deny the precious results of peace, I see populous cities with wealth incalculable,
I see numberless farms, I see the farmers working in their fields or barns,
I see mechanics working, I see buildings everywhere founded, going up, or finish'd,
I see trains of cars swiftly speeding along railroad tracks drawn by the locomotives,

それならわたしも外へ出て、すばやく上り、空を飛ぶ、
陸鳥のつばさ　海鳥のつばさを使い、高みから見おろすように下を見て、
平和の貴い成果を否定せず、数え切れぬ富を持ち　あまた人の住む都会を　眺め、
無数の農場を、畑や家畜小屋で働く農夫を眺め、
労働者の働くのを、建物が至るところで礎石を置かれ　建てられ　出来上がるのを眺め、
列車が機関車に引かれて　線路を疾走するのを　眺める、
（六五－七〇）

「わたし」は空から下界を見おろす。「あまた人の住む都会」「無数の農場」「建物」は上空から眺められているが、同時にそれらはそれぞれに動いている。農夫は農場で働いており、建物は建築の過程にある。もちろん汽車は、地上の動くもののなかで最も早く動く。アメリカの暮らしの中を走る汽車、これがホイットマンの汽車を描くときに多く用いた構成であった。この傾向は晩年の作品でも変わらない。

「冬の物音」（一八九二）では汽車の音が、老年の静かな心境に入ってくる田園の物音と共に並べられている。

Sounds of the winter too,
Sunshine upon the mountains—many a distant strain
From cheery railroad train—from nearer field, barn, house,
The whispering air—even the mute crops, garner'd apples, corn,
Children's and women's tones—rhythm of many a farmer and of flail,
An old man's garrulous lips among the rest, *Think not we give out yet,*
Forth from these snowy hairs we keep up yet the lilt.

それから冬の色々な音、
山脈に注ぐ日光——かなたの旋律は、
陽気な汽車からの——また　それより近い畑、納屋、家からの　旋律、
ささやく大気——もの言わぬ作物や貯蔵されたりんご　とうもろこしさえも　ささやく、
子供や女たちの話しぶり——あまたの農民、からざおのリズム、
それらに入りまじって老人のおしゃべり、「わしらが参るなんて思ってくれるな、
こんな白髪頭から　まだまだ陽気な言葉が流れるぞ。」
（一七）

ここでも「汽車」は、「畑」「納屋」「家」などと同質のものであり、「陽気な汽車」からの旋律は、大気、作物、

人々、からざおのリズムと共に、老人の内部にひそむ「陽気な歌」につながる。ここでの汽車は、先にあげた作品「よろこびの歌」「夜明けの旗のうた」のように、ひたぶるに驀進するダイナミックな存在というよりは、のどかな田園風景に活気を添えるものである。

以上のように、汽車は羅列物の一つとして現われるが、第二にそれは羅列物を統一する役割を果たす。マクリーシュは、アメリカは「一つの国土」ではないと言う。が、ホイットマンは、landに「国土」の意味を含ませると共に、アメリカの精神的一体性をも強いて詩の中に盛りこもうとしている。南北戦争後、リンカン暗殺を契機につくられた「先頃ライラックが前庭に咲いたとき」（一八六五―六）では

Now while I sat in the day and look'd forth,
In the close of the day with its light and the fields of spring, and the farmers preparing their crops,
In the large unconscious scenery of my land with its lakes and forests,

ひだまりに腰をおろして　かなたを見る、
日暮れ　光は漂い　春の野は広がり農夫は作付けの支度をする、
湖、森を抱く広大無心のわが国土の眺め、
（一四・一〇八―一一〇）

というように「わが国土」という言葉が使われている。限りなく広がる雑多な世界と、そこを通る汽車という組

み合わせは、『草の葉』では繰りかえし表われるが、この作品の第五、六節は、その様式を完成したものと見ることができる。

Over the breast of the spring, the land, amid cities,
Amid lanes and through old woods, where lately the violets peep'd from the ground, spotting the gray debris,
Amid the grass in the fields each side of the lanes, passing the endless grass,
Passing the yellow-spear'd wheat, every grain from its shroud in the dark-brown fields uprisen,
Passing the apple-tree blows of white and pink in the orchards,
Carrying a corpse to where it shall rest in the grave,
Night and day journeys a coffin.

春の丘腹、土地をこえ、あまたの都市を　通り、
すみれが近頃土から顔出して　灰色の岩屑を点々と色どる　小道をぬけ、年経た森を通り、
道の両側の野草のなかを、果てしない草原を　通り、
穀粒のひとつひとつが　暗褐色の畑のなかで　皮の殻から身を出している黄色い穂先の小麦畑を　通り、
果樹園の　白とピンクの花咲くりんご樹のそばを通り、
憩いの墓へ　屍を運びながら、
昼も　夜も　棺は旅行く。

（五・二六―三二）

リンカンの葬式はワシントンで行なわれた後、その葬送の列車は、メアリランド、ペンシルヴァニア、ニュー・ジャージイ、オハイオ、インディアナを経て、イリノイ州スプリングフィールドに至り、そこの墓地に葬られた。[1] 棺は延々一五〇〇マイル以上にわたって、居並ぶ国民（the people）の中を運ばれた。それは多くの都市、道、森、はてもない草原を「旅行く」のだが、こういう大空間を移動できるのも汽車のゆえである。汽車は「わが国土」の点在物の間を通り、汽車に運ばれた棺は、駅々に迎えるアメリカ国民の心を結びつける。「第五・六節では、詩句のリズムとイメジャリーは、あいともなって『昼も夜も』広大な国土を旅するという効果を生み出している。その国土に対してあの偉大な指導者が奉仕し——それを分裂から守ったのである。[2]」アレンとデイヴィスは右の引用部分を含めてこのように評価する。ここには、国土愛、民衆愛と結びついた健全なナショナリズムがあり、汽車は明らかな形をとっては現われないが、空間を統一する役割を果たしている。ホイットマンが汽車に託した願いは、大きく切実であった。勢いの赴くところ、汽車は国家的空間から国際的空間へと疾走する。「インドへ渡ろう」（一八七一）になると、そのことが明らかになってくる。

一八六九年にはスエズ運河が開通し、大陸横断鉄道が完成したが、このことはホイットマンに、「文化的精神的な環」の完成の可能性を示唆した。[3] 彼は作品「インドへ渡ろう」中、第五節の部分をもとにして「なんじ宇宙を泳ぐ広大な『球体』よ」を書き、後一八六八年にロンドンの『フォートナイトリィ・レヴュー』へ送ったが、それは出版されなかった。

I see over my own continent the Pacific railroad surmounting every barrier,

I see continual trains of cars winding along the Platte carrying freight and passengers,
I hear the locomotives rushing and roaring, and the shrill steam whistle,
I hear the echoes reverberate through the grandest scenery in the world,

わたしは見る　太平洋鉄道が　わが大陸を横断して、　あらゆる障害を乗りこえるのを、
わたしは見る　たえまなく続く車輌の列が貨物と乗客を運びながら　プラット川沿いにうねり行くのを、
わたしは聞く、　突進する機関車のとどろきを、　かん高い汽笛を、
わたしは聞く　こだまが　世界で最も壮大な眺めを貫いて　反響するのを、

（三・四九－五二）

右の部分では汽車は、新大陸を西へと向かうアメリカ国民の活力を反映しているが、同時に汽車は、単に「わが大陸を横断」するだけではなくて、「東の海を西の海に結びつけ」、「ヨーロッパとアジアの間」の道をつくる壮大な事業に参加している。汽車はすでに国際的な役割をも担っているのである。

ただし、文明の利器の発達による東西の結びつきが、ネイティヴ・アメリカン、アジア、アフリカの人たちにどういう影響を与えるかは、ホイットマンの考えるところではなかった。アメリカの帝国主義的な傾向についてはホイットマンはあまり敏感でなかったのである。

繰り返すと、ホイットマンの汽車は、それ自体羅列物の一つであると共に、羅列物を統一する役割を果たしているが、その上にホイットマンは、機械としての機関車そのものを描いた。「冬の機関車に」（一八七六）がそうである。

一八七〇年代と八〇年代の、発展するダイナミックなアメリカ技術のシンボルは、機関車であった。[4] ホイットマン自身もこの作品で機関車を、「現代の典型——動きと力の象徴——大陸の鼓動」と呼んでいる。

けれども、当時機械はいまだ詩にとって適当な素材ではなかった。一八四二年、エマスンは、「詩人論」("The Poet")において、「銀行と税関、新聞や政党の地方大会、メソジスト派とユニテリアン派、これらは鈍い人びとにはつまらなく退屈であるが、トロイの町やデルフォイの神殿と同じく、すばらしい基礎の上に立つものであり、トロイやデルフォイのように、すみやかに過ぎ去ってゆくものである」と述べ、「まだ歌われてない素材」として以上のものの外に、議会の活動や演説、漁業、黒人とネイティヴ・アメリカン、帆船と公債支払い拒否、悪党の怒りと正直者の無気力、北部の商業、南部の栽培・西部の開拓、オレゴンとテキサスなどをあげた。ホイットマンがこのようなエマスンの提起に応じて、詩の素材を拡大していった詩人であることは明らかであった(Ⅲの1)。

ゲイ・W・アレンによれば、ホイットマンは「この文化象徴」(機関車)を用いるためのたしかな典拠を持っていた。その一つは、彼自身の『草の葉』初版の序文であり、そしてまた、右にあげたエマスンの評論「詩人論」であるという。[5] 一八一一年にはミシシッピ川に蒸気船「ニューオーリンズ」号が就航していたし、一八五三年には、ニューヨーク＝シカゴ間に鉄道が開通した。が、汽車や汽船は容易に詩の素材とはならなかった。

従って、一八七〇年までのアメリカの文学上の趣味の裁断者であった「お上品な伝統」の詩人・批評家たちが、技術革新を無視したのはむしろ当然だった。彼らは、アメリカの外観やアメリカ人の心を変えるものとして技術革新を憂えたのである。[6] 彼らの心配には妥当な側面があるにしても、現実の事態を無視するだけでは新しい詩は生まれまい。ホイットマンが、機械そのもののかたちや動きに即して機関車を描いたのは、詩の歴史の上にも意義あることだった。後、ハート・クレインは、詩が現代的機能を果たすためには、詩は機械を吸収し得るのでなければならぬと述べたが、ホイットマンは自らの作品に機械を吸収しようとした最初の詩人に属した。「冬の機関車に」（一八七六）は、そういう意味で意義深い作品である。

この作品は二つのスタンザから成り、視覚、聴覚、内面のリズムから機関車がとらえられている。

Thy black cylindric body, golden brass and silvery steel,
Thy ponderous side-bars, parallel and connecting rods, gyrating, shuttling at thy sides,

円筒型の黒いからだ、金色の真鍮　銀色の鋼鉄、
どっしりした横棒、お前の両わきで回転し　往復する、平行な連接棒、（四–五）

Thy knitted frame, thy springs and valves, the tremulous twinkle of thy wheels,

がっちりと組まれたお前の骨組、ばねとバルブ、お前の車輪のゆれ動くきらめき、（一〇）

ここでは機関車の姿、それぞれの部分が即物的にとらえられている。構造の魅力と共に、動的な面でも機械がとらえられている。今日の時点から見ればともかく、当時ではホイットマンだけがこのように描くことができたのだろう。

ただしホイットマンも、機関車をただ硬質で機能的なものとしてのみ描いてはいない。機械はいわば新しい生物のように描かれている。

Thee in thy panoply, thy measure'd dual throbbing and thy beat convulsive,
甲冑に身をかため、規則正しく二重の鼓動とはげしい脈搏を繰り返すお前を、　（三）

Thy metrical, now swelling pant and roar, now tapering in the distance,
喘ぎ唸りつつ　時に高まり　時にかなたへ消えてゆく、お前の旋律は、　（六）

Thy long, pale, floating vapor-pennants, tinged with delicate purple,
The dense and murky clouds out-belching from thy smoke-stack,
お前の　長く漂う青白い蒸気の旗は、かすかに紫色を帯び、　（八―九）
濃い黒い雲が　お前の煙突から吐き出される、

Through gale or calm, now swift, now slack, yet steadily careering;

風の日も静かな日も、時にはやく、またゆっくりと、だが絶え間なく　走ってゆく、　（一二）

「鼓動」「脈搏」「あえぎうなりつつ」「吐き出される」「走ってゆく」など、機関車は生物にたとえられている。それは自然界の生物と異質のものとはされていない。その点ではホイットマンは同時代の文人と変わらない。ホイットマンにとって機関車は西部の荒野を疾走するのにふさわしい新しい生き物だったのである。

作品「冬の機関車に」の発表三年後の一八七九年、ホイットマンは九月から十二月まで、「なかなかの西部旅行」をしている。寝台車がよほど気に入ったようで夢うつつでペンシルヴァニアを二、三百マイル横断、朝ピッツバーグで朝食をとったが、ピッツバーグとバーミングハムの眺めがよかった。

霧と靄、煤煙、コークス炉、ほのお、色あせた木造小屋、おびただしい石炭船のあつまり。やがて少しばかりの美しい地域、フライパンの柄のようなウェスト・ヴァージニア、それから河、オハイオ河を渡る。

「西部へ長い遊山の旅に出る」

ホイットマンはこのように汽車からの眺めを記しているが、こういう場合、彼の散文と詩との間には、それほど明確な差異はない。汽車からの眺めの描写は、詩におけるカタログ・スタイルの描写に似たところがある。また、「コークス炉」「色あせた木造小屋」「石炭船」などをも見おとさないのがホイットマンらしいところだろう。

寝台車は次のように描かれている。

強力なボールドウィン機関車に引かれ、豪華な特別車で自分のベッドに夜、横になるのは、何というはげしい、不思議なよろこびだろう——機関車は最高の速力と抵抗し難い力を具現し、またその力でわたしをも満たす。夜もふけ、多分真夜中か、それとも、もっと過ぎた頃か——魔法のようにつなぎ合わされた距離——ハリスバーグ、コロンバス、インディアナポリスを疾走する。危険という要素が、そのすべてに魅力を添える。われわれは行き続ける、轟音を発し、きらめきながら、時々暗闇のなかへ大きないななきや響きを投げ入れながら。人家、農家、納屋、家畜——静かな村を通ってゆく。

「寝台車で」

右の散文は、それまでの機関車についての作品の描写を踏まえている。子供のように手放しで、ホイットマンは汽車を楽しんでおり、「危険」までがすべてに魅力を添えるという。「われわれは行き続ける、轟音を発し、きらめきながら……」のように、ホイットマンは汽車と一体になっている。「いななき」は機関車を馬に見たてているることの表われであり、まるで彼が馬に乗っているようである。また、「静かな村を通ってゆく」は、先にあげた作品「冬の物音」をおもわせ、要するにここでも、自分—汽車—周辺の情景は一体となっていて、その間に亀裂はない。

もっとも右の引用部分でも「危険」の文字が見えるように、汽車も、何から何までよいことずくめではない。ミズーリ州では衝突事故がある。

フィラデルフィアからセント・ルイスまで九六〇マイルを三十六時間で走ることになっていたが、途中の三分の二くらいのところで衝突があり、機関車がひどく破損して、おくれた。そこでその時はセント・ルイスには一晩泊まっただけで、西へ急いだ。ある晴れた初秋の日、ミズーリ州をずっと、セント・ルイス＝キャンザス・シティ北部鉄道で横切りながら、こんなに印象的な田園美の風景を眺めたことは今までにないと思った。

「ミズーリ州」

注目すべきことは、難破についてはホイットマンが、衝突、それもかなりの事故と思えるものについて何事も言っていないことで、描写は直ちにミズーリ州の田園美に移る。文明の利器のもたらす新しい被害については彼は何も語りたくなかったのだろうか。あるいはホイットマンには、ことのほか当時の西部が気に入って事故などさしたることでなかったのかもしれない。汽車によって一千マイル以上、オハイオ、インディアナ、イリノイ、ミズーリの各州を通って、彼はキャンザス州トピーカに至った。西部の自然についてホイットマンは語る。

まだ暗いうちにデンヴァーから鉄道で一〇〇マイル行った後、ちょうど夜明けにプラット・キャニヨンに向かい合った――ちょうどよい時に峡谷の入口にとまり、卵、ます、おいしいホット・ケーキで十分朝食をとる――さらに進んで、峡谷のなかにずっと入ると、その景色の奇観、美、野生的な迫力のすべて――絶えずざわめき流れて一方の側に見える、雪を源とする激流――目もくらむ太陽と、岩石にさす朝の光――くねくねとかどを曲がり山を登りおりする線路のカーブと勾配――多くの峰々の遠望、南北にのびる巨大なネックレス――よくも名づけた巨大な「丸屋根岩」――疾走するにつれて、外にも同様な、単純な、一枚岩の、巨大なものが見える。

「ケノーシャ山頂での一時間」

ここでは、savage, wild, far, titanic, huge, elephantine といった形容詞が使われている。老境のホイットマンは汽車によって、広大な西部の自然に接した。機械が自然を変えるのではなく、機械が詩人の前に新しい自然を展開してみせたのである。しかもこの自然の情景はとてつもなく巨大で、馬で行ったのではかえって単調に見えただろう。「くねくねとかどを曲がり山を登りおりする線路」を走る汽車によってはじめて、激流、岩石、多くの峰々の多様な迫力が見る者の目に迫ってきたのではなかろうか。

かつてホイットマンは、たとえいにしえの偉大な詩人であっても、彼ホイットマンが参加したほどの事件（南北戦争）には近づくこともできなかったのだ、と言って、自らの歴史体験への確信を述べた。[7] が、今、西部の自然に接することによって、ふたたび似たような確信を、今度は自然について語っている。

> 河床を轟き流れ、ひんぱんに滝となり、まっ白の泡をたてている琥珀色と青銅色の渓流を辿る。キャニコンの中を疾走する――（中略）。新しい感覚、新しいよろこびが表われてくるように思える。言いたいように言えばよい、典型的ロッキー山脈のキャニヨン、あるいは広大なキャンザスやコロラドの平原の果てもない海のような広がりは、好ましい事情のもとでは、人間の魂におけるあの最も偉大で最も不思議な「基本情緒《エレメント・エモーションズ》」と照応し、あるいはそれを表現し、たしかにそれを目覚めさせる。そしてこれはフィディアスからトルヴァルセンまでのあらゆる大理石の殿堂や彫刻――あらゆる絵画、詩歌、回顧録、あるいは音楽でさえも、多分決し

てなしえないことである。

ソーロウは、ライン河とミシシッピ河の流域とをくらべ、ラインの歴史を讃えながらも、ミシシッピ流域の可能性を高く評価した。[8] ヨーロッパを過去とし、アメリカ西部を未来のものとする考え方は何もホイットマンに限ったものではない。が、ホイットマンは、西部の自然を汽車で走ることによって、「新しい感覚、新しいよろこび」の誕生を意識した。詩人は六十歳、すでに創作力の衰えを見せていたので、この「新しい感覚」が詩作に表われることはなかったが、彼はここで、広大なキャニヨンや大平原と、魂の内奥との照応について述べている。新しい現実を、伝統的意識の媒介を経ないで、直接魂と結びつけるホイットマンの内的活動がここでも展開されている。

こうして汽車は、詩人の内面にかつてなかった体験をかもし出す要因ともなるのである。

(2) 船とホイットマン

ホイットマンは広大な空間をとらえようとした詩人であった。宇宙への想念もさることながら、彼は大陸と海、とりわけ海を好んで詩の素材とした。『草の葉』には、seaという語が、複数を含めて一八一回、oceanが同じく複数を含めて四十三回も現れる。旧世界と新世界との間に横たわる大西洋、アメリカ大陸、大陸の西に広がる太平洋――これらのつながりを詩人はおもった。それはまた、大洋を隔てて住む世界の人びととのつながりをおもうことでもあった。

I behold the sail and steamships of the world, some in clusters in port, some on their voyages,

わたしは見る世界中の帆船と汽船が、あるものは港にむらがり、あるものは航行中、

「世界よ　今日は」（一八五六）（四・六八）

この作品の第五節では、「地球をめぐる」ものとして、鉄道線路、電信網、川があげられており、これらを媒介として詩人は時空をこえて、「地球の全住民へ挨拶する」。世界をつなぐには船は汽車以上の役割を果たす。もっとも船の場合、さまざまな種類があって一様でない。それは大きく分けて帆船と汽船に分けられるが、帆船はさらにさまざまのものがあって、その種類により、詩人が船に託したイメジは異なる。

帆船では先ずスクーナーがある。これは継帆式の軽快な船で、植民地時代のアメリカで作られ、十八世紀後半から十九世紀前半まで用いられた。

The schooner near by sleepily dropping down the tide, the little boat slack-tow'd astern,
The hurrying tumbling waves, quick-broken crests, slapping,
The strata of color'd clouds, the long bar of maroon-tint away solitary by itself, the spread of purity it lies motionless in,

The horizon's edge, the flying sea-crow, the fragrance of salt marsh and shore mud,
These became part of that child who went forth every day, and who now goes, and will always go forth every day.

すぐそばを眠たげに　潮流をくだるスクーナー、船尾にゆっくりと引かれる小舟、
急ぎ崩れる波、すばやく砕け、叩きつける波頭、
色あざやかな幾重の雲、かなたにただ一筋　栗色の長い砂州《さす》、砂州がじっと身をひたす清らかな広がり、
地平線のはて、飛ぶ海がらす、潮のさす海辺の沼地と岸辺の泥の　芳香、
これらのものが　かつて毎日出かけ、今も出かけ、今後もずっと毎日出かける　あの子供の一部になった。

「出かける子供がいた」(一八五五)(三五―九)

この作品は、詩人の少年時代を反映したものと見られている。田舎の自然、村人たち、両親、街頭の情景……さまざまなものが、子供の日の海辺の思い出を構成する。スクーナーは、ロングアイランドに対する詩人の思い出のなかに浮かぶ船であり、彼の詩心の構成要素である。この作品の「子供」が、後の作品「はてなく揺れる揺籃から」の子供につながっていることは明らかである。

次にホイットマンが好んで描いた帆船にクリッパーがある。クリッパーはアメリカで作られた快速帆船であり、船首は尖って前方に突き出し、マストは後方に傾いている。それは一時は大西洋岸からケープ・ホーンを経てカリフォルニアに至り、また、中国、オーストラリアまで航行した。汽船も初期にはクリッパーより速度が劣って

いたのであり、一八六〇年に至って改良された汽船がようやくクリッパーを追いこしたのである。従って『草の葉』の初期では、クリッパーは汽船と速さを競っていたのであり、自然力と機械力との間には、明確な開きはなかった。

『草の葉』初版では、クリッパーは若い共和国アメリカを象徴するものとなっている。「ボストン小唄」(一八五四)では、独立戦争を記念する行進を見ようとボストンへやって来た男の空想が語られている。さまざまな人物——裁判所の執行官、連邦軍の歩兵、騎兵——が通る。と、あたりに霧がかかり、そのうちに彼らにまじって数え切れぬ亡者たちが現れる。男は考える、これらヤンキーの亡者たちは、この行進に似つかわしくない、しかしぜひともここに必要なものがある、と。それはイギリス国王ジョージの棺である。王の棺を掘り出し、遺骨を箱詰めにし、ボストンへ送らせよう。

Find a swift Yankee clipper—here is freight for you, black-bellied clipper,
Up with your anchor—shake out your sails—steer straight toward Boston bay.

快速のヤンキーらしいクリッパーを見つけ出し、ほら　お前の積荷だ、黒い腹したクリッパーよ、
錨をあげ——帆を広げ——ボストン湾へ突っ走れ。(三二一—二)

そして、国王の肋《あばら》を組みたて、肋の上にどくろ、どくろの上に王冠を乗せて飾りものにしよう、というのである。

ホイットマン作品のなかでも風変わりなこの作品については、「この苛酷な皮肉はホイットマンの詩に本来あるものではない」という批評があり、[9] 事実ホイットマン自身も、後にこの詩の削除を意図したとのことである。[10] たしかにあまり趣味のよいものではない。

けれども、詩人が「ヤンキーらしいクリッパー」に託した心意気は小気味よいものがあり、この作品はある意味で、『草の葉』初期のホイットマンの生地があらわれたものと見ることができるのである。『草の葉』ではクリッパーは、常にさっそうたる姿で現われる。

The Yankee clipper is under her sky-sails, she cuts the sparkle and scud,
My eyes settle the land, I bend at her prow or shout joyously from the deck.

ヤンキーらしいクリッパーがスカイスルを張り、きらめく波をけりつつ　突っ走る、
わたしは陸地を見つけ、舳に身をかがめ　あるいは　嬉々としてデッキから叫ぶ。

「わたし自身の歌」（一〇・一八〇—一）

右の「わたし自身の歌、一〇」では、「わたし」は、文明社会を遠く離れ、「はるかかなたの荒野と山」でひとり猟をしたり、海へ出かけたり、「はるか西部の野外」で、猟師の男とネイティヴ・アメリカンの娘の結婚式を見たり、逃亡奴隷を家に入れていたわったりする。東部の白人文明から離れた世界がここにある。その際クリッパーは、脱文明のための媒介物となっている。

クリッパーは、大自然のなかを突っ走る。汽車と同じように。が、前者は後者よりさらに自由であり、時には無限の自由への一つの契機となる。この点で汽車と異なる。

Allons! the inducements shall be greater,
We will sail pathless and wild seas,
We will go where winds blow, waves dash, and the Yankee clipper speeds by under full sail.

出かけよう！　さそいを強めねばならぬ、
われらは未踏の荒海を走るだろう、
われらの赴くところ　風吹き　波は散り　ヤンキーらしいクリッパーは風をいっぱい帆に受けて疾走する。

「大道のうた」（一八五六）一〇・一二四–六

クリッパーは自由な冒険のイメジであり、力強くすこやかに、自負と好奇心を持って旅立つ者の姿である。またそれは、一切の規制を脱して自然との融合を願う者の姿でもあり、その意味ではクリッパーのイメジは、「わたし自身の歌」における「わたし」と共通するところがある。

アレンは右の作品においては、「詩的想像力は、全世界へ――そしてついには宇宙へ広がる。……旅・肉体的なよろこび、友愛などのテーマが、たくみに融合されている」と評している。[11] このような作品のなかに置かれるのに、クリッパーは打ってつけの船と言えるのだろう。

ホイットマンの描いた帆船では、さらにスループがある。これは一本マストの船で、独立戦争の頃には軍艦として活躍したが、十九世紀半ばには、すでに軍艦としての機能を失っていた。詩人にとって、スクーナーが少年の日のおもい出を誘い、クリッパーが壮年の活気を示すものとすれば、スループは老年のほろびを表わすのにふさわしい船だったのだろうか。

まず、「二十年」(一八八八)を考えよう。

二十年前、新米の船員として船出した男が、今もどって来た。あたりはすっかり変わり、「古い陸標はすべて消え」、「両親も今は亡い」。船員は「これを限り港にとどまるため」、「落ちつくため」に帰って来た。

The little boat that scull'd him from the sloop, now held in leash I see,
I hear the slapping waves, the restless keel, the rocking in the sand,
I see the sailor kit, the canvas bag, the great box bound with brass,
I scan the face all berry-brown and bearded—the stout-strong frame,
Dress'd in its russet suit of good Scotch cloth:

スループ船から彼を運んできた小さなボートが、今はつながれているのが見える。
打ちあたる波の音、動き続ける竜骨、砂地の中で揺れる音が聞こえる。
船乗り用の道具入れ、ズックの袋、真鍮の帯でくくられた大きな箱が見える、
わたしは見つめる　一面　すぐりの実のように褐色のひげだらけの顔を——がっしりした体が、

上等のツイードで　あずき色のスーツに包まれているのを、　（七一一）

スループ船はこの船員をおろしてからも航海を続けるだろう。が、それは引退する船員のイメジと何となく重なる。スループは少なくともクリッパーのような華やかさを持たぬ。

このことは、「永遠の旅路に船出せよ、まぼろしのヨットよ」（一八九一）になると、さらに明確になる。

Heave the anchor short!
Raise main-sail and jib—steer forth,
O little white-hull'd sloop, now speed on really deep waters,
(I will not call it our concluding voyage,
But outset and sure entrance to the truest, best, maturest;)
Depart, depart from solid earth—no more returning to these shores,
Now on for aye our infinite free venture wending,
Spurning all yet tried ports, seas, hawsers, densities, gravitation,
Sail out for good, eidólon yacht of me!

錨を巻きあげよ、

主帆とジブを張り——船出せよ、
おお　白い船体の小さなスループよ、さあ　深海を疾走せよ、
（わたしはこれを　生を終える航海とは言わぬ、
これぞ最も　真実で、すぐれ、成熟した世界への　船出にして確かな登場、）
旅立て、旅立て、堅固な大地から——この岸辺には再びもどらず、
さあ　永久に　無限の　自由な冒険の道を進め、
港、海、錨鎖、密度、引力、かつて試みたすべてのものを追い払い、
永遠の旅路に船出せよ、わがまぼろしのヨットよ！

（一一九）

船はホイットマンにあっては、現実の海へ船出するだけではない。それは彼岸へ旅立つよすがとなるものでもある。スループは永遠の航海へ向かう。死への旅路は一切の既成のきずなからの脱却であり、「無限の自由な冒険」である。死はホイットマンにあっては、「生を終える航海」ではなく、「最も　真実で　すぐれ　成熟した世界への　船出にして確かな登場」であるが、幽界へ向かうスループは、死を迎える人間の心の象徴にふさわしいものになっている。

以上、帆船（スクーナー、クリッパー、スループ）についてホイットマンは、それぞれにおもいをこめて作中に描き分けている。が、汽船になると『草の葉』に多く現われるが、おおむね帆船より平板的に描かれている。

『草の葉』では「汽船」が多く現われる。今steamに関わりのある語をとり出して使用回数を見ると、steamboat（以下いずれも複数を含む）7, sea-steamer 1, steamer 8, shore-steamer 1, steam-ship 12となっている。複数の語の使用回数が多いことから分かるように、汽船は多くの場合、他の文明の利器と共に並べられていて、それ自体の姿が具体的に描かれることは少ない。その点で機関車の場合と異なる。

Never were such sharp questions ask'd as this day,
Never was average man, his soul, more energetic, more like a God,
Lo, how he urges and urges, leaving the masses no rest!
His daring foot is on land and sea everywhere, he colonizes the Pacific, the archipelagoes,
With the steamship, the electric telegraph, the newspaper, the wholesale engines of war,
With these and the world-spreading factories he interlinks all geography, all lands;

今日ほど鋭い問いかけがなされたことはなく
普通人が、その魂が、今ほど活気に満ち、神に似たことはない、
そら、彼は駆りたて駆りたて、大衆に少しの休息も許さない！
大胆なその足は　到るところ、陸と海を踏み、太平洋に、その島々に入植し、
汽船、電信、新聞、大量の兵器を使い、
これらのものと　世界に広がる工場を使って　彼はすべての地域、すべての陸地を結びつける、

「新しい人の時代」（一八六五）（一四－一九）

ホイットマンは、新時代の人びとが、「自由」「法則」「平和」と共に進み、「古い貴族階級」や「ヨーロッパの君主たち」の力がとり除かれるのを見た。彼には、「汽船、新聞、大規模な兵器」は、「普通人」の道具として、世界をつなぎ、諸国民の心を通い合わせるのに役立つものと思われた。文明の利器によって、人類は集団を組み、「独裁者ども」は身をふるわせ、「王冠」の光はかすむ——というのがホイットマンの観測であった。少なくともここでは、新しい支配者が文明の利器によって外国の民衆を抑圧する可能性は、思い浮かべられてはいない。ホイットマンは、いたずらに新時代や科学技術に目をそむける詩人ではなかった。それが彼の詩に新しい生命を与えた。が、他方、南北戦争を境にしてより発達する資本主義（さらには帝国主義）に対して、彼のロマンティックでミスティックな心情は、対象をリアルに把握することを妨げた。文化象徴に対するホイットマンの把握は右の両面を反映して、ある時は活力に満ち、ある時は精彩に乏しい。そして汽船の場合は、後者であることが多いように思われる。

現実の情景としても、幻想的な風景としても、帆船の方が汽船より詩情をそそるものであったろう。わずかに吐き出す煙によって、汽船は感傷をそそる。

Behold, the sea itself,
And on its limitless, heaving breast, the ships;
See, where their white sails, bellying in the wind, speckle the green and blue,
See, the steamers coming and going, steaming in or out of port,

See, dusky and undulating, the long pennants of smoke.

見よ、海さえもやってくる、
そして　その盛り上がる　果てしない胸の上の、幾つかの船も、
ほら、白い帆が、風をはらんでふくらみ、緑と青の海にまだらをつけている、
ほら、汽船が往来し、蒸気を吐きながら港を出入りしている、
ほら、暗くうねっている、長い煙の長旗が。

「博覧会の歌」（一八七一）（八・一八一–五）

ここでは、「風をはらんでふくらみ、緑とあおの海にまだらをつけている」「白い帆」に比べて、汽船の吐く煙は、あまり周辺の情景ととけ合っていない。汽船は要するに汽船であって、スクーナー、クリッパー、スループなどの帆船が持つ個性に欠ける。汽船によって何かの感慨を表現することがあるとすれば、それは、特異な事件のなかでの汽船である。

一八四一年、汽船「プレジデント」号は、ニューヨークを出帆したまま行方不明になった。また一八五四年、「アークティック」号は、ニューファウンドランド東南端の沖合で、フランス汽船と接触した。

Of the veil'd tableau—women gather'd together on deck, pale, heroic, waiting the moment that draws so close—O the moment!
A huge sob—a few bubbles—the white foam spirting up—and then the women gone,

Sinking there while the passionless wet flows on—and I now pondering, Are those women indeed gone?
Are souls drown'd and destroy'd so?
Is only matter triumphant?

ヴェールをかけた活人画について——女たちは、甲板に集まり、あおざめつつも堂々と、迫りくる瞬間を待つ
——おお　その瞬間よ！
はげしいすすり泣き——いくつかの泡——白い泡が吹き出し——それから女たちは消え、
無情の水が流れるなかをそこに沈む、今にして思うあの女たちは本当に消えたのか？
魂はあのように　おぼれ滅びるか？
物質だけが勝利するのか？

「思考」（一八六〇）（六一一〇）

最後の二行が蛇足の感があるが、それはともかく、すでに「わたし自身の歌、三六」において独立戦争時の海戦の状況を描いたホイットマンにしてみれば、右のような沈没の場面を描くのも、それほど大変ではなかったろう。船にまつわるもろもろのことを、詩人は想像した。同時にジャーナリスト時代の記録体験を詩に活かした。しかしながら、先にも述べたように、汽船そのものの姿は、ホイットマンによってはそれほど描かれてはいない。汽船はその姿よりも、航行力の長さが、詩人に巨大な空間への夢をかきたてた。

Ships coming in from the whole round world, and going out to the whole world,
To India and China and Australia and the thousand island paradises of the Pacific,

船はまるい世界の至る所から入港し、全世界へと　出かけて行く、
インド、中国、オーストラリア、そして　太平洋の　あまたの島の楽園へと　船出する、

「アメリカ杉の歌」（一八七四）（二・九一-二）

カリフォルニアから西へと広がる巨大な世界、それはやはり汽船の行くべき所であり、七つの海、全世界を結ぶものは汽船だった。汽船により触発された詩人の、空間への夢は留まるところを知らぬ。そのことが最も端的に表われているのが、作品「インドへ渡ろう」であり、ここではスエズ運河開通と太平洋鉄道が語られた後、詩人はついに「インドよりさらにかなたへ渡ろう」と叫ぶのである。

O sun and moon and all you stars! Sirius and Jupiter!
Passage to you!

おお、太陽と月と君らすべての星よ、狼星と木星よ、
君らの所へ渡ろう！

（九・二四〇-一）

ホイットマンは新しい現実を肯定し、そのなかで夢みる詩人であった。右の表現もやや調子にのりすぎたきらいはあるが、宇宙空間への夢想と共に、新しい文化象徴への期待をそこに見ることもできよう。

以上のように、ホイットマンの船は、大自然へ、世界へ、あるいは幽界へと船出する。が、以上の船と共にホイットマンの船で見おとせないのは、いわば日常生活にとけこんだ身辺の船である。彼はライター（艀）やフェリー・ボート（渡し船）、それからそのような船のパイロットが好きだった。それらの持つ親しみやすい雰囲気と共に、そこに潜む深い豊かな情感を詩人は感得した。

Flood-tide below me! I see you face to face!
Clouds of the west—sun there half an hour high—I see you also face to face.

Crowds of men and women attired in the usual costumes, how curious you are to me!
On the ferry-boats the hundreds and hundreds that cross, returning home, are more curious to me than you suppose,
And you that shall cross from shore to shore years hence are more to me, and more in my meditations, than you might
suppose.

眼下の上げ潮よ！　わたしはまともに君を見つめる！
西の雲よ――あと半時間ほどの　空の太陽よ――君をもわたしは見つめる。

ふだん着の男女の群よ、君たちにはわたしは本当に好奇心をそそられる！
渡し船で水路を渡り　家路につく幾百人また幾百人の君らは　君らの想像以上にわたしには好奇心をそそられる、
そして　何年かののち　岸から岸へ渡ることになる君らも、君らの想像以上に　わたしに大切なもの、わたしの瞑想によく浮かぶものだ。

「ブルックリンの渡しを渡る」（一八五六）（一・一―五）

渡し船に乗り、イースト・リヴァーを渡って、ブルックリンとマンハッタンの間を行き来することは、ホイットマンが最も楽しみにしていたことの一つだった。アレンは書いている――このような日常の体験を踏まえながら、詩人は過去・現在・未来との、自分のきずなについて思いめぐらした。同じ渡し船で河を渡るあらゆる男女のことを考える時、ホイットマンは、自分が精神的に彼らと一体であることを意識する。また彼が、思考を未来に及ぼすとき、自分と同じ体験を分かち合うことになる後世の人々が、自分と全く同一であることを感得する。「この詩そのものが渡し船であり、時の河を慌しく往復する」とアレンは評している。[12]

潮の流れ、沈みゆく夕日――時の流れのなかを渡し船で河を往来する人びとの姿に、詩人は共感し、同時に、過去・未来の人びととのつながりをおもう。ホイットマンにとって、船は多くの場合、空間的に世界の人びとを結ぶものであったが、渡し船の場合は、時間的に過去・現在・未来を結びつける役割を果たす。詩人の意識は、常に日常的なものと思弁的なものとの間を往復して、いずれかに安住することがない。親しみ深く飾り気のない渡し船のイメジは、ホイットマンの愛するアメリカの民衆の姿そのものであり、同時に詩人は渡し船から思弁の世界へ入っていってそれを詩化するのである。

以上もっぱら動く船のことを対象にしたが、一貫して死のテーマを追求し続けたホイットマンは、死なんとする船、あるいは死せる船をよく描いた。漂流や難破船は、詩人の生涯のなかで危機と言われる時期の作品に多く見られる。

たとえばシャイバーグによれば、一八六〇年版（第三版）では、「難船のモチーフ」が目立つという。「草の葉」は「数枚の枯れ葉」となり、初版と二版にあった「傲然たる汎神論」は、「絶望的な汎神論」になった――とシャイバーグは書いている。[13] すでにIの1で引用した「いのちの海と共に退きつつ」ではどうか。

見知らぬ岸辺に行き、
難破した男女の悲歌、声に耳傾け、
わたしに吹き寄せるかすかなそよ風を吸いこむとき、
神秘の海が　わたしに向かって　うねりつつ　にじり寄るとき、
わたしにせよ　せいぜい　打ち上げられた小さな漂流物にすぎず、
わずかな砂と枯れ葉を集め、
それを集めて、砂と漂流物の一部にわたし自身を融化させるだけ。

「いのちの海と共に退きつつ」（二・一八―二四）

ここでは、「わたし自身の歌、一〇」にあったような、「スカイスルを張り、泡立つ波をけりつつ　突っ走る」「ヤンキーらしいクリッパー」の姿はない。ここでの「見知らぬ岸辺」は、「未踏の荒海」とは異質の世界である。かつて「ヤンキーらしいクリッパー」のごとくであった「わたし」は、今や「波に洗われる小さな漂流物」にたとえられる。初・二版から三版への移行のなかで、大きな変化が起こったのである。

同様な表現は、南北戦争後の第二の精神的危機の作品に、また晩年の作品に現われる。前者は「コロンブスの祈り」（一八七四）であり、後者は、「艤装を解かれた船」（一八八八）である。

作品「コロンブスの祈り」では、「うちのめされ、遭難した老人」の「わたし」は、故里から遠く離れた未開の土地の岸辺に打ちあげられ、悲しみと苦しみのため病にたおれて死を待つばかりとなっている。

My terminus near,
The clouds already closing in upon me,
The voyage balk'd, the course disputed, lost,
I yield my ships to Thee.

わが終焉は近づき、
暗雲すでに頭上に迫り、
航海は挫折し、進路は妨げられ、見失われて、

わたしは　わが船を　神よ、「あなた」にゆだねます。

（四七―五〇）

「自由な冒険」の行き着く先を詩人は描くようになる。『草の葉』初版では世界狭しと随所に出入した「わたし」も、今や見知らぬ土地の渚をさまようて、「わが船」を神の御手にゆだねようとする。かつて初版において神との同衾を描いたホイットマンにしては、この結末は余りにありきたりの描写と言えるかも知れない。が、それはともかく、晩年の詩人は、先にあげた作品「永遠の旅路に船出せよ、まぼろしのヨットよ」のように幽界へ向かう船を描くか、あるいは、現実界で動かなくなってしまった船を描くようになる。自らの気持をかなり船に投入していることが分かる。

In some unused lagoon, some nameless bay,
On sluggish, lonesome waters, anchor'd near the shore,
An old, dismasted, gray and batte'rd ship, disabled, done,
After free voyages to all the seas of earth, haul'd up at last and hawser'd tight,
Lies rusting, mouldering.

どこかの使われていない潟、どこかの名もない湾に、
よどんだ、わびしい水の上、岸の近くに停泊して、

古い、マストを折られた、灰色の破船、航行不能で、おしまいで、
世界のあらゆる海への自由な航海の後、ついに船足をとめ、太綱でしっかりつながれ、
さびつき、朽ちながら、停泊している。

「艤装を解かれた船」（一八八八）（一一五）

この詩はホイットマンが、友人の居間にかけられていた絵によって思いついたとも言われるが、「古い、マストを折られた、灰色の破船」は、まさしく晩年の詩人自らの姿かもしれない。「世界のあらゆる海への自由な航海」も今は過去の夢となり、停泊する破船は、さびつき朽ちてゆくばかりである。

船はホイットマンにとって、自己を解き放つものであり、世界を結ぶものであり、また、自己の姿そのものでもあった。現実界、冥界を進む船、また難破して空しく腐朽を待つ船など、ホイットマンの船はまことに多様であった。

(3)　気球とホイットマン

ホイットマンの空間は常に拡大する。彼が汽車や船を好んだのは、それらによって自らの空間がさらに広がるからであろう。

けれどもホイットマンは、単に地上の空間の拡大を望んだだけではない。彼自身も空に上って地上を見ることを想像する。先にⅢの2で引用した作品「夜明けの旗のうた」にも、

わたし自身も外に出て、すばやく飛んで舞い上がり、
陸鳥のつばさ　海鳥のつばさを使い、高みから見おろすように　下を見て、

（六五―六六）

とあるように、空から見おろすという想定によって、地上に展開する諸物の羅列が生きてくる。空から見る地上の描写は、そのままカタログ・スタイルにあてはまる。また、ホイットマンの作品中の「わたし」は、地上から離れることによって、もろもろのきずなから離れ、それによって新しい認識に到達する。

Space and Time! now I see it is true, what I guess'd at,
What I guess'd when I loaf'd on the grass,
What I guess'd while I lay alone in my bed,
And again as I walk'd the beach under the paling stars of the morning.

My ties and ballasts leave me, my elbows rest in sea-gaps,
I skirt sierras, my palms cover continents,
I am afoot with my vision.

「空間」と「時間」よ、今　わたしは　真実だと分かる、あの時　推察したことが、

草原をさまよいながら推察したことが、
ベッドでひとり横たわりつつ推察したことが、
そして再び夜明けの青白い星空の下で海岸を歩いたとき　またも推察したことが。

わたしを束縛するもの、砂袋がわたしを離れる、わたしの肘は海のくぼみに憩い、
わたしは連山をめぐり、手のひらで諸大陸をおおう。
わたしは幻想と共に旅行く。

「わたし自身の歌」（三三・七一〇―六）

作品「わたし自身の歌」（三三）では、「わたし」は覚醒と浄化によって、遂に時空をこえた存在となり、にわかに「世界の秘密」を洞察する。かつて感得したか、あるいは「推測」したにすぎぬものが、今や、直感的だがたしかな知識によって確証を受ける。[14]「わたし」は、自らを束縛するもの、砂袋（気球の浮力調節用のもの）を離れて上昇するが、ここでは、新しい洞察を伴う情感が、気球のイメジの中で生み出される。[15]気球のイメジは認識の展開に重要な役割を果たすのであり、気球は、右の引用から更に二十三行おいて、はっきりと姿を現わす。

Where the pear-shaped balloon is floating aloft,（floating in it myself and looking composedly down,）
梨の実形の気球が空高く浮遊するところ、（それに乗って　わたし自身が浮遊し平然と見おろす、）（三三・七四〇）

このようにホイットマンにおいては、上昇あるいは飛行は、地上を巨視的に見ると共に、既成のきずなからの解放を意味する。また、空間そのものが詩人の探求の対象でもあった。

O to realize space!
The plenteousness of all, that there are no bounds,
To emerge and be of the sky, of the sun and moon and flying clouds, as one with them.

おお　空間を体得したい！
万物の豊かさ、何の限度もないことを、
空間に現われて　空、太陽、月、飛ぶ雲の一部となり、それらの一つになりたい。

「よろこびの歌」（一八六〇）（一一一-四）

空間を飛翔して万物と同化することは、作品「わたし自身の歌」の「わたし」も希求したことであるが、右の作品「よろこびの歌」もその延長といえる。気球にしても天体にしても、ホイットマンはそれらを単に客観的な観察対象にするだけではなく、同時にそれらとの融合をのぞむ。そのことは汽車・船の場合も同じだったが、ただ汽車・船の場合は、現実にそれらに乗りこむことが容易であるのに、飛行の場合はそうでない。後者の場合、それだけ夢幻的、思弁的要素が濃くなるのである。

それでは、ホイットマンの空間が常に無限の可能性を秘めたものであり、また、空間と向かい合う自己が常に楽天的な希望に満ちていたかというと、むろんそんなことはない。彼は小さな世界、たとえば蜘蛛が巣を張るいとなみを通して、無限の空間にひそむ深淵をも見つめている。作品「静かな辛抱づよい蜘蛛」（一八六八）についてはどうだろうか。

A noiseless patient spider,
I mark'd where on a little promontory it stood isolated,
Mark'd how to explore the vacant vast surrounding,
It launch'd forth filament, filament, filament, out of itself,
Ever unreeling them, ever tirelessly speeding them.

And you O my soul where you stand,
Surrounded, detached, in measureless oceans of space,
Ceaselessly musing, venturing, throwing, seeking the spheres to connect them,
Till the bridge you will need be form'd, till the ductile anchor hold,
Till the gossamer thread you fling catch somewhere, O my soul.

静かな辛抱づよい蜘蛛、

それが小さな岬にただ一匹で、
まわりの広大な虚空を探求しようと、
おのれ自身から、糸、糸、糸を放ち、
たえず繰り出し、うまず、たえず速度を上げるのをわたしは見た。

そしてお前　おおわが魂よ　お前もそこに立って、
ひとり　無限の空間の海にとりまかれ、
絶えず思いにふけり、敢行し、糸を投げ、天球を探求して　それらを結びつけようとする、
お前が必要になる橋がかけられ、しなやかな錨が支えとなるまで、
お前の投げる　か細い糸が　どこかにかかってくれるまでは、おおわが魂よ。

（一一〇）

この「静かな辛抱づよい蜘蛛」は、「わが魂」の姿でもあろう。「小さな岬」にあって「広大な虚空」と向かい合う蜘蛛。「おのれ自身」から、たえず糸を繰り出す蜘蛛のいとなみは、そのまま「わが魂」の営為でもある。無限に対する有限の行為のきびしさ。橋がかかり、錨が支えになる可能性――「か細い糸」がどこかにかかる保証は必ずしもない。無限の空間に対して永久に、人間は有限の努力を繰り返す。

一八七六年、五十七歳のホイットマンは、『ニューヨーク・トリビューン』に、「まぼろし」という作品を発表する。「アイドウルン」という語は、ここでは、一切の現象の背後に魂、すなわち永久不変の究極的実在がある

ということを表現するために、ホイットマンによって使われており、彼の宇宙観を示すのに役立っている。[16] アイドウルンこそが実在なのである。

All space, all time,
(The stars, the terrible perturbations of the suns,
Swelling, collapsing, ending, serving their longer, shorter use,)
Fill'd with eidólons only.

The noiseless myriads,
The infinite oceans where the rivers empty,
The separate countless free identities, like eyesight,
The true realities, eidólons.

Not this the world,
Nor these the universes, they the universes,
Purport and end, ever the permanent life of life,
Eidólons, eidólons.

空間のすべて、時間のすべてに、
(星は、恒星の恐ろしい摂動は、
膨張し、崩壊し、終了して、その長期・短期のつとめを終え)、
まぼろしだけが満ち満ちている。

静かな　無数のもの、
川が注ぎこむ無限の大洋、
視覚のような、別々の無数の自由な個体、
しかし真の実在は　まぼろし。

これが世界でなく、
これらが宇宙でなく、まぼろしこそが宇宙、
目的で究極で、常に永遠の生の生、
まぼろし、まぼろしこそが。

(四九―六〇)

ホイットマンは科学を愛し、それを信じた。しかし、アイドウルンは、学識ある教授の「講義」、鋭い観察者の「望遠鏡」「分光器」、「すべての数学」、医者の「外科術」「解剖学」、化学者の「化学」などの及ばぬところにある。そしてホイットマンによれば、「現代」と「民主主義」の仲介者となって、神とアイドウルンのことを説

明するのが、予言者と詩人というわりである。科学に即しながら、より高い段階にあって宇宙空間を観じるのが詩人の任務だというのであろう。

『草の葉』においては、*balloon*の語は一度しか出てこない。しかしホイットマンに、宇宙空間への強い関心(形而下的にも形而上的にも)があったことはたしかであり、もし彼が現代にあれば、飛行機や人工衛星を詩の素材にとり入れることは、ほぼ間違いない。

ただしホイットマンにとっては、人間の行為は蜘蛛が糸を吐くいとなみにも似ていた。空の文化象徴が、気球から飛行機、人工衛星へと変わってゆく時、ホイットマンなら宇宙観をどう展開したか想像してみるのも面白いことである。

3　川と文明

ホイットマンとハート・クレイン

川は豊饒を表わし、聖書においては海と共に、しばしば国力を示すという。[1] 同時に、論語にあるように、川の水は昼夜の別なく流れ去って再びもどることがない。川の流れが推移の感覚と結びつくのも自然の成り行きであろう。

人類の文明はしばしば川をめぐって発達してきた。詩人が川の流れに自らの意識を没入させて、文明や歴史やその中で生きた人びとについてさまざまな想像をめぐらすのも当然であろう。その際、詩人の思弁は、単に過去や現在にとどまらず未来に及ぶことがある。

ウォルト・ホイットマンもそのような詩人の一人であった。

一八五〇年代から六〇年代にかけて、ホイットマンは毎日のように渡し舟でイースト川を横切り、ブルックリンとマンハッタン島との間を行き来した。それは詩人が最も楽しみにしていたことの一つであり、彼はしばしば、一帯を展望し得る操舵室に乗ったという。[2]

イースト川は実は海峡であるが、ホイットマンの意識にあっては、それはハドソン川と共に、マンハッタン島を包む呼称どおりの川であったのではないか。イースト川はアメリカ文明の先端を行くニューヨークと深く関わり、同時に、大西洋に連なってアメリカを世界へ開く通路になっている。当然のこととして、イースト川を横切るフェリーは、ニューヨークの重要な交通機関であった。川の東岸ブルックリンは、十七世紀以降、基本的には住宅地として発達し、「家庭の市」と呼ばれるようになっていた。それは庶民の町であった。

ホイットマンは『自選日記』（一八八二）で、このフェリーのことを回想している。

詩人にとっては、渡し舟からの眺めは、「無比の、流れるように続く、不変の生きた詩」であった。川や湾の光景、ニューヨーク島（マンハッタン島）周辺のすべてのもの、遠く音立てて流れる潮流、移り行く多様な船（蒸気船、スクーナー、一本マストのスループ船、小舟、ヨット……）——このような光景や事物に接することで、詩人の心は幾度も活気づけられたのである。

右のような回想の中味は、ほとんどそのまま、作品「ブルックリンの渡しを渡る」（一八五六）（以下「渡る」と略記する）で描かれている。

作品「渡る」では、詩人は落日の迫る頃、潮の流れ、西空の雲、沈もうとする夕日、家路を辿る幾百の人びとの群を眺める。薄暮の光を通して、彼は現実そのものよりも、光景によってかき立てられた想像の中にもろもろの事物を位置づける。この作品の中での「家路につく幾百の人びと」は、ホイットマンの代表作の一つ、「先頃ライラックが前庭に咲いたとき」（一八六五―六）（第十一節）の「家路につく労働者たち」と同じ素材である。

詩人の想念は、過去、現在、未来にわたって、ブルックリン渡船水路で落日を眺める人びとの上に及ぶ（第一節）。ここでの光景（自然と文明との）によって詩人は人びとと結びつき（第三節）、その結びつきは時間を超える。

フェリーは人間の一体感を象徴するものになっている。
作品「渡る」においては、川をめぐる光景を眺めるという体験によって、現在の自分と未来の人びととがつながっているということが、繰り返し語られる。

Just as you feel when you look on the river and sky, so I felt,

君らが川や空を眺めて感じるように、わたしも感じた。　（三・二二）

Just as you are refresh'd by the gladness of the river and the bright flow, I was refresh'd,

君らが川や空の与えるよろこびで元気が出るように　わたしも元気が出た。　（三・二四）

I loved well those cities, loved well the stately and rapid river,

わたしもこの町が心底好きで、この堂々たる急流を　こよなく愛した。　（四・五〇）

川はどのような力、どのような意味を持っているか。それは「堂々たる」「速い」という形容詞で示されるものであり、たしかな存在感と、動的なエネルギーを所有している。川はそれと対面する詩人の内面によろこびと活気を与えるものである。
また、川は自然と人間、自然と文明の媒介をするが、作品「渡る」では、川を通して生と死、精神と肉体との関わりが描かれる。

I too had been struck from the float forever held in solution,
I too had receiv'd identity by my body,
That I was I knew was of my body, and what I should be I knew
　I should be of my body.

わたしも　とわに溶解して漂うものから生まれた。
わたしも　からだによって存在を与えられた。
わたしの存在は　からだの存在であることを知り、わたしの未来の存在もからだの存在になることを知った。
（五・六二―四）

アレンとデイヴィスによれば、ここでの「漂うもの」とは水であり、水、流れ、一日の時などは、すべて生と死についての象徴的な意味を含む。「とわに溶解して漂うもの」とは、魂の無限の海であり、全生命の潜在力である。そのような水の世界から、「わたし」は、生誕の時に現出して個体となり、存在を与えられるのである。[3]
作品「渡る」の世界では、自然と人間、自然と文明との間の対立も、生と死、肉体と魂との間の断絶も存在しないように思われる。

けれども、作品「渡る」において、ただ調和と連帯だけが語られているかというと、そうではない。詩人は川をめぐる光景から、生命の確たる実在感を獲得することを願っているが、ここには懐疑と不安も描かれている。この作品は、詩集『草の葉』第二版（一八五六）初出のものであるが、ここにはすでに、第三版（一八六〇）初出の作品に見られる懐疑や不安が語られている。

M・ウィン　トマスは、作品「渡る」の冒頭の三行を引き、ホイットマンの他者との断絶について述べている。

Flood-tide below me! I see you face to face!
Clouds of the west—sun there half an hour high—I see you also face to face.

眼下の潮流よ、わたしは差し向かいで君を見つめる。
西の雲よ！　あと半時間で沈む日よ！　わたしは君らをも差し向かいで　見つめる。
（一・一―二）

Crowds of men and women attired in the usual costumes, how curious you are to me!

ふだん着の男たちの群よ！　君らはまことにわが心を捉える。
（一・三）

トマスは、「差し向かいで」という語が、人間同士の出会いに用いられずに、「わたし」と自然界との間に適用されていることに注目する。彼は指摘する。

ここでの群衆は詩人の方に顔を向けず、顔のない個性を欠いたままの状態にある。ホイットマンが「心を捉える」という語を、「魅惑的な」「神秘的な」という意味で使っている可能性はあるにしても、彼は同胞から孤立しているのではないかという印象が残る。この孤立をホイットマン自身は認めていないが、最初の二行と三行目とが構造上類似していることは、自己と他者との断絶を廃そうとするよりもむしろ隠そうとする試みに外ならぬ。しかし、このような試みにもかかわらず、詩人と他者との関わりは、詩人が上げ潮や雲との関わりで経験するような自然で直接的な接触にはなっていない。[4]

右のトマスの指摘のように、ホイットマンが眼前の群衆に対してむしろ断絶を意識しているということは、一面ではその通りであろう（「街頭、渡し船、公開の集会で、愛する多くの人びとに出会った。けれどもわたしは　ひと言も話しかけはしなかった」（六・八一））。そのことは否定し得ない。

そのような状況のなかで、詩人は「人びと」に対して深い内面のつながりを意識し、未来の彼らへの接近を求めたのである。（「もっと君らの近くに近づこう、／君らが今　わたしのことをどう思っていようと、同じようにわたしも君らのことを思っていた、――あらかじめわたしは　仕こんでおいたのだ、／君らが生まれる前に　わたしはずっとまじめに　君らのことを考えていた」（七・八六－八））。実際、求めているからこそ、作品の終末のはげしい呼びかけが生まれたのであろう。孤独感と連帯感は詩人の内部で一体のものとして存在し、未来への切なる願いとなった。

Flow on, river! flow with the flood-tide, and ebb with the ebb-tide!
Frolic on, crested and scallop-edg'd waves!
Gorgeous clouds of the sunset! drench with your splendor me, or the men and women generations after me!
Cross from shore to shore, countless crowds of passengers!
Stand up, tall masts of Mannahatta! stand up, beautiful hills of Brooklyn!

流れ続けよ、川よ！　満ち潮と共に満ち、引き潮と共に引け！
遊び続けよ、うねり立つ　帆立貝の形に縁どられた波よ！
日没の華麗な雲よ！　君の輝きでわたしを、わたしの後幾世代もの男と女をひたせ！
岸から岸へ渡れ、無数の船客の群よ！
立て、マナハッタの高いマストよ！　立て、ブルックリンの美しい丘よ！

（九・一〇一－五）

「マナハッタ」はマンハッタンに対するネイティヴ・アメリカンの呼称で、ホイットマンの好んだ語であった。この語の使用によって、彼がマンハッタン島に寄せたおもいが分かる。

さらに、トマスは言う。

ブルックリンはホイットマンの気に入りの町であった。右の作品を書く二年前、彼は市当局へ公開状を送ったが、そこではホイットマンは、ブルックリンを未来のアメリカの都市の標準として表示することができた。すなわちブルックリンは、「人びと、富者、企業の巨大な集合体」である現在のアメリカの都市とは異質の存在だというのであった。が、結局はそのブルックリンも、アメリカの営利主義へのホイットマンの批判を免れるものにはならなかった。二年の後、詩人はブルックリンへの夢を風景に転化させたのである。[5]

詩人の一見天衣無縫な呼びかけの陰には、苦い幻滅が存在する。彼の夢は現実的基盤を失ってゆき、夕焼け雲の下、川をめぐる景観の中で、詩人の意識は日常の世界と思弁の世界との間を往復する。個々のものは想念の中に包みこまれてその独自性を失なう。現実の人、現実の文明に対する彼の意識は、ここでは鮮明な形では表われない。「この詩そのものが渡し船であり、時の川を慌しく往復する」（アレンとデイヴィス）という評価は、作品「ブルックリンの渡しを渡る」の特質をよく示したものであろう。[6]

ハート・クレインもまた、イースト川とその周辺に深く関わった詩人であった。一九三〇年、彼は長篇叙事詩『橋』を発表した。デイヴィッド・パーキンズによれば、この作品は、その時代におけるアメリカ詩の二つの潮流を統一したものであった。一つはT・S・エリオットによって融合された諸傾向（十九世紀のフランスの詩人たち、エリザベス朝時代の劇作家、十七世紀の形而上派詩人たちの）であり、もう一つはホイットマンの伝統であって、それは、予言的な未来像としてのアメリカ像を提示するものであった。作品「橋」は、エリオットを踏まえながら、ホイットマンの遺産を都市的、産業的な世界の中へ移入したものである。[7]

作品「ブルックリン橋に寄せて」は、長篇詩「橋」（一九三〇）の序詩にあたる。ブルックリン橋は、一八八三年、十三年の歳月をかけて完成した当時世界最大のサスペンション型の橋（全長一、八二五メートル）であり、技術的にも芸術的にもすぐれていて、当時から世界的に注目された。他の国と同じようにアメリカでも、橋はその実用性と美的な性格から、しばしば市の象徴となる。ブルックリン橋もニューヨーク市の象徴なのである。

クレインは、詩は現代文明の所産である機械を吸収すべきだと考えた詩人であった。彼は、自然に、偶発的に、機械を詩に順応させることを意図した。やはり長篇詩「橋」の中の「川」という作品でも、特急列車、ラジオ、電話線などが表われている。

クレインは、当時の機械文明の粋を集めたブルックリン橋に魅せられたのであろう。彼は、「大好きなブルックリン橋を横断しながらいつも経験するあの高揚した気持ち」「同時に前と上へもちあげられるような気持ち」について語っているから、その点では、渡し船でイースト川を渡るホイットマンの、「活気づけられる」という気持ちと共通するところがある。[8] 反面、アラン・ウィリアムスンによれば、クレインの葛藤のすべては、ある意味で作品「ブルックリン橋に寄せて」に集約されているという。ウィリアムスンは指摘する。

ブルックリン橋は、一方では外洋、他方では金融街とロウアー・イースト・サイドの「ぎゅうぎゅう詰めの穴倉」のような街との間にかけられている。この作品には、ブルックリン橋の一方の側、ウォール街において、朝の九時から夕方五時までの仕事にあくせくと取り組んでいる人物の姿が見える。[9]

How many dawns, chill from his rippling rest
The seagull's wings shall dip and pivot him,
Shedding white rings of tumult, building high
Over the chained bay waters Liberty—

いくたびか夜明けに、さざ波立つ憩いの場からひえびえと
かもめの翼が濡れては舞い上がり
ざわめく白い輪を残して、高く
自由の女神を　鎖につながれた湾上に築いたことか――　（一-四）

ホイットマンの「渡し船」がクレインの「橋」になっている。またホイットマンの作品「渡る」では、時は日没前であったが、クレインの作品では夜明けで始まる。作品「ブルックリン橋に寄せて」では、冒頭でかもめの飛翔と自由の女神のイメージが重なり、眼前の文明への賛美と希望が語り出されるように見える。ピアソン・金関の注によれば、「鎖につながれた湾」は、イースト川とハドソン川とがマンハッタン南端の海に流れこむ水域で、「自由の女神」のある所。「鎖につながれた」は、巨大な鉄の鎖のように見える橋のイメジと、まわりの水域を「つないでいる」という意味の両方がかけられているという。[10]

渡し船と違い、橋は動かない。けれどもクレインは、壮大なブルックリン橋に、機能的な動的イメジを与えている。同時に、川↓かもめ↓橋と動的エネルギーが伝わってゆくかのように、随所に橋の威容が描かれる。

And Thee, across the harbor, silver-paced
As though the sun took step of thee,

そして港にかかる橋よ、
日がお前の歩みを辿るように銀色に歩む者よ、（一三－四）

O harp and altar, of the fury fused,
おお　霊感で融かされた　ハープにして祭壇よ、（二九）

「銀色に歩む者」が示すように、ブルックリン橋の壮大な姿は、独自の動的エネルギーを発散させており、それはまた音楽的であり霊的でさえある。一方でクレインはアメリカ文明の一つの頂点である橋を讃えている。

他方で、第五連では、これまた資本主義文明が生み出したとも言えるアウトサイダーが、橋から川へ身を投げる所が描かれている。希望から絶望への転化である。

Out of some subway scuttle, cell or loft
A bedlamite speeds to thy parapets,
Tilting there momently, shrill shirt ballooning,
A jest falls from the speechless caravan.

とある地下鉄の昇降口か小部屋か屋根裏部屋から
狂人が手すりにかけ寄り
一瞬そこで身を傾け、かん高く叫ぶシャツがふくらみ、
お笑い草が無言の隊商から落下する。

（一七—二〇）

「地下鉄の昇降口」「小部屋」「屋根裏」は、文明の恩恵を十分に享受し得ない人びとの出入りする所であろう。そういう所から出て来た心を病む人がブルックリン橋から投身するというのは、文明の皮肉であろう。

クレインは作品「川」においても、先に述べているような文明の利器を登場させながら、他方で、中西部において文明の恩恵からはみ出した人びと（囚人道路工夫、ホームレス、ホーボー）を描いている。詩人の感性は、このような人びとと、その背後にある文明との関わりを鋭く感じとっている。

また、ホイットマンの作品「渡る」では、「水」は生命の潜在力であり、そこから「わたし」は誕生してアイデンティティを獲得する。つまり川は生への媒介をしたのであるが、クレインの作品「ブルックリン橋に寄せて」では、「水」は人が命を絶つ所になっている。川が死への媒介をしているのである。

なお、右に引用した第五連（一七—二〇行）の四行目は、やはりピアソン・金関の注によると、違った解釈がある。この行を、「通行人の一人が、投身自殺をしようとしている狂人を見物しながら、文字通りに冗談をとばした」とする解釈である。そうだとするとここでは、他人の悲劇に対して全く冷ややかな人々の、心のつながりの乏しさが描かれているということになる。現代のニューヨークにおいて、何が起こっても驚かない人びとを見ていると、右の解釈もなるほどと思わせられる。

ホイットマンは作品「渡る」において、未来の渡し船の船客へのつながりを求めたが、この未来の船客が、ブルックリン橋の通行人だとすると、現実はホイットマンの描いた世界とは程遠いものになってしまった。ホイットマンが夢を人間に託しているのに対し、クレインは夢を、橋をめぐる神話に託している。ホイットマンの内に兆していた不安が、クレインでは顕在化しているのである。

ホイットマンが作品「渡る」の結末において、川とそれをめぐる光景に対して呼びかけたように、クレインもまた作品「ブルックリン橋に寄せて」の末尾においてブルックリン橋へ呼びかける。

O Sleepless as the river under thee,
Vaulting the sea, the prairies' dreaming sod,
Unto us lowliest sometime sweep, descend
And of the curveship lend a myth to God.

おお、お前の下の川のように眠らず、
海に、平原の夢みる土にアーチ形に広がるものよ、
時にはいやしい者の所へ降りてきて
その曲線から神に神話を貸し与えよ。

（四一–四）

ここでは川は、眠らない橋の比喩として使われている。また橋は、海や大平原など、アメリカン・ロマンティ

シズムの根底をなすものと結びつけられ、アメリカの夢の象徴ともなっている。

クレインは文明の背景に何を見、自らの内面に何を抱いていたか。トマス・A・ヴォグラーによれば、作品「ブルックリン橋に寄せて」の主要な機能は、長篇詩「橋」の背景を設定することである。その背景にはどのような要素が含まれているか。

そこには、現在への絶望、自由へのあこがれがある。また理想像が幻影であることが証明される可能性や、経験を希望が持てるように系統化したもの（神話）を見いだしたいという願いなどが、含まれている。この神話こそが詩人に、作品中の「狂人」の運命を免れることを可能にするという。[11]けれどもクレインは、作品「橋」を書いた後、三十三歳にして船上から海に落ち、右の「狂人」に似た最期をとげた。自殺であったとも言われている。

ホイットマンもクレインも、共に眼前の川とそれに関わる事物（渡し船、橋など）の中に、アメリカ文明の象徴を見た。一方で彼らは、象徴的事物によってロマンティックな高揚した気分をかきたてられながら、他方で自らの生きている現実に対して疑惑を抱かざるを得なかった。クレインにおいてはむしろ絶望への傾斜をみることができる。

アメリカとは何か？　アメリカは何処に行くか？　ヨーロッパからの精神的自立を求めて、あるいは多様な文化の形成を意図して、アメリカの詩人はしばしばこのような問いかけを自らに投げかけてきた。クレイン没後二十三年、ビート派の代表的詩人アレン・ギンズバーグは、作品「カリフォルニアのスーパーマーケット」（一九五五）の中にホイットマンを登場させ、次のように作品を結んでいる。左の部分で「父」というのはホイットマンのことである。

Will we stroll dreaming of the lost America of love past blue automobiles in driveways, home to our silent cottage?

Ah, dear father, graybeard, lonely old courage-teacher, what America did you have when Charon quit poling his ferry and you got out on a smoking bank and stood waching the boat disappear on the black waters of Lethe?

われわれは失われた愛の国アメリカを夢みてさまようのか、車道の青い車の側を通り、静かな小屋に帰るのか?

ああ、なつかしい父よ、あごひげの白い、孤独な老いた勇気の師よ、三途の川の渡し守カロンが渡し舟に竿さすのを止めて、あなたが煙る岸辺に下り　舟が忘却の川レーテーの黒い川に消えるのを見つめたとき　アメリカはどのようなアメリカであったのか?

（十一―二）

ギンズバーグは眼前の現実を「失われた愛の国アメリカ」と呼ぶ。ここでの「渡し舟」のイメジは、ホイットマンの作品「渡る」の「渡し船」を下敷きにしたものであろう。「川」はレーテーの川であり、レーテーはギリシャ語で忘却を意味し、よみの国で亡霊がその水を飲めば生前のすべてを忘れるという。右の詩では、ギンズバーグは、冥界に入った時のホイットマンがその時どのようなアメリカを体験していたかを問いかけている。

またギンズバーグは、その詩集『吠える』（一九五六）の中で述べている。

who jumped off the Brooklyn Bridge this actually happend・・・・

ある者は　ブルックリン橋から飛びこんだ　これは本当に起こったこと　　　　（一・五七）

Visions! omens! hallucinations! miracles! ecstasies! gone down the American river!

夢想よ！　前兆よ！　幻よ！　奇蹟よ！　忘我よ！　アメリカという川へ流れてしまった！　　　　（二・一二）

ここではギンズバーグはクレインを思い浮かべているのであろうか？　イースト川は、ブルックリン橋から絶望を迎える川となり、「アメリカという川」は、もろもろの夢を吸収して流してしまう川となったのか。ホイットマン、ハート・クレイン、ギンズバーグと、アメリカ詩を流れる川は次第に絶望の影を深めてゆく。他方で、ラングストン・ヒューズが、その作品「黒人は河を語る」（一九二一）で源を作った黒人の川は、その後どのような流れを展開したか？

アメリカ詩を流れる川が、今後いっそうの多様性を見せることは明らかであろう。

4　詩人と民衆

ホイットマンの場合

ウォルト・ホイットマンが民衆の詩人（the poet of the common people）だというのは、言い古された事柄である。わが国でも大正期の「民衆詩」運動を支えた人たちが、ホイットマンに傾倒したことはよく知られているが、それではホイットマンの「民衆性」とはどのようなものであるかというと、答は必ずしも簡単ではないように思われる。

「民衆」という時、われわれは、権力・権威とは縁のない、それでいて実際にはその労苦に満ちた日々のなりわいによって社会を支えている無名の多数を思い浮かべるのであるが、ホイットマンはどういうわけで「民衆の詩人」と言われるようになったのか？

考えられるいくつか、わけても作品以前の問題として、ホイットマンの経歴について考えてみると、

第一に、あまりにもよく言われることだが、かれ自身の生立、経歴、人となりが、非常に庶民的であったということである。彼の生家はアメリカのありきたりの農家の一つであり、彼自身の風貌・気質は、当時のアメリカ

の農民や機械工によくあるたぐいのものであった。彼はまるで、古代ローマの剣闘士のようなたくましい骨組と六フィートの身の丈を持っていて、[1]自己を表現するのに、「荒れ狂う」「肉づきのよい」「肉感的な」「くう」「飲む」「子をつくる」――など、教養ある人びとの眉をひそめさせる言葉を羅列する（「わたし自身の歌」二四・四九八）のである。このようなホイットマンが、「食慾と性欲が強烈であるほどその人は弱い人だ」とするエマソンとは、かなり異質の人間であることは明らかであろう。既成宗教、因習から真の人間らしさがとりもどされるには、精神に対して肉体の持つ意味が改めて問われねばならず、庶民の意識においては肉体と観念の分裂がありにくいとすれば、生得の庶民ホイットマンが、肉体の再発見によって文芸を革新しようとしたことも、一つのなりゆきと言えるのかもしれない。

第二に、彼は正規の教育を受けていない。マーク・トウェインやウィリアム・D・ハウエルズなど、十九世紀のアメリカのある種の文人たちのように、ホイットマンもまた「印刷工場を小学校、ジャーナリズムを大学」として、自らの教養をたくわえた。彼の作品に表われる学者に対する異和感は、このことと無縁ではない。

第三に、ホイットマンには海外旅行の経験がない。このことは正規の教育を受けていないことと共に、経歴をいっそう庶民のそれに近づけている。もちろんこのような事態は、詩人が好んで招いたことではなく、彼自身はヨーロッパへ行かなかったことを、ドイツ語、フランス語を学ばなかったことと共に、気に病んでいるのである。[2]がそれはともかく、かれが外国へ行かなかったことは、一方で彼の視野を狭くしたかもしれないけれども、他方で彼の視線を、アメリカの内部、とりわけ西部に向けさせるのに役立ったのではなかろうか。

もっとも、ソーロウも、ライン河とミシシッピ河流域とをくらべ、ラインの歴史を讃えながらもミシシッピ流域の可能性を高く評価しているから、ヨーロッパを過去のものとし、西部を未来のものとする考え方は、何もホイットマンに限ったものではない。[3] が、ホイットマンがヨーロッパを経ずに直ちにアメリカに目を向けたことが、彼の希望、確信、楽天性につながっていることは明らかである。後にアーチボルド・マクリーシュは、旧世界に対する痛切な愛着を語りながら、アメリカへの回帰を決意するが、ホイットマンにとっては、アメリカ意識確立のために克服すべきヨーロッパは、直接的体験の上では存在しなかった。もちろんこのことは直ちに、ホイットマンがヨーロッパの伝統を踏まえていないということにはならないが。

以上のような、まさに庶民的な経歴を踏まえ、ホイットマンはきわめて自然に庶民を愛し、庶民と交わり、いわゆる出世、成功とは縁の遠い一生を送った。さらに、庶民と交わる時にほんとうのくつろぎを感じることができたというのも、ホイットマンの伝記上の特色である。ランダル・スチュアートは、『アメリカ文学とキリスト教』で書いている。

ホイットマンはエマスンよりもっと「民主的」であった。たしかにエマスンには、かなり包括的な主張がある。(中略)そのような主張は、理論上、相当広範囲な基礎をわれわれに与える。しかしホイットマンはもっとあたたかく、もっと親しみやすい。彼は「民衆」とつきあうのが好きであり、(彼が言ったように)「力強い教育のない人びとと自由に歩く」ことを好む。[4]

右の文章は、同じようにアメリカ文学の独立を叫び、すべての個人の尊厳を説いた二人の文人の気質の相異を示している。むろんホイットマンもエマスンのように講演者として生計をたてることが希望であり、ホイットマンの詩には、演説口調、指導者意識が目につく(「博覧会の歌」七・一三八-四〇)のだが、社会人としてはホイットマンは、いわゆる指導者にはなれなかった。その理論構成力についてはともかくとして、ホイットマンはやはり、気まぐれで感覚的な「ローファー」であり、講演者、説教者であるよりむしろ庶民の一人であった。H・B・ビンズによると、エマスンは、ホイットマンがどうして庶民との交際をこんなに楽しんだのか分からなかったというが、「コンコードの聖者」にはおしはかり得ないホイットマンのこの特質こそが、まさにホイットマンの庶民性であったといえるのだろう。

このような庶民の中での「くつろぎ」の意識がさらに拡大されたものが、ホイットマンの群衆に対する意識である。ホイットマンは都会の雑踏を愛し、群衆と共にあることで新しいインスピレーションを得たという。このことは「群衆のなかの孤独」が渋面をもって語られる世紀末的意識から見れば、単にうれいを知らない単純さ、と受けとられるであろう。が、事柄はそのように簡単ではない。

むろんホイットマンも、一般の文人、学者たちのように、世の喧騒をさけて田園、孤独、自然を求める気持ちがなかったわけではないが、同時にホイットマンは、人びとの顔、婦人、仲間、マンハッタンの街路、ブロードウエイ、トランペットやドラムの喧騒を求めた。彼にとってマンハッタンやブロードウエイの喧騒は、広大なアメリカの自然と同質のものであり、他方彼にとって、自然への流入は、「原始の正常」を求めるためのものであって、人間からの離脱を意味しなかった。(「もの言わぬ壮麗な太陽をわたしに与えよ」一八六五、一・九)。ホイットマンにとっては、都会即反自然であり得ず、群衆は大地であり、海であった。

ソーロウはホイットマンとブルックリンを歩いた時に、「人びとの中に何があるというのです。ふん！ 誰にものを見る君が、このいつわりの政治的堕落の中に、何を見ようというのですか?」と言って、ブルックリンをこよなく愛したホイットマンの嫌悪をかっている。[5] ホイットマンにはソーロウのようなはっきりした権力機構への認識はなかったが、群衆はホイットマンにとって「活気ある」という語をつけるのにふさわしいものだった。「わたしは群衆の一人だった」(「ブルックリンの渡しを渡る」三・二四)という言葉が示すように、彼は主観的には群衆とは単一不可分の関係にあり、人々のあつまり、会話、夜のたのしみ――はすべて彼に力、充実感といった感覚を与え、そのような感覚を通して、かれは絶えざる昂揚を意識したのである。[6]

「わたしを通じて、永い間沈黙していた多くの言葉が語られる」(「わたし自身の歌」二四・五〇八)、「わたしはすぐに君たちの真只中に入って、君たちの詩人となろう」(「自然のままの瞬間よ」十一)という呼びかけのように、ホイットマンは常に人々と一体となり、民衆を代表する詩人であろうと心がけた。もっともロージャー・アセリノーは、ホイットマンがこのように民衆を求めたことを、彼の同性愛的欲望と関わらせているが、[7] 同性愛が直ちに個人をこえた集団にまで及ぶものかどうか、疑問のところもある。

以上のようにホイットマンが、何よりも自身民衆であり、しかも民衆を愛し民衆のなかから詩を書こうとしたことは、疑い得ない事実であるが、それではそのようなホイットマンの作品が、過去現在にわたって庶民の心に直接くいこんでいったかというと、実はむしろそうでない。

リーディ・M・クラークによると、ホイットマンの友人のうちで、いわば庶民階層に属する人たちは、ホイットマンが詩人であることさえ知らなかったし、ホイットマンも彼らに朗読してやるのは、シェイクスピアかテニスンなどの詩であって、いわゆる民衆的な詩ではなかったという。[8]

また、ホリス・トローベルによると、ホイットマンの家族も、母さえもが彼の作品に親しまないどころか反感を示した、という。[9] ホイットマンの作品が価値を認められたのは、エマスンはともかくとして、アメリカよりもむしろイギリスにおいてであった、しかもウィリアム・M・ロゼッティ、ジョン・A・シモンズ、スウィンバーンのような人びとだった、ということは何を意味するか？　このことはホイットマンの詩の思想・手法が、単に時代に数歩先んじていたというだけでは説明しきれないものがあるように思われる。

なるほど、発表当初の『草の葉』は、その特異性のために認められなかった、むろん一般民衆の受け入れるところではなかった、ということはよく理解し得る。けれどもチャールズ・B・ウィラードの言うところでは、一九四七年になってさえなお、「ホイットマンは大多数のアメリカ人にはほとんど知られていない、ホイットマンが詩人であり、アメリカ人であるということが、ハイスクールの卒業生にさえ少数にしか知られていない」、「グレイドスクールやハイスクールの教科書では、『おお船長よ！　わが船長よ！』『わたしはアメリカが歌うのをきく』『開拓者よ！　おお、開拓者よ！』などが出ているだけで、ホイットマンの偉大な詩や散文のあるものについては、ハイスクール卒業者の少数にしか知られていない」ということであり、ホイットマン作品は一部の人にしか知られていず、一般にはただ教科書的にしか受けとめられていないことを示しているのである。[10]

つまりホイットマンの詩が一般の民衆に受け入れられないのは、程度の差はあれ、現代にまでも続いてるわけで、ホイットマンが実生活の上で、あるいは意図の上で、民衆の代弁者であろうとしたことは必ずしも彼が本来の意味での「民衆の詩人」であったことにはならないともいえる。そういう見地から見てゆくと、ホイットマンの作品は、どの時代においても、直接民衆に語りかけるよりはむしろ、文芸と実人生との統一を求めようとする作家たちや、現実と密着した詩形式を求めようとした詩人たちに刺激を与える、といった役割を持っている。それは、文芸思潮の変革や、手法の変革――といった試みが行なわれる時にしばしば顧みられ、[11]そういう意味では永遠の啓蒙性を持っている、にもかかわらず作品の普及性にはある限界があり、民衆性はむしろ稀薄だと言えるであろう。

先のウィラードによれば、『草の葉』は現在、参照や引用のための書物になっており、一般のアメリカ人には、『草の葉』の中の詩は、「おお船長よ！　わが船長よ！」をのぞけば、とうてい次のような作品つまり、ロングフェロウの「人生讃歌」やポウの「大鴉」、ホイッティアの「素足の少年」等ほど重要なものにはなっていない、[12]アメリカ文学史のなかで、ホイットマンの詩の中でも最も伝統的な詩である「おお船長よ！　わが船長よ！」が今日一般大衆に知られたただ一つの詩であるという事実には、ある皮肉があるということである。[13]ホイットマンの創造した詩は、民衆には受けいれ難いものだったということが言えるのだろう。

次に、そのように民衆には難解な作品をつくったホイットマンの、民衆観そのものについて考えてみたい。

『草の葉』に登場する「民衆」の描き方について考えてみると、われわれは容易に、ホイットマンの民衆への愛が、直ちに民衆解放や社会批判の主張に結びつくものではないことに気づく。クラークは、ホイットマンの民主主義が「社会的」なものでなく「神秘的」なものであることを指摘したが、このことはホイットマンの「平等とは偉大なものだ！」という叫びを考える上に前提とすべき事実のように思われる。

ホイットマンが、富豪、高位の人、教養ある上流の人よりも、むしろ「力強い教養のない人びと」に親しみを感じていたことは事実である。『民主主義展望』で書いているように、ホイットマンにとって「人民」は「巨大な大地」であったが、実はこのように人びとを自然物としてとらえることが、ホイットマンの民衆観をある意味で漠然とした、歴史性社会性を欠いたものにしていることは事実であろう。

そうはいってもむろんホイットマンは、単なる自然物として、あるいはその素朴性のゆえにのみ民衆を愛し信じたわけではない。南北戦争の体験の中で詩人は、名もない兵士たちの個性の中にデモクラシーの典型そのものを見たのである。ヘンリー・B・ビンズが指摘するように、ホイットマンはカーライルとはちがい、われわれ一般人の心の中に英雄的なものを見いだしたのであり、[14] またエマスンが「森の家」にいこう時に「ギリシャ・ローマの誇り」を超え得たように、ホイットマンは南北戦争の兵士に、ギリシャ・ローマの勇士と肩を並べ得る気高さを見いだしたのである。ホイットマンにおける英雄は庶民の中から表われ、英雄と民衆との間に断層はない。農民、機械工、鉱夫――彼らの間から卓越した裁判官、哲学者、大統領が仕事着をまとって現われる、外ならぬ開拓者の息子リンカン大統領こそが、このような英雄の一人だったのである。「庶民における英雄性の発見」――これはホイットマンを考える上に見逃せないことで、彼の民衆信頼は、ここで具体化される。

けれどもホイットマンには、民衆が平等への要求を実現する時、妨げとなる権力についての認識が、ソーロウほどは鮮明な形をとって表われないようである。ホイットマンは、作品「失敗したヨーロッパの革命家へ」(一八五六)や「おお、フランスの星よ」(一八七一)におけるように、他国の改革者は讃えるが、自国の改革者へは作品「転換」(一八五六)におけるように、むしろ嫌悪の情を示すことがある。なるほど彼は南北戦争後の「めっき時代」の合衆国には痛切な批判を加えるが、同時に、「自分の土地を持たぬ者に選挙権を与えるのはおかしい」などと言っている。もっともアセリノーによると、これを言った『民主主義展望』の時期にはホイットマンは、『草の葉』(初版?――著者)の頃より穏健になっているということだが、それにしてもホイットマンの「平等とは偉大なものだ」という言葉も、具体的な裏づけということになると、あまり明確ではないようである。従ってホイットマンの「民衆」も、すべての人びとを含むということには必ずしもならないようである。たしかにホイットマンの目が、世の普通の生活からはみ出すことを余儀なくされた人たちの上に暖かく注がれていたことは明らかである。このことは、「すべてのものは例外なく永遠のいのちを持つ」というかれの理念と共に、彼が自分の身内に少なからぬ不幸な人たちを抱えていたことにもよるのであろう。けれども合衆国において常に不当な差別を受けてきたネイティヴ・アメリカンや黒人についてのホイットマンの描き方はどうであったか？　彼らは真の意味でホイットマンの「民衆」に属していたであろうか？

むろんホイットマンも当時の多くの識者のように奴隷廃止を望んだ。『草の葉』には例えば、「奴隷《スレイヴ》」二十四回、「ネグロ」七回、その外「黒人」を示す語が多く出てくる。ホイットマンの奴隷問題についての関心の深さは明かである。黒人詩人ラングストン・ヒューズは、

ホイットマンは奴隷制廃止論者の詩人には分類されていないが、その詩にはロウエル、ホイッティア、ロングフェロウと同じく、はっきりした黒人の自由と平等への呼びかけがある。[15]

とホイットマンの黒人解放に対する貢献を評価している。

けれどもホイットマンが奴隷制廃止論者の詩人に分類されていないのはそれなりの理由があるので、『草の葉』においては奴隷廃止論者も奴隷制廃止運動も直接的には描かれていない。なるほど彼はヒューズの指摘するように、作品「青いオンタリオの岸辺で」や「わたし自身の歌」においても、奴隷制を攻撃し、自らを傷ついた逃亡

奴隷にたとえた作品もつくっている。けれどもホイットマンがはたして黒人やネイティヴ・アメリカンを、真の意味で解放されなくてはならない人間と考えていたかどうかは疑問のところもある。

ホイットマンは黒人あるいはネイティヴ・アメリカンの肉体に「原始の正常さ」を見いだし、そのたくましい自然美を追求した。古代ギリシャ人の創始した哲学、美、英雄主義は、裸体についての彼らの自然観、宗教観の結果であるとしたホイットマンにしてみれば、黒人の肉体を意識することは当然であったかもしれぬ。が、そのような意識が黒人の描写に及ぼされてくる時、一面黒人の人間性を尊重しているように見えながら、実は人格ぬきの肉体、所作にだけ目がとどいているように思われる。

それはネイティヴ・アメリカン、黒人両方の描写に見える。例えば作品「眠る人々」では、ホイットマンがとりわけ愛した母親の回想のなかのネイティヴ・アメリカンの女性を描いている。ここで用いられている「とらわれない」「しなやかな」「豊かな」「無骨な」などの形容詞は、どれもホイットマンの好みの状態を表わしたものであり、ホイットマンはネイティヴ・アメリカンの少女の姿、ものごしの中に、近代文明や宗教的偏見に毒されない原始の魅力を見いだしている。黒人についても同じことで、「わたし自身の歌」では、黒人について、「おちついた」「背の高い」「平等な」「堂々とした」といったように黒人の肉体、挙動についての立派さが描かれている。どちらの場合も、価値の新しい発見といってよいものだろう。が、別の面から見ると、そこにあるものは要するに「絵のような巨人」のすばらしさであり、その「すばらしい美と清浄さ」である。極論すれば、重要なのは彼らの個性、能力ではなくて、姿、ものごし、感じである。事実ホイットマンにとってネイティヴ・アメリカンとは、美しい地名を残してほろびてゆく過去の民族にすぎなかったのだ。

もっとも先のラングストン・ヒューズは、

競売に付されるふたりの奴隷について、「ぼくは歌う、電気もつ肉体を」（「わたしは充電された肉体をうたう」——著者）でホイットマンは書く、『競売されている男子の肉体、……紳士たちよ、この驚異をみよ……これはただひとりの人間ではない、これは順ぐりに父親となるであろうものたちの父親だ、かれのなかには多産な諸州と富んだ共和国の出発があり、かれから無限の体現と快楽をもつ教えきれない不滅の生命があらわれる。かれの子孫から、幾世紀をとおして、誰が出発するかどうしてきみにわかるのか？……競売されている女子の肉体、……きみはこれまで女子の肉体を愛したことがあるか？　それらが地球上のいたるところ、あらゆる国々で、あらゆる時代をつうじて、みんなに全くおなじものだということを、きみは知らないのか！』[16]

と長い引用をして、ホイットマンの奴隷制否定、平等の精神の強さを力説している。なるほど右に見る限りでは、ホイットマンは、競売されている奴隷の肉体を通して、かぎりない共和国、人類の未来と、差別の不当とを突いているように思われる。

けれども、同じ「わたしは充電された肉体をうたう」の次の部分、すなわち

A man's body at auction,
(For before the war I often go to the slave-mart and watch the sale,)
I help the auctioneer, the sloven does not half know his business.

競売されている男の体、

（戦前、わたしはよく奴隷市場へ行って、売られるのを見た）、

わたしは競売人を手伝う、この怠け者は自分の商売を半分も知らぬ。

（七・九五―九七）

などを見ると、構成上の技巧などということはあるにしても、ホイットマン自身は一体「奴隷市場」をどう感じていたのかという気持ちになり、ソーロウなら「奴隷市場」というだけで大変な憤りを感じただろうと思うと、ヒューズの見解に全面的に同意することもできない。

事実、アセリノーも、「ホイットマンは少年時代ロングアイランドで黒人奴隷を見、『自選日記』でそのことを書いているが、憤りをこめては書いていない」と言っているし、[17]また、クラークも、「ホイットマンはアメリカ・インディアン（ママ）は除かれるべきだと考えていたので、黒人等に対するホイットマンの見解は、腹立たしいものであった」と指摘し、南北戦争であれほど兵士を描いたホイットマンが、黒人兵については、わずかに『自選日記』で一回描いただけで、「軍鼓のひびき」では全然描いていないと言っている。ホイットマンにとっては黒人の問題は意識の中心になく、黒人は、「民衆」の中には、抽象的一般的言辞をのぞいては、組み入れられていない、といっても言い過ぎではないように思われる。

もっともホイットマンがかなり意識的に対比させた個々の文句、詩の断片をばらばらにとってきて分析することは、しばしばホイットマンの実体から遠ざかる危険性があるが、右の問題については、基本的にはクラークの評価は正しいように思う。

以上によって結論めいたことを言うと、ホイットマンの庶民性は生得のものであり、しかもそれが一生にわたって自然な態度で持続されたということ、彼の作品には広い範囲の人びと（労働者三十五回、運転手十四回、農民二十一回、漁夫十五回、水夫三十四回、機械工三十四回）が、文字通り民衆的な装いのもとに表われるということ――などから、ホイットマンを「民衆の詩人」とすることは、ある面では正しい、と言えよう。

けれどもホイットマンの作品は、その出現の時から現在に至るまで、程度の差はあれ、一貫して民衆よりむしろ一部の啓蒙家的文学者に愛される運命を持っているということ――その点から言えばホイットマンを、真の意味での「民衆の詩人」と言えるかどうか疑問もある。

また、ホイットマンは、「草」が、「巨人たちの間と同じように黒人たちの間に生える」と書いているが、それでは黒人がホイットマンの「民衆」の中にたしかな地位をしめているかというと、先に述べたように、そうは言えない面がむしろ強い。

その外、ホイットマンの同性愛的傾向が、彼の民衆への愛情の表現を一種の混沌の中にまきこんでおり、彼の詩の発想、手法もかなり難解であって、ホイットマンすなわち「民衆の詩人」という風になってゆかない側面が存在することは否定できないのである。

Ⅳ 評価

1　教祖から詩人へ

　ある作家、作品について、時代により様々の評価が生じるのは当然である。偉大な作家、詩人ほど、評価は多様な広がり、ふくらみを持つのであろう。けれどもホイットマンの場合、評価について両極端の見解があるし、どの作品がよいかということについても様々の評価があって必ずしも定まらない。偉大な詩人への評価はそのようなものだということとは別の、評価の多様性、極端さが、ホイットマン評価には存在する。[1] チャールズ・B・ウィラードやゲイ・W・アレンの書は、ホイットマン評価をめぐるさまざまの事実を教えてくれる。

　ホイットマンが当初自らの母国において、エマスンや少数の熱烈な愛好者以外には、あまり詩人として認められていなかったというのは、ホイットマン評価史上周知の事実である。そして好意的であったエマスンやコンコード・グループにしても、ホイットマンの名を公然とあげることは決してしなかったということであるし、一八七四年にエマスンが出した詩華集『パルナサス』には、ホイットマンの詩は全く省かれていた。[2] もっともこの詩華集はエマスンの家族によって編まれたということだが、それにしてもホイットマンは、同国人からは無視されていたのであろう。「ハーヴァードの詩人たち」やアメリカ詩の父ブライアントのホイットマン評価についても、事情は同じであり、アメリカの有力な批評家が公然とホイットマンをほめるのはホイットマンが老境に入ってからのことで、その場合でも幾つかの条件つきで、その上ほめるのに「ある種の勇気」を必要としたというのだから、ホイットマンの異端性はよくよくのものであったに違いない。[3]

そういうホイットマンがヨーロッパやイギリスで早くもその価値を認められたというのも周知の事実だが、ジョン・A・シモンズに至っては、「私は聖書を除いてはどのようなものよりも大きい影響をホイットマンから受けた。その影響はプラトンよりもゲーテよりも大きい」とまで言っており、アメリカでの全否定との違いや、ホイットマン評価の極端なことがうかがえるのである。[4]

ところで話をアメリカに戻すと、ハーヴァード大学の教授バレット・ウェンデルになると、ホイットマンが右のようにイギリス文人の間で高く評価されることさえ気に入らなかったようだから、二十世紀にさしかかる頃になっても、アメリカでのホイットマンぎらいが如何に根強かったかが分かるのである。

すなわちウェンデルはその著で、ホイットマンはアメリカ的でないということを繰り返している。ウェンデルの見解は第一に、ホイットマンの平等の概念は、価値というもの（他者よりすぐれていることはすばらしいということ）を全く無視しているから、「アメリカ民主主義」の概念ではなくヨーロッパの概念であるというのであり、第二に、現代ヨーロッパがホイットマンをアメリカ以上に熱烈に歓迎するのは、ヨーロッパの退廃的な趣味のためであり、気質、スタイル、不毛の同性愛などから見て、ホイットマンはエキゾティックな人物なのだというのである。[5]

この見方は、立場は違うが後にベッツィ・アッキラが、ホイットマンはエマスンらのニュー・イングランド的傾向の挑戦者であって、同時代の知識人と違い、ルソー、ジョルジュ・サンド、ヴィクトル・ユゴーなどの思想的傾向を継承していると言ったことを思い起こさせる。

もっとも何をもってアメリカ的とするかということは、意見の分かれるところであろう。見方によれば、ホイットマンはむしろきわめてアメリカ的であったゆえに当時のアメリカの文人に受け入れられなかったと見ることもできる。彼自身、ヨーロッパへ行かなかったこと、ドイツ語、フランス語をよく学ばなかったことを晩年に至るまで気に病んでいたという。[6] ホイットマンは少なくとも同時代の知識人に比べると実生活上でヨーロッパの影響を受けていなかったと言えるだろう。

さらにこのウェンデルにとって、最も我慢ならなかったのはホイットマンの詩法であった。ウェンデルはホイットマンの詩法を、「がらくた」、「たわごと」などの語で表わし、作品「ブルックリンの渡しを渡る」は、乱雑で気狂いじみたリズムで波打っており、そのリズムはまるで六歩格が音立てて下水を流れているようだと酷評している。[7]

もっとも、ホイットマンの作品については、「まったくひどい悪臭だ」(エズラ・パウンド)とか、「両側に穴のあいている笛のようだ」(D・H・ロレンス)とかの大変な比喩もあるから、右のウェンデルの評も全く的外れとは言えないのかもしれない。[8]

それではウェンデルが、ホイットマン作品のうちどのようなものならまず我慢できるかというと、『おお、船長よ! わが船長よ!』が、多分ホイットマンの最善の詩であろう。しかしそれにも正道をはずれた粗野なスタイルがある」というのだから、ウェンデルの評価は、詩史の流れから見て決して前向きの批評とは言えない。[9]

というのは、この「おお、船長よ！わが船長よ！」という作品は、人がホイットマンをどう見ているかということを判断する上での一つの基準になるもので、マーカス・カンリフもその『アメリカ文学史』の中で、「ホイットマンの詩のなかで最も伝統的な詩である『おお、船長よ！　わが船長よ！』が今日、一般大衆に知られたただ一つの詩であるという事実には、ある皮肉がある」と書いているのである。[10]つまりウェンデルの評価は、アカデミックな側からの評価が、保守的であるという点で、奇妙に通俗の評価と一致してしまう見本を提供しているのである。新しく出現した型破りなものを、アメリカ的でないとか、乱雑で粗野で鑑賞に堪えないとか言って、基本的な所で評価を誤ってしまうのは、古典的教養からくる評価基準を過信する者の警戒すべき落とし穴であろう。

総じてホイットマンの欠陥としてあげられているものは、そのスタイル、主題、カタログ、性の扱い方などであるが、実はこのようなものこそホイットマンの魅力の根源とされたものであり、彼の特色を示すものであることは興味ある事実である。[11]

以上のような悪評のなかで、ホイットマンは先ず少数の熱狂的なファンによって、一種の教祖的存在にまつりあげられた。リチャード・M・バックが『草の葉』誕生は、仏陀、パウロ、マホメットにも比すべきホイットマンの「宇宙意識」によるものだ（一八九三）としているのは、ホイットマン崇拝者の信仰的態度と関りがあるのだろう。[12]

ウィラードによれば、崇拝者の間では、『草の葉』はまるで聖典のように読まれ、その詩は、韻律や構成上の工夫とは全く別の所で、「きびしい真剣さ」があるとか、宗教文書に見られる確信をおびているということで讃えられたという。幾年にもわたって驚くほど沢山の人々が『草の葉』を額面どおりに受けとって、ホイットマンをある種の預言者のように見、彼の中に自分たちの期待が実現されていると思った。いわばホイットマニズムといったものが生じたのである。[13] 崇拝者たちはホイットマンについてきわめて固定的なイメジを持ち、「懐疑し、動揺し、絶望し、忘却しようとするホイットマン」は顧みられなかった。崇拝者たちは、作品をあるがままの姿で鑑賞したのではなく、詩人を自己の夢や理想を表現してくれる代表者と見なしたり、あるいはその考えを利用したのである。[14]

ホイットマンに親しく会ったことを記録にとどめている人たちは、詩人の並外れた人間的魅力について証言している。ホイットマンへの渇仰は三千人の老若男女が参列する葬儀となり、リチャード・M・バックは、「ホイットマンはまたとないほどの完全な人物であり、その業績はベイコン（シェイクスピア劇の作者としての）、ダ・ヴィンチ、ゲーテの業績を遙かにしのぐ」とまで言った。もっともさすがのバックも、「ホイットマンが、ホメロス、ダンテ、孔子、仏陀、ゾロアスター、キリストと同位に位するかどうかについては、時の裁定に委ねる」と判定を避けているが、ウィラードによれば、ホイットマンへの高い評価という点では、これが空前絶後のようで、[15] ホイットマン神格化はここに極まったと言えるだろう。

ホイットマンの予言者的性格、人生への肯定的態度、平等主義などは、熱狂的崇拝者によって当初かなり類型的に受けとめられたために、教祖的ホイットマン像が成立して、作品の直接的な理解が妨げられた。けれども、ホイットマンのメッセージを総体として受けとめることで、文芸に新しい生命を吹きこもうとする傾向は、それ以後時代と文化の変革期に繰り返し表われた。一九三〇年代のアメリカ、西ヨーロッパ、ロシアなどにおいてそのことが言える。

ダニエル・アーロンは、二十世紀における「社会主義者や共産主義者は、ホイットマンが資本主義や労働組合についてどう考えていたかを正確に知らないままでホイットマンを求めた。彼らにとっては、ホイットマンが未来を信じ肯定しているだけで十分であった。レズリー・フィードラーは、「ホイットマンの最も特徴的な仮面の一つは、革命家であるということで、ホイットマンはソヴィエト政府によって翻訳されたアメリカ作家のうちの最初の人物である」と述べている。[16]

ロシア革命直後のソ連には、後のスターリン独裁時代のソ連とは異質の自由が存在した。革命以前の帝政ロシアでは、おしなべてホイットマンへの言及は検閲によって禁じられていた。[17] 革命がロシア人に対してホイットマンを解放したのであり、革命直後のソ連ではロシア詩人たちは、ホイットマンを「神のように崇め」（ゲイ・W・アレン）、ホイットマンの詩の荒々しいプロレタリア的なおもむきや自由に広がる主題を愛好するようになった。[18] 若いマルクス主義者たちは、開拓、新しい民主的な将来、友愛、平等を強調したホイットマンに共感し、[19] 大都市、街の雑踏、絶え間ない機械の動き、働く人びと、大衆、民主的な産業社会、忙しい生活などを描いたホイットマンから広範囲にわたって影響を受けた。[20] 象徴主義者、未来派（マヤコフスキー）などからも、ホイットマンは「過去の因襲的美学への対立者」として評価されており、チュコフスキーは、「革命後ホイットマンの影響を受けていない詩人を指摘することはむずかしい」とまで言っているのである。[21]

このような革命直後のソ連で形成されたホイットマン像は、さらに三十年代のアメリカへ逆輸入されたということであり、ここではホイットマンは、古いアメリカへ挑戦した先覚者であるということで評価されたのである。[22]

若いソ連のホイットマン評価は、十九世紀のイギリス、ヨーロッパのホイットマン評価よりも、いっそうホイットマンの民主主義的性格、現代性を評価しているが、二十世紀初頭のアメリカには、すでにホイットマンの反ニュー・イングランド的性格を強調する見方が存在した。

例えばルイス・アンターマイヤーは一九一七年、ホイットマンは「詩人の足かせを破り、詩人にアメリカの門戸を開いた」と語り、ジェイムズ・オッペンハイムはホイットマンを、「ニュー・イングランドの伝統に反抗している自分たちの盟友」と見、ヴァン・W・ブルックスはホイットマンを、「一流文人として、アメリカ文学の『異常なまでの重々しさ』に挑戦した最初の人物である」と評価している。[23] そしてこのような評価の上に立って、ある意味で三十年代のホイットマン評価を代表するジョン・ドス・パソスの評価も生まれたのであろう。ドス・パソスは移民を祖父に持ち、ホテルで非嫡出子として生まれ、しばしば大西洋を横断したという生い立ちの中で、アメリカを総体的にとらえるためにホイットマンを求めたようである。

ある季刊誌のアンケートにおいてドス・パソスは、ホイットマンの革命性にふれ、自らの大作『U・S・A』での肯定的な希望はホイットマンから来ているのだと述べて、彼がホイットマンのどういう側面を受け継いでいるかということを明らかにしている。[24]『U・S・A』でホイットマンについて述べられている所を見ると、ドス・パソスは、第一に失われたデモクラシーをとり戻すために、第二に支配者と対決する時の精神的支柱として、ホイットマンを求めたという意識が濃厚である。

歴史の過程を考察し、いかなるテコの力が権力者どもをその権力から動かしてわれわれの物語にあるデモクラシーをとり戻すか（われもまたウォルト・ホイットマン）を考え……[25]

彼女（イサドラ・ダンカン）はウォルト・ホイットマンのようなアメリカ人だったから、世の殺害を事とする支配者たちは彼女の仲間ではなかった。行進する人たちこそが彼女の仲間であった。[26]

自己とホイットマンとの重なりを意識し、民衆の側に立って権力者と対決する人をホイットマンのようだと言っている所に、ドス・パソスがホイットマンをどのように受けとめているかを知ることができる。

ただし、リーディ・M・クラークが指摘するように、ホイットマンのデモクラシーは、「社会的」なものというよりむしろ「神秘的」とも言えるもので、[27]ホイットマンの挑戦したのは、ピューリタニズムやニュー・イングランドの古い伝統であって、二十世紀初頭の社会主義者が考えたように支配機構に反対したとは言えない面がある。例えばホイットマンには、奴隷制度を温存する州権とか、「マニフェスト・デスティニー」(明白な運命)のような膨張主義的発想に対しては、明確な批判意識が働かないところがある。

また、『U・S・A』には、ジョン・H・レンが言ったように、「死の状態、つまり無益と空虚の荒地を描いた作品」になっている面もあるわけで、[28]ドス・パソスは『U・S・A』ではすでに未来を信じ得ず、むしろ過去の移民像や田園的アメリカ像に、回帰すべきアメリカ國民の像を求めているのであり、そのような像を支えるものとしてホイットマンを思い浮かべたという面も存在する。従ってそういう点で『U・S・A』は、未来や民衆の勝利が肯定されている『草の葉』とは異質のものを含んでいる。

そうしてみると、ハーヴァード大学の学生時代から、ドス・パソスがホイットマンから継承したものは、ホイットマンの理念もさることながら、むしろ『草の葉』に展開された対象の把握の仕方やアメリカを全面的にとらえようとする構想などではなかろうか。

この点についてはウォルター・B・ライドアウトも、「『U・S・A』の物語の口語的なスタイルには、アメリカの話し言葉に対するホイットマンの愛情の影響が見られる。そしてホイットマンのようにドス・パソスは、自己の作品の中にニューヨークだけでなく、全アメリカを包含しようとつとめたのだ」と言って、『U・S・A』のスタイルや対象把握に対するホイットマンの影響を語っているのである。[29]

右のライドアウトの言を念頭におくならば、『U・S・A』の有名な末尾「ヴァッグ」についてもホイットマンとの類似を見ることもできるかもしれない。

「ヴァッグ」には、大陸横断旅客機の描写がある。ドス・パソスはここで、ニューアク、オハイオ、クリーヴランド、シカゴから、ミシシッピ川を越えて、オマハ、グレイト・ソルト湖、ラスベガス、ロサンジェルス……と飛行する時の状況を描いているが、その間に繰り広げられる湖水、大平原、田畑、荒地、牧場、大都市……の羅列によって、広大なUSAの空間をとらえようとしている。そしてこれはまたホイットマンが、作品「先頃ライラックが前庭に咲いたとき」で行なった、汽車で送られてゆくリンカンの棺と共に展開されてゆく国土（マンハッタン、オハイオ州、ミズリー川、大草原……と続く）を描く方法と似ているのである。

同じやり方はアーチボルド・マクリーシュ（Ⅲの2）においても見られる。彼はヨーロッパに深い愛着を覚えながら、祖国アメリカへの回帰を志し、「伝統もない、中心もない、単なる地理的存在にすぎない」アメリカをとらえるのに、固有名詞を等価に羅列するやり方を用いている。

作家ドス・パソスや詩人マクリーシュの作品の個々の部分にホイットマンの影響がどのように及んでいるかを指摘することはむずかしい。けれども、アメリカの全貌をとらえる上での対象への独自の切りこみ方や、伝統的な手法を超えた発想という点で、ホイットマンが、ドス・パソスやマクリーシュの方法に先鞭をつけたということは言い得るように思える。

いずれにしてもアメリカでのホイットマンの継承は、理念の継承だけではなく、次第に作品内部の継承へと広がってゆく。ソ連においても、ホイットマンをある鋳型にはめこもうとする見方から、次第に「古い文学的伝統、美観、詩的手法の変革者としてのホイットマン」を評価するゆき方に変わってゆくのである。一九三五年、D・ミルスキーは、作品「まさかりの歌」（一八五六）に触れて「『まさかりの歌』は、分離した断片的なイメジから成り立っており、それは建設的なデモクラシーと同じ要素でつくられているイメジ、メタファ、事実などの無限の連続である。もろもろの事物とできごとによって、民主的なアメリカの全体が、最も簡潔に具体的に、印象的な綜合的映像を構成しているのだ」と述べている。[30] 作品評価の当否についてはともかくとして、ホイットマンのデモクラシーは、その素材、リズム、対象のとらえ方、ものへの感覚など、作品の内部にこそ脈打っているのだということを指摘している点で、右の評価は一つの見方を確立したものと言える。

ホイットマンの熱狂的な崇拝者、二十世紀の初頭から三十年代にかけての文学者は、自己の思考、願望をホイットマンに重ね合わせることで、しばしばホイットマンの実像をゆがめた。けれども、彼らが自らの生き方と関わらせて熱っぽくホイットマンを追求するなかで、おのずから彼の本質と関わる詩的評価が成立していった。詩人ホイットマンがさまざまの評価のなかから真実の姿を表わす過程は、『草の葉』の形成過程と同じようにダイナミックで、永久に興味をそそる問題であろう。

2　ホイットマンの系譜

ホイットマン、カール・サンドバーグ、ラングストン・ヒューズ

（1）

ホイットマンが開拓した自由詩が単なるリズムの革新にとどまるものでないことは、言うまでもない。形式と共に発想が自由なのであり、詩人は、自由な長い詩句によって、民主主義と自由を形式化した。それは画期的なできごとであった。

二十世紀に入るに及んで、自由詩は詩の世界にゆるがぬ地位を占めた。その限りではモダニズムの巨匠をもホイットマンの系譜に属する者と言えなくもない。が、エズラ・パウンドがホイットマンの詩風を「まったくひどい悪臭だ」と批判しているように、両者は基本の所ではつながらない。たとえ同じパウンドが、「自分はカラーとワイシャツをつけた一人のホイットマンだ」[1]と言ったとしても事柄は同じであり、ホイットマンの特色を、

（a）　自由詩、それも、長い流れるような拡散する傾向

（b）　個々のものへの投入、体験に根ざした告白、物質、科学、欲望の肯定

（c）　社会批判、民衆と歴史への信頼、リンカン大統領への敬愛の情、アメリカ民主主義（普遍的なナショナリズム）への確信

などにしぼって考えてみると、そのことは明白になる。ホイットマンの延長線上には、やはり、カール・サンドバーグやラングストン・ヒューズが来るように思えてならない。

むろん右の（b）については、ホイットマンの「仮面」の問題を考えに入れねばならず、また、一九六〇年代に入ってからのビート派詩人によるホイットマン復活をも無視できないけれども、（c）はやはりホイットマンの全体像の支柱をなすものであり、この問題をはずすことは正しくない。一方でコズモポリタンでありながら、第二次大戦中にはファシズム・イタリアの宣伝放送に協力したといわれるパウンドは、やはりホイットマンの系譜に属さないように思えるし、ビート派などについても（c）の問題が残るのである。

ところで、ホイットマン、サンドバーグ、ヒューズは、いずれも「――ルネッサンス」という名称の、特定の文化的思潮の時期に、それぞれの代表的存在として現われている。ホイットマンの場合は「アメリカン・ルネッサンス」であり、サンドバーグは「シカゴ・ルネッサンス」、ヒューズは「ニグロ（ハーレム）・ルネッサンス」である。言うまでもなく、アメリカン・ルネッサンスとは、ヨーロッパに対するアメリカの文化的独立であり、シカゴ・ルネッサンスとは、東部に対する中西部の自立であり、ニグロ・ルネッサンスとは、白人に対する黒人の自己主張である。ヨーロッパからアメリカへ、東部から中西部へ、白人から黒人へと、文化は既成の理念から脱皮していったのであり、その中で詩は、リズム、素材、描写、思想の上で、新しい展開を見せたのである（さらには、この延長線上に、一九五〇年代後半からの、西部海岸における詩人の活躍をも位置づけることができるだろう）。

サンドバーグはその『シカゴ詩集』（一九一六）において、各所にホイットマンの影響を示しているが、すでに一九〇九年、ミシガン、ウィスコンシンなど各州で、「ウォルト・ホイットマン、アメリカの放浪者」という講演を行なっている。また、ヒューズは、「ウォルト・ホイットマンと黒人」（一九五五）という文章で、「黒人についてのホイットマンの詩や文章の、深く人間的で、ひろく普遍的な特質によって、かれの言葉は、今日においてはたんに歴史的という以上の永続的な価値をもっている」（木島始訳）[2]と書いている。いずれも、ホイットマンの自由詩のリズムと共に、そこにこめられた思想や生き方をも本質的に継承しているという点で、モダニズムの詩人とは異質なものを持っている。世の批判や攻撃が彼らのこの特質に向けられたのは、ある意味で自然なことであった。彼らはどのような批判に耐えて新しい詩をつくり出していったのか。先にホイットマンの特色としてあげた三点にしぼって考えてみよう。

(2)

第一に、とりわけホイットマンについては、彼の自由詩のリズムに対し批判が加えられた。二十世紀にさしかかる頃になっても、ハーヴァード大学の教授バレット・ウェンデルなどは、作品「ブルックリンの渡しを渡る」（一八五六）のリズムを、「乱雑で気狂いじみたもの」と言い、それは「まるで六歩格が音をたてて下水を流れているようだ」と表現しているのである。[3]「粗野で乱雑」というのが、ホイットマンへの評価の基本にあり、後のモダニズムの詩人たちも、似た評価をホイットマンについてくだしている。これらの評価が完全に誤っているとは言えないだろう。にもかかわらず、それがホイットマンの真価を見おとしていることは、否定し得ない。

歴史は繰り返す。サンドバーグは、ホイットマンの「アメリカ固有のリズム」の探求をさらに進め、従ってその『シカゴ詩集』は、ホイットマンの『草の葉』と似た運命に出会った。擬古典派乃至は学究的な訓練を受けた批評家たちは、サンドバーグの自由詩を批判し、また一部のジャーナリズムも、サンドバーグの作品は、粗野で単純で何のリズムもないと指摘したのである。

もっともサンドバーグの場合、イマジズムの影響もあり、ホイットマンの作品に存在する冗漫さからは免れているように思われる。反面、ホイットマンにある混沌のかもし出す迫力を、サンドバーグがどれほど内包し得たかが問題であろう。

ところで、定型詩から自由詩への転化にあたっては、定型的な韻律に代わる新しいリズムを必要とする。いわば真の音楽性が、作品の中にみなぎっていなくてはならないのである。ホイットマンらが、音楽に対して強い関心を持っていたのも偶然ではない。

ホイットマンは大変なオペラ好きであった。オペラは『草の葉』に大切な役割を果たしている。彼の代表作、「はてなく揺れる揺籃から」や「先頃ライラックが前庭に咲いたとき」は、「ホイットマンの二つの偉大なオペラ風の詩」（ロバート・D・フェイナー）[4]と呼ばれており、また、ホイットマンは一般に考えられているよりも、音とリズムについて鋭い聴力を持っていたと言われている。当然のことであろう。生理的な意味での鋭い聴力と共に、それを独自な詩のひびきに転化させるすぐれた力をホイットマンは持っていた。さらにオペラと共に、オラトリー（雄弁術）とオーシャン（海）が、ホイットマンのリズムの根底にはあった。既成の詩のリズムの脱皮のために彼が内面にたくわえたリズムが、自由詩を通して「アメリカ固有のリズム」を展開させたのである。

また、サンドバーグは自らギターやバンジョーを抱えて、各地で民謡や自作の詩をうたってきかせることもあった。ヒューズに至っては彼自身、ミュージカル・レビューのための歌詞や小曲をつくったり、南部で民謡の収集をしたり、ジャズの入門書を書いたりしている。自作の詩の朗読は、ヒューズの生活手段の一つになっていたほどで、ホイットマンが庶民に属する友人に詩を朗読する時にも、シェイクスピアやテニスンのものを読んだのとは大変な違いである。民謡的な発想がサンドバーグやヒューズの詩にはあり、これらに比べると、ホイットマンの作品はまだ文語的であった。

いずれにしても、ホイットマンらが発掘したリズムには独自の音楽性が秘められているのであり、ウェンデルらはその新しい美を感知できなかったのである。ホイットマンのリズムにはモダニズムをさえ突き抜けて、二十世紀後半の現代詩の中に再生するエネルギーが含まれていた。

(3)

第二に、ホイットマンやサンドバーグについては、彼らが前面に押し出した「荒々しさ」「たくましさ」が批判の対象になった。これは彼らが生活体験をなまなましく表現したこととも関わりがあろう。

彼らは何れも庶民の出であり、さまざまな職業を転々とした。ホイットマンは、ニューヨーク州ロングアイランドの寒村の生まれで、父親は農業と大工とを兼ねていた人であり、サンドバーグはイリノイ州の生まれで、父親はスウェーデン移民で鍛冶屋や鉄道工夫を職とした人であった。また、ヒューズはミズーリ州の生まれ、その体内には、アフリカ人、ネイティヴ・アメリカン、フランス人、イギリス人……の血がまじっていたという。詩人たちの体には、暮らしを通しての雑多な世界のにおいが染みついており、彼らが自由詩に拠ってその中に、庶民の姿と共に日常生活の用語を盛りこんだのは自然なことであった。ホイットマンは自分を表現するのに、「乱暴」(turbulent)、「肉づきのよい」(fleshy)、「肉感的な」(sensual)、「子をつくる」(breeding)といった語を羅列し、サンドバーグはシカゴを描くのに、「騒々しい」(stormy)、「しゃがれ声の」(husky)、「けんか早い」(brawling)といった語を使う。両者は共に都会の喧騒や民衆のエネルギーを直接的に表現する。そのことの蕪雑さに教養ある人士は眉をひそめたのである。

しかしながら、旧来の素材や表現にはない、荒けずりの日常的な要素を前面に押し出すことは、それを支える独特の技巧やこまやかな感受性を必要とする。ホイットマンらを否定した人たちは、そのことに気づかなかった。同時に、ホイットマンたちが一見「たくましい」外見の底に、「やさしい」、繊細な、はにかみがちな内面を抱えていたことは当然であろう。彼らの「たくましさ」は、彼らの仮面とも考えられる面もある。

ホイットマンは死と愛を執拗に描いた。また、深い危機意識の中で、強烈な不安、孤独、絶望を描いた。人目をはばかる同性愛のいとなみについても、訂正したり、屈折した形をとったりしてではあるが臆する所なく表現した。姿を消した雌鳥に空しく呼びかける雄鳥や、人里離れた沼地で聞かせる相手もなく歌をうたう隠者つぐみなど、彼の詩は満たされぬ孤独な情感を描いて迫力を持つ。外界への絶望から、閉ざされようとしながら、公的な理念を通して絶えず外界に広がろうとする自我の苦悶、そこに彼の詩心が展開されたと見ることができよう。

またサンドバーグは、夜を通して鳴りわたる船の汽笛、「大きな黒い世界の深み」へ飛んでゆく「さびしい灰色の鳥」を描いた。彼が『シカゴ詩集』で好んでとりあげた素材は、船、海、港であり、霧(fog)であった。

The fog comes
on little cat feet.
It sits looking
over harbor and city
on silent haunches
and then moves on.

霧が来る
小さな猫の足をして。
霧はしずかにすわって
港や町を見わたし
そして　動いてゆく。

「霧」（一–六）

彼はさらに、人々の表情（朝の市街電車や地下鉄の乗客の）や、売春婦や老婆などによって、大都会の疲労、倦怠を表現した。その点でサンドバーグは、ホイットマンよりもモダニズムの詩人たちに近い所があったが、それにしてもサンドバーグにおいて、「たくましさ」と「やさしさ」は対立するものではなかった。伝統主義者が彼の詩をいかに単純化して論じようとも、そこには、真実の詩には必ず存在する「美・感情・想像・普遍性」（セアラ・デフォード）があることは疑い得ない。[5]

ヒューズになると、「たくましさ」と「やさしさ」は、はじめから作品の中に統一されて表われた。作品「ものういブルース」など、彼は一貫して黒人の憂鬱な心情をとらえている。

Droning a drowsy syncopated tune,
Rocking back and forth to a mellow croon,
　I heard a Negro play.
Down on Lenox Avenue the other night
By the pale dull pallor of an old gas light
　He did a lazy sway . . .
　He did a lazy sway . . .
To the tune o' those Weary Blues.

眠たげな　シンコペートした調べを打ち出し、
快く口ずさむ歌にあわせて　身体を前後にゆさぶりながら、
　ひとりの黒人が弾くのを　ぼくはきいた。
こないだの夜　リノックス街で
古いガス灯のにぶく青い白光のそばで

彼はものうげに身体をゆさぶった！
彼はものうげに身体をゆさぶった！
ものうい ブルースのしらべに合わせて。

（一一八）

けれども、だからといって、ものうい、弱々しい心情のみがそこに流れているのではない。O・ジェミーによれば、右の作品においても、この黒人がたくわえている力は、あたかもリズムを叩き出そうとするかのように、繰り返し床を打つ彼の足の、「どしん、どしん、どしん（Thump, Thump, Thump.）」という音によって感知できる、この演奏者は、「おれはもう楽しくねえ、死んじまった方がいいのさ」と言って、「岩のように 死んだ男のように」眠ってしまう、が、眠っている間もブルースは彼の頭の中に鳴りひびき、彼は苦しみからのつかの間の小康を得て、生き、たたかう力を保持するというのである。

ヒューズのうれいは、絶望的な現状を生き抜く黒人の生命力の中に位置づけられており、密室における孤独な閉ざされた憂愁とは異質である。

（4）

第三に、三詩人の作品を支えるものとして、彼らの明確な社会意識を考えることができる。彼らの詩には、しばしば公的な理念がその背景となっている。

ホイットマンにあっては、自由詩はまず、時勢を憤り変節者に抗議する政治詩を契機として始まった（もちろん、既存の政治への強い嫌悪と、そこからの離脱が背景にあるが）。また彼は、性の大胆な描写によって既成の理念を超えようとしたが、彼の追求したのは現実や社会から切り離されたアナキイではなく、新しいコズモスであった。変質的な様相を帯びかねない同性愛でさえも、彼は公的な「友愛」の精神に結びつけようとした。詩人は南北戦争の兵士の中に聖なるものを見いだし、個人的な精神上の危機をのりこえてアメリカ民主主義への展望を確立しようとした。彼の魂は、神秘的、象徴的な領域をさまよう時でさえも、あくまで現実の雑多な世界とのきずなを断つことがなかったのである。

もちろん、彼の民主主義は神秘的乃至宗教的要素の強いものであり、彼は科学を信じたが、その思想は必ずしも科学的ではなく、南北戦争後のアメリカ社会はすでに彼の思想によってはとらえ難いものになっていた。にもかかわらずホイットマンは、詩的手法の変革や、実人生と密着した芸術が求められた時、常にかえりみられたのであり、プロレタリア詩人やビート派詩人の先駆けという側面をあわせ持っているのである。

サンドバーグの社会意識は、ホイットマンよりさらに現実的で、ある時は社会主義的であった。彼の『シカゴ詩集』に最も多く表われるのは、大都会に生きるさまざまな民衆の姿である。魚を売るのが嬉しくてたまらないような「ユダヤ人の魚売り」、河のほとりにビール樽を置き、アコーデオンを引く家族づれの「一団のハンガリー人」、鉄道線路の側に坐って、「バタなしのパンとボロニアソーセージ」をたべる「イタリア系移民の工夫」、「製鋼工場の給料日に酔っぱらって」警官と喧嘩したリトアニア人、その他、黒人、ネイティヴ・アメリカン、ジプシーなど、アメリカの都会で下積みの暮らしを余儀なくされている人たちを、サンドバーグは好んで描く。彼はホイットマンのようには、大都会を手放しでは讃えず、非情で残忍な都会の機構をもリアルに描く。同時に、売春婦などの都会の敗残者が、都会悪の象徴として、しかしヒューマンなとらえ方で描かれるのである。

サンドバーグはまた第一次世界大戦を、文字通り殺し合いの、無用のいくさとしてとらえていた。新聞社の玄関に立てられている戦況地図。その上にある赤・黄・黒のボタンを、「そばかすだらけの陽気な」若い社員が、笑ったり、群衆の中の誰かに「冗談を言い」ながら「一インチ西へ移す」。そのボタンを一インチ移す前提に、戦場でどれだけの犠牲があったか、詩人は群衆の中にあって想像をめぐらすのである。

次にヒューズは、黒人問題を終始アメリカ問題としてとらえた詩人であった。彼は世界各地を放浪したが、しかも終生ハーレムを本拠とした。その点で、アメリカの現実に耐え得ず、外国に移住した黒人文学者たちとは違っていたのである。「ぼくもまたアメリカをうたう」と言うように、彼はまさしく、「アメリカの土壌と系譜」をうたうことを主張するホイットマン（O・ジェミー）の黒い末裔であった。「アメリカはぼくに一度もアメリカであったことはない」と、ヒューズは既存のアメリカに鋭い抗議を向けながら、「アメリカを再びアメリカにしよう」と、アメリカの未来への展望を失わない。

一九三七年、ヒューズは内戦中のスペインへ赴き、ファシズムとたたかうスペインの民衆や国際旅団の兵士たちを讃える詩を書いた。国際旅団には多くの黒人が所属していたのであり、彼らは自らの歴史と現実によって、世界にファシズムがはびこるならば自分たちはどうなるかを敏感に感じとっていた。こういう人たちをこそ自分は書きたいのだとヒューズは言い、それはホイットマンが、南北戦争での兵士たちとの関わりの中で詩を書いていったのと似た面を持っていた。

またヒューズは一九五三年、上院でのマッカーシーの政治活動調査委員会へ証言のため召喚された。詩人が屈服しなかったため、以後数年間、彼の名前は「非米的」な作家のリストに記録され、彼の作品は世界中の米国文化情報局の図書館から除かれた。この話は先のウェンデルが、ホイットマンの平等の概念はアメリカ民主主義の概念ではなくヨーロッパの概念であり、ホイットマンは異国風の人物だと批判したことを思い起こさせる。すなわち、最もアメリカ的な個性が、その真のアメリカ的性格のゆえにかえって非米的とされたという点で、両者は同じ運命を共有するのである。

(5)

二十世紀に至ってアメリカ詩では、「閉ざされた詩」から「開かれた詩」への転換が行なわれた。ビート派などを通してホイットマンの系譜は不死鳥のように復活した。けれども、脱文明や麻薬による内面への旅など、ビート派が、科学、近代、未来を注視せよと叫ぶホイットマンと重ならない面も少なくない。ホイットマンの系譜の多様にして深い再検討が新しい時点で必要になっている。もとより本論はその一側面に焦点を当てたにすぎない。

3　ホイットマンと「父」のイメジ

エズラ・パウンドとアレン・ギンズバーグ

アメリカ文学の二つの傾向を示すのに、「ペイル・フェイス」と「レッド・スキン」ということが言われる。言うまでもなくフィリップ・ラーヴの言であるが、ペイル・フェイスの方は、ヨーロッパやイギリス文学の伝統を重視し、どちらかというと教養派、書斎派とも言うべきものであり、これに対してレッド・スキンの方は、アメリカのネイティヴな要素や大地を重視し、野外とか行動を尊重するという。

もちろん、ラーヴ自身も認めるように、詩人や作家の内面はこの二要素をさまざまな割合で含むものであろうが、それにもかかわらずこの分類は、たしかにアメリカ文学の二潮流の存在を示し得ている。ホイットマン評価史の中で随所にペイル・フェイスとレッド・スキンの葛藤が見られるのは興味深いが、ここではその中でとりわけ、モダニズムの巨匠エズラ・パウンドと、ビート・ジェネレーションの代表者アレン・ギンズバーグのホイットマン評価を基本にすえながら、併せてマイノリティ・グループのホイットマン評価にも話を進めたい。その際、彼らのホイットマン評価の何れにも、ホイットマンに対して「父」という語が使われていることを重視したい。

まずエズラ・パウンドは、幼児からフィラデルフィアで育ち、大学院はペンシルヴァニア大学で学んだ。フィラデルフィアの郊外キャムデンは、ホイットマンが晩年住んだ所であり、そこにホイットマンの墓がある。パウンドはフィラデルフィアでホイットマンのことをきいていた。パウンドがイギリスへ渡る以前に、ホイットマンをある面で身近なものに感じていたということはあり得よう。

パウンドは二十四歳の時、ロンドンで、「ウォルト・ホイットマン所感」（一九〇九）というエッセイを書き、また「契約」（一九一三）という詩を発表した。このエッセイや詩は、ホイットマンとパウンドとの関りを論じる時に、よく引き合いに出される。これらの中でパウンドは、ホイットマンについて何を言おうとしたのだろうか？「契約」は全部で九行のものなので、まず全体を引いてみよう。

I make a pact with you, Walt Whitman—
I have detested you long enough.
I come to you as a grown child
Who has had a pig-headed father;
I am old enough now to make friends.
It was you that broke the new wood,
Now is a time for carving.
We have one sap and one root—
Let there be commerce between us.

ウォルト・ホイットマンよ、契約を結ぼう――
長いこと君がきらいだった。
けれど　へそ曲がりのおやじを持つ成人した息子として
今　君のもとへ行く、
親しくなれるだけの年になったからだ。
新しい森を切り開いたのは君だった、
今は彫り刻むとき。
ぼくらは同じ樹液、同じ根でできている――
じゃあ二人で取引しよう。
（一―九）

第一にパウンドは、ホイットマンへの嫌悪の情を露骨に示している。先のエッセイでは、ホイットマンは「粗野」であり、「胸がわるくなるような存在」、「この上なく嫌悪の情を起こさせる人物」であるとされている。ホイットマンに対しては、およそ、いとわしい、おぞましいといった感じの形容詞が、パウンドの側から投げかけられているのである。

パウンドはつとに、ブラウニング、プロヴァンス詩、ロゼッティなどに傾倒していたのだから、パウンドのホイットマンへの嫌悪の情は、十分すぎるくらい理解できる。パウンドは、ホイットマンが詩の形成面での技能を欠いていること、文化について「偏狭な概念」（provincial conception）を持っていることを嘆かわしく思っていた。

これは、パウンドの内面での、ペイル・フェイスによるレッド・スキンへの反発とも言えるだろう。作品「契約」において、パウンドはホイットマンに対し、「長いこと君がきらいだった」と言っている。パウンドにとって、もっと気心の合った、文化意識の上での祖先は、自ら言うように、ダンテ、シェイクスピア、テオクリトス、ヴィヨンなどであった。その意味では、パウンドがアメリカを去ってイギリス、ヨーロッパへ渡ったのは、T・S・エリオットやH・Dの場合と同じように、必然的な行為であったと言えよう。

第二に、けれどもパウンドは、ロンドンにおいて内なるホイットマンを意識せざるを得なくなる。パウンドのエッセイや詩には、彼のアンビヴァレンスといった感情がよく示されている。パウンドはエッセイで次の内容のことを言っている。

ホイットマンの「粗野」はたしかに「いとうべき悪臭」だ。しかしそれがアメリカなのだ。

ホイットマンは、「この上なく嫌悪の情を催させる不愉快な存在」だ。しかし彼は自らの使命を成就している。

私はホイットマンの詩を多くの部分ではげしい苦痛なしに読むことはできない。それなのに私があることについて書く時、自分がホイットマンのリズムを使っていることに気付くのだ。[1]

つまりパウンドにとって、ホイットマンはたしかにいとうべき存在ではあったが、それにもかかわらずホイットマンの作品にあるアメリカと、それを伝えようとする使命感、新しい詩のリズム……をパウンドは必要としたのである。イギリスにおいての青年パウンドの成長が、彼の内面にホイットマンを呼び起こすことになったのか。あるいは成長とまではゆかないにしても、アメリカ人パウンドは、たとえ知性や詩的感受性の面でホイットマンに反発しても、自らの血肉や意識の底にホイットマンを意識しないわけにはゆかなかったのであろう。詩人が自らの発生基盤から離れることはきわめてむずかしいことであり、離脱に当たっての告白や宣言は、ある意味で詩人の、発生基盤への執着を示す。イード・フォルソムによると、作品「契約」では、「さ迷う息子」(a lost son)であったパウンドが、何とかがまんできるようになった郷里の父親の所へ意識の上でもどってゆく情況が、描かれているということである。[2] 文化的に辺境であったアメリカと、本家イギリス(あるいはヨーロッパ)との問の断層に悩んだのは、むろんパウンドが始めてでなく、十九世紀には「ハーヴァードの詩人たち」とか、コンコード・グループの文人たちとか、少なからぬ知識人が伝統のないアメリカに苦しんでいる。

パウンドの伝統や文化についての考えは、ボストンの知的貴族たちに近かったようである。そのパウンドが、自分たちと異質のホイットマンを、唯一のアメリカ詩人と見なしたのは大切なことのように思われる。ヒュー・ワイトマイヤーによれば、パウンドは先のエッセイで、彼以前のアメリカの詩人ではホイットマンのみを唯一の「精神上の父」("spiritual father")と見なし、この「父」との関わりを明らかにすることを追求したのだという。[3]

パウンドは、ホイットマンの詩における「寛容で希望にみち、明らかにアメリカ的なメッセージ」に感銘を受けた。パウンドは、「私のメッセージの重要な部分はアメリカの樹液と繊維からとられているが、それはホイットマンのメッセージと同じである」と書いている。ワイトマイヤーによると、パウンドはホイットマンと同じくアメリカという「系統樹」(family tree)に属し、そこから生命に必要な樹液と繊維を得たのであり、またパウンドのメタファーは、ホイットマンの二つの気に入りのメタファーである「植物」と「裸」に共鳴しているということである。パウンドはホイットマンを通して自らの内部にあるネイティヴなものを蘇らせ、イマジズムからヴォーティシズム（vorticism）へと進んでいったように思われる。

ただし、作品「契約」において、パウンドのホイットマンに対する「和解」が成立したと見るのは、行き過ぎであろう。

先の作品の最後の行、「じゃあ二人で取引しよう」（"Let there be commerce between us."）が示すように、ここでパウンドがホイットマンとの間に設定しようとしているのは、"commerce" という関係である。フォルソムによると、commerce とは二つの異質なものの間での「交易関係」なのであり、そうだとすると、二人の間にはある意味で乾いた関係が成立したに過ぎないことになる。同時に "pact" という語にも同様の見方ができるとすれば、この作品に示された意識を、仲直りによるつきあいの再開といった、理念を超えた情的な和解と受けとっては、実態から離れたことになろう。「さ迷う息子」であったパウンドと、「へそ曲がりのおやじ」であるホイットマンとの間には、やはり一線が画されていたと見るのが妥当であろう。パウンドのホイットマンへの異和感はそれ程容易にときほぐされるものではなかったのである。

ところで、パウンドが「契約」を発表してから四十二年後の一九五五年に、ビート派を代表するギンズバーグは、「カリフォルニアのスーパーマーケット」という詩を発表し、ここでホイットマンへ「なつかしい父よ」と呼びかけている。ギンズバーグはパウンドより四十一年後に生まれているから、この二人の詩人は約四十年を隔てて、ほぼ同じくらいの年齢（パウンド二十八歳、ギンズバーグ二十九歳）で、「ホイットマン」の名の出てくる詩を発表し、それぞれに詩の中でホイットマンを「父」と呼んでいることになる。ただし、これらの詩を書いた場所は、パウンドの場合はイギリスであり、ギンズバーグの方はアメリカ西海岸であって、アメリカ東部を軸とすると、東西に分かれているのである。

この作品では、「わたし」は、カリフォルニアのスーパーマーケットでホイットマンの姿を見るということになっている。

What thoughts I have of you tonight, Walt Whitman, for I walked down the sidestreets under the trees with a headache self-conscious looking at the full moon.

ウオルト・ホイットマンよ、あなたについて今宵どのように思えばよいか、わたしは満月を見ながら自意識で頭痛を覚え木陰の小道を歩いていた。（一）

何故カリフォルニアでホイットマンが出てくるのか？　それはむろん、カリフォルニアを行くギンズバーグの内部にホイットマンが深く根を下ろしていたからだろうが、同時に西部がホイットマンの求めた世界であったからでもあろう。

ホイットマンとギンズバーグは、出身地や意識の上で共通する所がある。ホイットマンはニューヨーク州ロングアイランドの出身であり、ニューヨークをこよなく愛したが、開けゆく西部に新しい力を見いだそうとした。他方ギンズバーグは、ニュージャージ州パターソンの出身で、ホイットマンと同じく東海岸の出であるが、ビートの運動のために西海岸を必要とし、この詩もバークリで作られている。

スーパーマーケットは、さまざまな所から送られてきた品物が、その性質によって分類され、きれぎれの状態で等価物として並べられている所であり、それ自体、いかにもアメリカ的、あるいは西部新開地的なものと言えよう。それはまた、ホイットマンのカタログ・スタイルと通うものを持っている。

けれども、この「スーパーマーケット」の世界は、ホイットマンの『草の葉』とは異質な所にある。

In my hungry fatigue, and shopping for images, I went into the neon fruit supermarket, dreaming of your enumerations!.

餓えの疲れとイメージの買い物のために、ネオンの果物のスーパーマーケットへ行った。あなたのカタログを夢みつつ!　（二）

ホイットマンがカタログ・スタイルを用いて、眼前に展開する新世界のものの躍動をとらえたのに対し、ギンズバーグの「イメジの買物」は、「餓えの疲れ」で示される内的状況で行なわれ、ものにはすでに躍動のおもむきがない。

このようなスーパーマーケットにホイットマンはどのような姿で現われるか?

I saw you, Walt Whitman, childless, lonely old grubber, poking among the meats in the refrigerator and eyeing the grocery boys.

I heard you asking questions of each: Who killed the pork chops?
What price bananas? Are you my Angel?

あなたが見えた、ウォルト・ホイットマンよ、子供もなく、よるべのない老いたあくせくとしたあなたが、
冷蔵庫の肉をつついたり食品売場の若者を見つめているのが見えた。
あなたが、いちいち尋ねるのが聞こえた。誰がこのポーク・チョップを切りとったのかね？　バナナはいくら？　君はわたしの「天使」かね？　（四—五）

ここではホイットマンは、子供のない、よるべなく老いた同性愛的性癖をもった放浪者の姿で描かれており、公道を闊歩する、何者にもとらわれないローファーの趣はそこにはない。

このようなホイットマンの孤独な姿は、右の引用部分の前、つまり第三行の、

What peaches and what penumbras! Whole families shopping at night!
Aisles full of husbands! Wives in the avocados, babies in the
tomatoes!—and you, García Lorca, what were you doing down by the
watermelons?

何という桃　何という形！　家族みんなで夜の買物！　夫で一杯の通路！　アボカドのなかの妻とトマトの

なかの赤ん坊！　——そして君、ガルシア・ロルカよ、西瓜のそばで何をしていたのか？

（三）

といった家族総出の買物情景と対照的である。

つまり、ギンズバーグにより、「なつかしい父」と呼ばれているホイットマンは、現実の生活では、人の父たり得なかった人物であり、そのゆえにまた、ギンズバーグの心情と重なる側面を持っていたのであろう。ホイットマンには、両親が作った家族はあっても、自分が結婚して作った家族はなかった。デイヴィッド・ケイヴィッチによれば、ホイットマンは一八五〇年代初期に、孤独や敗北を伴う外部世界での活動を断念し、母親のパートナーとして、自分が父親に代わって六人の弟妹の「父」としての役割を演じることを願ったという。何をもってホイットマンが外部世界での活動を断念したと見るのかは、疑問の残る所であるが、ケイヴィッチはさらに、ホイットマンの伝記上の有名な問題についても次のような解釈を下す。すなわち、ホイットマンは後に、自分には六人の子供がいると嘘をついた。が、これはホイットマンが六人の弟妹の「父」でありたいと願ったことの反映であり、このようなホイットマンの内部に閉じこもる性癖は、詩人の「自体愛」（auto-eroticism）や同性愛と関わりがある……。[4]

「父」であることを願ったホイットマンが、現実に父たり得ず、しかも後世のアメリカ詩人によって「父」と呼ばれることは面白いが、ホモセクシュアルな傾向と、父母との関係ということで、ホイットマンとギンズバーグには似たところがある。

ホイットマンの父は、ニューヨーク近郊の知的な活力を持った農民、職人、ラディカル・デモクラットであり、ホイットマンはこの父から深い影響を受けたと思われるのに、自らは父についてのよい思い出を語っていない。父と息子の対立というのは、詩人や作家の作品や伝記でよく描かれることではあるが、ホイットマンの場合も、その父とはかなりの点で折り合わぬ所があったようである。

このようなホイットマンは生涯母親を熱愛したのだが、ギンズバーグもまた、詩人である父ルイス・ギンズバーグとは折り合いがわるく、母ナオミを熱愛し、ホモセクシュアルな性癖の持ち主であった。

パウンドの場合と同じように、ギンズバーグはホイットマンを通して「アメリカ」を見つめた。が、パウンドにとって、ホイットマンがいとうべき存在であったにしても、ともかくもホイットマンは、「へそ曲がりのおやじ」であり、精神上の父として、堅固な存在だった。パウンドにとって、離れてきたアメリカは海の彼方に、しかしたしかな実在として存在したのである。

それに対し、ギンズバーグのホイットマンは、始めからさまよえる「父」であり、ギンズバーグは、身はアメリカにありながら、現実のアメリカは、彼があるべきものと夢みているアメリカとはかなり異質の、安定性を欠いた存在になってしまっていた。

（十一）

Will we stroll dreaming of the lost America of love past blue automobiles in driveways, home to our silent cottage?

わたしたちは　失われた　愛の国アメリカをおもいながら車道の青い車のそばをぶらぶらと歩き、わたしたちのしんとした小さい家に帰るのか？

「車道の青い車」は繁栄するアメリカのもたらしたものだろうが、それに反発するものとして、ヒッピーの集う「わたしたちの静かな小さい家」が対照的に存在するのだろう。いずれにしても詩人の眼前にあるのは、「失われた　愛の国アメリカ」なのである。

ギンズバーグはその講演のなかで、ホイットマンが求めた「愛」について語っている。ギンズバーグによると、ホイットマンの「愛」の手がかりとなるものはデモクラシーであり、終局的にはそれは「仲間同士の愛」（"the love of comrades"）という意味であった。

「仲間同士の愛」とは何か？　ギンズバーグによれば、それは男同士の、女同士の、あるいは男女の愛であるが、仲間の間には、デモクラシーを基盤とした「自然なやさしさ」（spontaneous tenderness）があるべきだというのである。[5] "spontaneous" というのはホイットマンの好んだ語であるが、外見上の繁栄の陰にアメリカが失ってゆくもの、愛、やさしさ……を思いながら、ギンズバーグはⅢの3で引いたようにレーテーの黒い河を渡る以前のホイットマンが、その生涯の最後にどのようなアメリカを見たかと問うているのである。

ああ、なつかしい父よ、あごひげの白い、孤独な老いた勇気の師よ、三途の川の渡し守カロンが渡し舟に竿さすのを止めて、あなたが煙る川岸に下り　舟が忘却の川レーテーの黒い川に消えるのを見つめたとき　アメリカはどのようなアメリカだったのか？

（十二）

「なつかしい父よ」という呼びかけの中には、ホイットマンの悩みと夢とを共にしたギンズバーグの熱いおもいがこめられている。

ゴールウェイ・キネルは、ギンズバーグのことを、「ホイットマンを理解して彼と共通した音楽を現代の詩にもたらした唯一の人物」のように思われると言っているが、たしかに右の詩からは、ホイットマンを自らに重ね合わせたギンズバーグが感じとれるのである。[6]

以上のように、パウンドはイギリスにおいて、ギンズバーグはアメリカ西海岸において、共にアメリカを求め、ホイットマンの中に「父」を見た。共に詩人として新しい飛躍を必要としていた時であり、そのような時には自らの発生基盤とその伝統の確認が必要となるのであろう。

けれどもアメリカ人の場合（とりわけ白人の場合）、彼らの文化的伝統はヨーロッパ（あるいはイギリス）のものであり、その伝統は彼らの現実の発生基盤であるアメリカから生じたものではない。エマスンが、アメリカの精神的自立を説いたのは、裏を返せばそのような自立が現実にはきわめて困難であることを示していたと言えよう。まことにホイットマンの新しい詩に向かっての試みは、無謀とも言える冒険であったことが分かる。

他方で、英詩の伝統に対するホイットマンの常軌を逸した試みが、今度はホイットマンを「アメリカの伝統」の象徴的存在にしたのである。ホイットマンは伝統を否定することで、自らを新しい伝統の創造者にした。

パウンドが「ウォルト・ホイットマン所感」でとらえたアメリカは、切り開かれた「新しい森」であり、粗野で、文化的には偏狭なアメリカであった。それは若いパウンドには耐え難い文化不毛の地であったが、それにもかかわらず、アメリカは形成されつつあるエネルギーとして実在した。ホイットマンはその頂点にあるものであり、先に述べたように、パウンドがホイットマンを唯一のアメリカ詩人と見なしたことは、ホイットマンを避けて通ってはアメリカの詩は考えられなかったことを示す。パウンドにとってホイットマンは、容易になじみ得ないが無視し得ぬ存在であり、従ってパウンドにおける「父」ホイットマンのイメジは、必ずしものびやかな感性の所産ではない。

他方、ギンズバーグの場合、作品「カリフォルニアのスーパーマーケット」におけるアメリカは、かつて存在したはずのアメリカではなく、ホイットマンのメッセージもうつろに響きかねない現実のアメリカである。スーパーマーケットでとらえられているホイットマンは、一面で親しみやすい一体感の持てる存在ではあるが、同時に孤独で不安定な放浪者である。ホイットマンが抱いたアメリカ像はどのようなものであったか、それさえギンズバーグには定かでないように思われる。

本来「父」のイメジが、「創始者」(founding father) ないしは「万物の父」とか、あるいは支配、権威、戒律、知恵、伝統とかいったイメジを含むものであるとすれば、ギンズバーグの見た「父」ホイットマンは、はなはだ父らしからぬ父ということになろう。それはむしろ、ギンズバーグの放浪の道づれとでもいった存在であり、失われた愛のアメリカを求めてギンズバーグはホイットマンのゴーストと共に、カリフォルニアをさまようが、やがて一九六一年、インドへ向かって旅立つ。それはホイットマンの作品「インドへ渡ろう」(一八七一)との重なりを意識させる行為であるが、ギンズバーグの内面に生き続ける「父」ホイットマンは、理念的にはとらえ難い、流動性、拡散性を持った、伝統の象徴にはふさわしからぬ存在であると言えるだろう。

アメリカ文学は、しばしば前代の文化伝統への反逆によって成長してきた。アメリカン・ルネッサンスは、イギリス文化に対する東部ニュー・イングランドの、アメリカ知識人の自立であり、シカゴ・ルネッサンスは、東部WASPの文化に対する中西部詩人の自立であり、ハーレム・ルネッサンスは、白人文化に対する黒人の反逆の萌芽であった。つまり特定の地域や人種が文化的自立の力を蓄えた時、前代の伝統に対して反逆して自己を主張する、それがアメリカの「伝統」なのであった。従ってそれは当初から安定性を欠いた、いわば「父」としての存在感の薄いものであったと言えるのである。伝統の創始者でありながら、揺れ動き、それだけ外部者には解放されている存在、それがアメリカの「父」にふさわしいのであり、そのような「父」にホイットマンが位置づけられているのである。

ギンズバーグの父はユダヤ系移民の詩人であり、母はロシア系移民である。つまりギンズバーグはワスプではないわけだが、ワスプ以外のアメリカ人が、「アメリカとは何か?」という問題に突き当たり、文化意識の上で「父」を求める時、しばしばホイットマン像が彼らの心中に浮かぶことも、ホイットマン評価史の上で見逃せない事実である。ニュー・イングランドの知的貴族から一定の距離を置いて成長したホイットマンは、ユダヤ系アフリカ系のアメリカ人からも、「父」として思い浮かべられる側面を持っているのである。

ジューン・ジョーダンの、「人民の詩のために——ウォルト・ホイットマンとその外の人々」(一九八〇)というエッセイは、「アメリカでは『父』は白人である」という書き出しで始まっている。[7] つまりアメリカでは「父」は白人にきまっていた。アメリカ黒人には母があって父はいないということになるのであろう。ジョーダンによれば、既成のアメリカ文学には、エリートによる旧世界の概念が定着している。従って既存のアメリカの文化意識の中から、黒人の継承すべきアメリカを求めるならば、それはホイットマンだということになるのだろう。ジョーダンはホイットマンを、「すぐれてアメリカ的な白人の父」と呼ぶのである。

もちろん黒人の文化意識の根底には、古代アフリカやアフリカの部族社会の文化が潜むであろう。けれどもアメリカ黒人にとっては、ラングストン・ヒューズが言ったように、アフリカはあまりにもかなたの存在である。アメリカ黒人にはアメリカの中で自らを解放するより外に生きる道がない。

かつてW・E・B・デュボイスは、「アメリカ黒人は自分の二重性——アメリカ人であることと黒人であること——を常に感じている」（一九〇三）と書いたが、[8] アメリカ黒人はこの二重性の意識に苦しむゆえに、いっそう「アメリカ」の像を求めるわけである。その際彼らの求めるアメリカがワスプのアメリカではないことは当然であろう。彼らにとって、ホイットマンが、“white”という限定つきでありながら、やはり「父」なのだということは理解し得る。旧世界の文化理念から自立しようとしたのがホイットマンだからである。

アメリカとは何か？　それはしばしば行なわれる問いかけであるが、アメリカはとらえ難く定かでない。従って混沌としてとらえ難く、拡散を許すホイットマンの像が、「父」（文字どおりかっこつきの父）として、ワスプの枠をこえたアメリカ人、とりわけマイノリティ・グループにも多様な形で現われるのは、ある意味で必然であるのかもしれない。

V 書評集

1　J・C・スマッツ

Jan Christian Smuts: *Walt Whitman: A Study in the Evolution of Personality* (Wayne State University Press, 1973)

一八九五年、ケンブリッジ大学の一法学徒が、七万語に及ぶ原稿を出版社に持ちこんだ。原稿は営利的な理由で日の目を見ず、この度漸くアラン・L・マクラウドの編集で出版された。

著者ジャン・C・スマッツは、後に南アフリカ共和国の首相となった。悪名高かった南アフリカ共和国と、若き日にホイットマンに傾倒した人物とがどう結びついていったのかという問題はここでは措く。いずれにしてもスマッツは、青年時代から一貫してドイツ哲学（とりわけヘーゲル）の愛好者であった。スマッツはヘーゲル弁証法とゲーテの全人的自己形成に共感し、それをそのままホイットマンへの傾倒に転化していった。本書の副題もそのことを反映しており、スマッツの思想形成とホイットマン理解とのからみ合いが本書の迫力を構成している。

スマッツはホイットマンの個性が、自然尊重（naturalism）、感情表出（emotionalism）、精神主義（spiritualism）という段階を通して展開していったとし、全体を通してホイットマン詩の重要なテーマをよく論じている。流動的な個性、具体的なもの〻への関心と民主主義、海の愛好と物心の融合、性・愛と人間の連帯、万物の無限の進行のなかでの心慰める死……など、後世の研究家がとりあげた課題に、スマッツはほぼ自力でとりくんでいる。この辺が彼の研究の核心で、本書はまさしく「草分け的研究」と呼ばれるのにふさわしいものであろう。

詩人ホイットマンがまず思想家として人びとに迎えられたという状況は、本書にも反映しており、ここには詩作品の分析としては、稀薄で平板な叙述しかない。ホイットマンにおける「わたし」の二面性、同性愛、精神的危機といった、第二次大戦後に強調された、いわばかげの部分は、本書においてはほとんどかえりみられておらず、そういう点では本書の出現は、初期のホイットマン評価史の流れを大きく変えるものではない。けれども反面、本書はホイットマン研究の原点に改めてわれわれを立ち帰らせてくれるのである。

2　J・カプラン

Justin Kaplan: *Walt Whitman: A Life*（Simon and Shuster, 1980）

ジャスティン・カプランは、マーク・トゥエインやリンカン・ステファンズなどの伝記の著者であり、ピューリッツア賞受賞者として知られている。ホイットマンはトゥエインとはお互いに認め合うことはなかったが、カプランは彼らを共に、「文学のための媒体としてのアメリカの話し言葉に生涯を捧げた文人」と評している（二七頁）。カプランがトゥエインに続いてホイットマンをとりあげた理由も理解し得る。

カプランはかつて一九六八年に書いた評論で、ホイットマンが二十二歳から二十三歳頃に書いた小説を、もっと『草の葉』と関わらせて考えるべきだということを書いた（Iの2）。カプランは言う。例えば、小説作品の「墓場の花」（一八四二）はその題名が『草の葉』を構成するメタファーの一つになっており、また『草の葉』を代表する作品の一つである「先頃ライラックが前庭に咲いたとき」の、「愛らしく心なだめる死」（lovely and soothing death）や「陰気な母」（dark mother）など、いずれも小説のなかにこれらと関わりのあるイメジが見られるというのである。

本書においても、カプランの小説重視の立場は貫かれており、彼は時にはホイットマンの言よりも小説を資料として重視しさえする。小説の評価についても、ホイットマン自身は、自分の小説は「心の表面」から出たものであり、「深部にあったもの——その多くは意識の底にあったが——」とは何の関わりもなかったと述べている。けれどもカプランは、詩人自身の言にもかかわらず、小説もまた意識の源泉を『草の葉』と共有している、小説は他の伝記上の証拠よりもホイットマンの内的生活を解明していると述べている（一一七頁）が、このことは、カプランの小説重視の立場の反映であろう。

もっともだからといってカプランは、ホイットマンの小説と『草の葉』とを等価に見ているわけではない。カプランによれば、ホイットマンはその小説で「死」との和解を果たそうとして成らず、それは『草の葉』によって果たされた（一二三頁）ということである。またカプランは、小説「フランクリン・エヴァンズ、別名呑んだくれ」を「つまらないメロドラマ、いつわりの情感……」（一〇四頁）などと評しているから、彼がホイットマンの小説を不当に高く評価しているわけでもない。カプランは小説を資料として有効だとしているので、小説の文学性ということになると、問題は別ということになるのだろう。

小説と共にカプランは、ホイットマンの「一八五〇年の詩」の存在をも重視する。この場合カプランは、ニューヨーク時代のホイットマンの背景にあったものを考察する。たとえば当時のホイットマンがブロードウエイで、ハンガリーの愛国者ルイス・コスッスが馬で行くのを見たはずだといった想像をカプランはしている（一六二頁）。「反動と抑圧と軍国主義」が再び勢力を握った時代だったとカプランはその時代をとらえる。そのなかで「一八五〇年の詩」を起点として、詩人の内部に重要な韻律の転機が遂げられていたのである。

カプランの引用は多様で興味深い。彼の引用の才については、ヘレン・ヴェンドラーも『ニューヨーク・タイムズ』（一九八〇、一一、九）で高く評価している。ヴェンドラーによれば、カプランはホイットマンの複雑で神秘的な自我を展示し、詩人自身を示す最善の文書をここに含めたということである。

一方でカプランは既存の資料を活用している。ホリス・トローベルの『キャムデンでのウォルト・ホイットマンと共に』などは、詩人のとりわけ晩年を知るための資料として活用されてきたが、カプランも多くこれから引用している。もっともこの本は、第一巻（一九〇六）、第二巻（一九〇八）、第三巻（一九一四）、第四巻（一九五三）、第五巻（一九六四）、第六巻（一九八二）といった刊行状態であるが、カプランは、第四巻から、ホイットマンの先祖の奴隷所有者を紹介する。すなわちホイットマン家とヴァン・ヴェルサー家（詩人の母方の家）は、一世紀以上にわたって奴隷所有者であった。ホイットマンの曾祖母は、煙草をかみ、地主らしく罵りながら、毎日、馬で農場労働者を監督した、また病気になって立ち居が不自由になってからは、家内奴隷に薪を投げつけたりしたという（一三一―二頁）。このようなエピソードは、詩人の奴隷制度への反応のなかにあるいは一つの要素を形成しているのかもしれない。

他方でカプランは、ホイットマンを生んだ時代背景を述べるために、十九世紀の実情を示す研究や記録を活用している。例えば、ウィリアム・コベットのアメリカ滞在の記録、E・ポーター・ベルダンのニューヨーク史、レオン・F・リットワックの北部の奴隷制についての記述などがそれである。これらの本の著者の一人コベットはイギリスの改革家であるが、ホイットマンの故郷ロングアイランドで耕作をしながら亡命の一年を送っていた。コベットはホイットマンの父親のような農民や職人の知的活力に注目し、彼らは「多かれ少なかれ読書家だ」と書いている（五八頁）。このことはホイットマンの生い立ちを考える上に大切なことだろう。ホイットマンの父は息子たちをラディカル・デモクラットになるように教育したが、ここでのデモクラットというのは、農民、労働者、小商人、「人民」(the people)の味方としての民主主義者ということであった(五七頁)。このような教養ある民主主義者としての庶民像が、すでに実像として存在したことは、ホイットマンの民衆への信頼感と深い所でつながっているのであろう。

ホイットマンは、肉体や性の面で人間をありのままに見詰め、それをタブーから解放しようとした詩人であった。しかし彼が生きた時代には肉体や性はどのように考えられていたのか。

カプランは当時流行した衛生思想を紹介する。長老派教会の牧師シルヴェスター・グレイアムは、放縦な性行為(月二回以上の)は、結核、けいれん、消化不良、精神障害などをもたらすことがあると警告し、性的行為――特にマスターベーションが男性の思考器官を衰退させるのは、思考が女性の生殖器官を衰退させるのと同じだと説いた(一四七頁)という。性が不健全と見なされることによって、肉体と共に理性(特に女性の)も蔑視されることになるのだろう。

カプランはホイットマンの性の追求にも多くの力を注いだ。ヴェンドラーも書いているように、アカデミックな学者が引用を憚ったものが幾つか引用されているのも、本書の特色であろう。

カプランは、ホイットマンに対する当時の先覚的女性の強い関心を示す例として、ホイットマン伝上有名なアン・ギルクリストの例をあげている。カプランは、ギルクリストが、ホイットマンの同性愛を描いた作品群「カラマス」を理解していなかったのだろうと推測しているが、ホイットマンの現実の性の問題と、作品上の性(描写)の問題とは、重なる面もありながら別の次元に属するという考察が必要だろう。詩人の伝記作者はこのことを十分に弁えることが大切である。

カプランはホイットマンが、その声や肌や物腰の上で女性的な面があったことを述べ（一五頁）、『草の葉』の「私」が男女両性の性格を具えていることを指摘する（六三頁）。新説ではないにしても、カプランは、ホイットマン像の類型性を破ろうと、構成上の工夫を含めて多くの興味ある事実を提供している。

他方で本書からは、全体として詩人としてのホイットマン像が明確に浮かび上がって来ないことも事実であろう。エリカ・ジョングは、『シカゴ・トリビューン』の書評（一九八〇、一一、二）で、本書の欠陥を、一貫性ある総体としてホイットマンの個性の意味づけがなされないで、細部の上に細部が積み重ねられた所にあるとしている。本書からはむしろその細部の積み重ねから多くの示唆を得て、『草の葉』形成の秘密を探る資とすればよいのであろう。

3　D・ケイヴィッチ

David Cavitch: *My Soul and I: The Inner Life of Walt Whitman* (Beacon Press, 1985)

著者デイヴィッド・ケイヴィッチは自ら述べているように、エドウィン・H・ミラー、スティーヴン・A・ブラックらの精神分析的批評（psychoanalytic criticism）によってホイットマンを解明しようとする研究者の系譜に属する。またケイヴィッチは、D・H・ロレンスの研究家でもある。

『草の葉』初版の誕生（一八五五）については、すでに多くのことが述べられているが、ケイヴィッチは、ホイットマンの詩の形成の根本に、彼の家族関係の緊張があったとする。ホイットマンの兄弟（彼を含めて九人）

には不幸な人が多く、また詩人が、畑仕事を強制する父を好まず、静かで「やさしい」母を愛したことは従来も言われたことである。作品「出かける子供がいた」（一八五五）には、そういう状況が反映されている。けれどもケイヴィッチは、ホイットマンの父親だけではなく母親もまた詩人に不安と緊張を与えた存在だったことを指摘する。その一例としてケイヴィッチは、作品「まさかりの歌」（一八五六）の第十一節をあげ、そこに描かれた母親像を、その威厳に満ちた冷静さのゆえに、腹立たしく、わびしいものとするのである。

ところで、一八五〇年代初期のホイットマンは、ケイヴィッチによってどのようにとらえられているか。すなわちホイットマンの父は、この時すでに病気で無力になっていたが、詩人は孤独や敗北を伴う外部世界での活動を断念し、母のパートナーとして、生育した六人の弟妹の真の父としての自己を想像した。後にホイットマンが自分には六人の非嫡出子がいると語ったのも、この想像から現われた発言ではなかったかと、ケイヴィッチは類推する。詩人の、自己に対するこのような位置づけが、彼の生涯の基本にあることをケイヴィッチは指摘するのである。

作品「いのちの海と共に退きつつ」（一八六〇）では、「父」と「母」はそれぞれ陸と海を表わしているのだが、「母」は自己の不幸な子供たち、すなわち「難破した者たち」のためにうめき声をあげる。

ケイヴィッチによれば、ホイットマンは父の死後三年にして、右の作品を含む「潮流」詩群で父の霊と和解したのだという。また「母」はここでは「狂おしい老母」（fierce old mother）として現われるが、「難破した者たち」は、単に母の手から失われたというだけではなく、母によって見捨てられたのではないかという類推の余地があるという。「母」に潜む暗さと冷たさをケイヴィッチは指摘したのであろう。

以上のようなホイットマンの家族関係は、彼の性にも影響を及ぼす。ホイットマンの「自体愛」（autoeroticism）

については従来も指摘されてきたが、ケイヴィッチは、詩人は中年に至るまで、どんな形の愛情より深く、「自体愛のエクスタシー」(autoerotic transport)に動かされてきたとする。ホイットマンは両親からの愛と理解を常に待ち望んだが、それらは彼の期待のようには得られなかった。詩人は両親のイメジを自己の内部に持ちこんだが、作品「わたし自身の歌」第二十八節ではマスターベーションが描かれている。ケイヴィッチによれば、ホイットマンのマスターベーションは、単に精神的なできごとのメタファーではなくて、内面の最深部から生じる自己愛の確認、受容につながるものであるという。またケイヴィッチは、ホイットマンにおいては性交は、意識的な自己の喪失、自己の崩壊と忘却につながるものであり、それに対してマスターベーションあるいは同性愛は、消滅の予感を起こさせないゆえに、想像力や自意識を強めるものであったと言う。常識から見れば反対のことを言っているようにも思われるが、いずれにしてもホイットマンの、ある面で異常で複雑な分かりにくい性は、ケイヴィッチによってこのように説明される。さらにホイットマンの「付着性能」(adhesiveness)、とりわけ愛する若者への情愛は、労をいとわず子の面倒をみる母親のようなよろこびを彼自らに与えたという。

　ホイットマンは、あからさまに自己の感情を表出しているように見せて、しばしば観念の表現のなかに自己の実像を包みこむ。ここから生じる詩人の謎に迫るのに、ケイヴィッチの方法は、たしかに一面で有効である。『草の葉』における父母のイメジ、自然(海)への恐怖、第三版(一八六〇)に反映された「最初の精神的危機」の実体、肉体、性など、かげの部分への考察を深める上に、本書は助けになる。またケイヴィッチは、精神分析的方法の陥りがちな、暗号解読的な類型性を身につけてはいない。けれどもそれでいて、ケイヴィッチの方法には事柄の基本が家族関係で解明されてゆくことからの一面性を感じさせる。人間の個性は、幼児体験や家族関係と共に、歴史意識や社会体験との関わりもあって形成されてゆくのではないか。精神分析的な方法の網の目からは、ホイットマンの世界を構成する自然、宇宙、人間などが、かなりの所でこぼれ落ちてしまうように考えられるのである。

4　B・アッキラ

Betsy Erkkila: *Whitman the Political Poet* (New York: Oxford Univresity Press, 1989)

ベッツイ・アッキラは、右の書の序文で自らの立場を明らかにしている。彼女は、モダニスト、フォーマリスト、新批評の批評家たちは、一連の連結物であったホイットマンの像をバラバラに引き裂いたと指摘する。そしてこのようなホイットマン像の解体に対し、アッキラは、一方でホイットマンの政治的態度や意図を分析しながら、他方で彼の作品が、その言語、象徴、神話的人物を通して、十九世紀特有の政治に参加しているあり方を検討する。そのようにして彼女は、階級、性、資本、技術、西部への拡張などが、『草の葉』の詩的意匠へどのように浸透しているかを明確にしようとしているのである。歴史、社会、政治を美の夾雑物とし、イメジやシンボルの分析のみを事とする方法に対して、アッキラは自らの方法を対置しているのであろう。

本書は十三の章から成り、ホイットマンが政治ジャーナリストの時代から、『草の葉』(初版)の出版、「精神的危機」の時代、南北戦争を経て「めっき時代」に至るまで、どのように民主主義と関わってきたかを追求する。その間随所に、ホイットマンの作品が後のアメリカ文学のさまざまの潮流に開かれていることが指摘されているのである。

第一にアッキラは、『草の葉』(初版)以前と以後で、ホイットマンの内部に明白な亀裂があるという説を否定する。

ホイットマンは、一八四一年以後民主党の政治ジャーナリストであり、また、ポウやブライアントを模倣した通俗的な作品を書いていたが、一八五〇年代半ば、突如独創的な詩人に変貌した。この過程を批評家たちは一つの奇跡としてとらえて来たのである。

変貌の理由として、従来、ニューオーリンズでの恋愛、社会の不適格者の内的世界への逃避、宗教的な悟りなどが挙げられた。多くの場合、ここでホイットマンが政治的に挫折したというのが説の根底にある。

けれどもアッキラは、そのような亀裂は、少なくとも部分的には批評家たちの構築物であるとする。彼女は指摘する。ホイットマンの時代の政治的状況のなかで考察すると、彼が一八五五年、民主主義の詩人として出現したのは別に神秘的で不可解なことではない、また、『草の葉』(初版)出版の際のホイットマンの生活が、一八四〇年代のラディカルなジャーナリストとしての生活に対して特に非連続的であるわけでもない、政治ジャーナリストと詩人との間の明白な亀裂など存在しなかったのである、と。

Iの2で触れたように、ホイットマンの内部で、あるべきアメリカと現実のアメリカとの間の断層が最もきびしく意識された一八五〇年に、彼は従来のセンティメンタルなテーマから脱して、政治を対象とした作品を書くようになったのであり、その時点でホイットマンは、アメリカの総体を表現するのにふさわしいリズムを発見して、新しい自由詩への展望を切り開いたのである。従ってそこでのホイットマンは、それまでの政治意識を捨てることによって新しい詩を生み出したのではなくて、政治参加による内面の葛藤を詩へ投入することによって、新しい詩の分野を切り開いたのであろう。実際にホイットマンは政治ジャーナリストを辞めた後で、一八五六年の大統領選挙に当たって、『第十八代大統領職！』という政治パンフレットを書いており、彼はここで、「真のアメリカ」や「合衆国の雄々しさとコモン・センスの魂」が、何によって完全に汚されたかを明らかにしようとしている。政治ジャーナリストを辞めても、ホイットマンの政治意識が弱まっていないことの反映であろう。

第二に、ホイットマンはどのような思想的潮流に属するか。アッキラは次のように分析する。

まずホイットマンと、エマスンを中心とするニュー・イングランド的文化との関わりについてはどうか？　従来エマスンは、『草の葉』（初版）の誕生に当たっては、評価の上で大きな役割を果たしたけれども、以後、性や肉体の表現の面でホイットマンと意見が合わず、両者は決別したとされてきた。

その通りであろうが、アッキラはさらに進んで、そもそもホイットマンはニュー・イングランド的傾向への挑戦者であったのだということを明示する。彼女は言う。従来の批評傾向は、ホイットマンを論じるのに、彼が成育したアメリカ革命の伝統や、彼が従事した政治活動との関わりのなかで考察することをせず、もっぱら、エドワード・テイラーから、エマスン、フロスト、ウォレス・スティーヴンズに及ぶ一連の詩的展開のなかで論じてきた。このような批評傾向は、ニュー・イングランドやニュー・イングランド的傾向を反映しているのだが、ホイットマンはこのようなニュー・イングランド的傾向に挑戦したのであるという。

それではホイットマンは、どのような思想の影響を受けたのか。アッキラは言う。

一つは、超越主義者のなかでもとりわけブラウンスンや「若いアメリカ」のグループの影響である。またもう一つは、フランス思想の影響である。ホイットマンのアメリカの同時代人たちは、イギリスやドイツのロマンティシズムに先例を見いだそうとしたのに対し、ホイットマンは、ルソー、ジョルジュ・サンド、ヴィクトル・ユゴーなど、フランスの著述家たちの著作のなかに、アメリカの民主的な経験により関わりのある先例を見いだそうとしたという。

つまりアッキラは、思想上の影響という点から、エマスンに対するホイットマンの独自性ということを主張するのだが、この見解は、結論への過程は異なるが、わが国の常田四郎の見解と結果的に一致する（Ⅴの5）。常田は、『草の葉』以前の「手稿ノート」から見て、ニューヨーク周辺で自己を形成したホイットマンは、早くからエマスンとは異質の独自性を持っていたと指摘しているが、この指摘は、ホイットマンの自己形成を知る上に大切であろう。

第三に、ここの所がアッキラの見解のなかでも興味深い点であるが、以上のようなホイットマンの非ニュー・イングランド的性格は、多様な人種によって形成されてゆくアメリカの言語に独自の影響を与え、WASP以外のアメリカ国民の文化創造への道を開いた。アッキラは述べる。

ホイットマンは、ニュー・イングランドの純正な英語のなかへ、アメリカの話し言葉が内包する各民族の独自な色彩を導入した。ホイットマンの望むことは、言語と文化を、アメリカ国民の多民族的な源泉へ解放し反応させることであった。このような彼の望みは、アメリカを移民に対して開かれたものにしたいという自らの政治的な望みに対応していた——。

アッキラのこの指摘は、その後のアメリカ文化の展開を見る上に大切であろう。ニューヨークこそ、旧大陸から次々に流入する移民を受け入れて、彼らをアメリカ化してゆく媒介をなす場所であった。「ニューヨークはアメリカではない」と言われるが、非アメリカ的であるところがまたアメリカ的であるというのがニューヨークなのであろう。そこに出現したホイットマンが、ニュー・イングランドに起こったアメリカン・ルネッサンスと、後のシカゴ・ルネッサンス、ハーレム（ニグロ）ルネッサンス、サンフランシスコ・ポエトリイ・ルネッサンスなどとの橋渡しの役割を果たしている関係が、アッキラの指摘をもとに推察し得るのである。

なお右のことと関連して、アッキラは次のように述べる。ホイットマンはとりわけ、黒人の言語が持つ表現上の可能性に関心を持っており、まことにアメリカ的な言語の源泉は、ニュー・イングランド英語の、移植された発音様式のなかにはなくて、黒人の言語のなかに見いだされるのかもしれぬと考えていたと。

ホイットマンと黒人の言語との関係については、具体的な例を必要とするであろうが、いずれにしても、アッキラは、ニュー・イングランド、つまりWASPの世界から自立したところに、まことにアメリカ的なものの芽を見ようとしたのであろう。

従来ホイットマンと外国語との関係については、彼はヨーロッパへ行ったことがなく、ドイツ語やフランス語を学ばなかったことを気に病んでいるというホーリス・トローベルの紹介があり、関係は稀薄とされてきた。しかし、ホイットマンは『草の葉』創作に当たって、スペイン語、イタリア語、フランス語を含む多くの外国語を導入したという。彼は、アメリカの民主的な多元論に調和するような、人種的民族的に混合した言語を作ろうとしていたというアッキラの指摘は、『草の葉』の言語の秘密を解明する一つの手立てとなる。

以上の外にアッキラは、『草の葉』第三版（一八六〇）の同性愛の表現についても言及している。彼女は、同性愛についてのホイットマンの自伝的な告白は、一世紀後の、アレン・ギンズバーグ、ロバート・ロウエル、アン・セクストン、シルヴィア・プラスなどの告白詩の先取りになっていると書いている。アッキラはホイットマンの同性愛表現に高い評価を与えており、「西欧文学における同性愛についての最も感動的でやさしい記述の一つ」と評している。ホイットマンの同性愛表現が、愛の表現として、男女読者に感動を与えていることを、彼女は指摘しているのである。

作品「わたし自身の歌」（十二）には、水浴している二十八人の若者たちを、二十八歳の女性が家の窓のブラインドの後ろからそっと見ているという描写があり、多くの解釈を生んだが、これについてはアッキラは、この女性はホイットマン自身の仮面ではないかという説にくみしている。

アッキラは、ＷＡＳＰや男性のみの見方から自立したホイットマン評価を新しく打ち出していると言えよう。

5　常田四郎

『Walt Whitman's "Song of Myself" 詳注／解釈／批評』（荒竹出版、一九八四）

わが国のホイットマン受容も、すでに百年の歴史を持とうとしている。もちろん翻訳や研究の面で、われわれは幾つかの優れた業績の恩恵を受けている。

けれどもホイットマンの作品や表現そのものを分析した論述はそれほど多くない。とりわけ『草の葉』の原点でもあり核心とも見られる作品「わたし自身の歌」についての研究は意外に少ない。ホイットマン研究は直ちに詩人の核心に迫らず、周辺を廻っていたと言えなくもない。それにはそれだけの理由があるのだろうが、石田安弘は、ホイットマン文学の本質を理解するためには、レオ・スピッツアーがその論考で行なったような「繊細な詩的感性と該博な学識に基づく、作品自体の精緻な読みと、『解釈』が施されねばならない」と言う。このことは特に「わたし自身の歌」について言えるのではないか。

本書は一九〇二年生まれの著者が、自らの「わたし自身の歌」体験に、「長い間反省と、分析、解釈を試みてきた」（iii）その試みの成果である。全体はテクスト、「詳注」、「解釈・批評」の三つの部分から成るが、この構成自体が、一方で原典の個々の表現に即しながら、他方で一篇を貫く流れをとらえようとする著者の姿勢を反映している。巻末には「わたし自身の歌」の関係文献が若干の解説を含めて並べられており、今後の研究への手掛かりを提供してくれる。注目すべきことは、ここに記されている書物、論文の執筆者たちを、著者は全篇の随所で批判していることである。ともすれば自説の援用のために使われている本家（アメリカ）の碩学の説に対する著者のこの態度は、目を見張らせるものがあり、外国文学研究者に大切なことを示している。

常田は『草の葉』の形成過程に、その内面から迫っている。かつて『草の葉』（初版）の出現は一つの「奇蹟」と見られてきた。ロジャー・アセリノーは、『草の葉』以前のホイットマンの作品は、『草の葉』に先行するものであるが、それを予告するものではないと書いた。『草の葉』の前と後とは、文学的には断層があってつながらないということになっていた。

すでに述べたように（Iの2、Vの2）、ジャスティン・カプランは、右のような「奇跡」説に対して、ホイットマンの初期の小説を、さらに『草の葉』との関連のもとに考える必要があると説いた。これに対して常田は、ホイットマンの「手稿ノート」の重要性を説く。この「手稿ノート」は、エモリ・ホロウェイによる『ウォルト・ホイットマンの未収集の詩と散文』（一九二一）によって人びとの目に触れた。それにもかかわらず、と常田は言う。すぐれたホイットマン研究家ロジャー・アセリノーでさえ、このノートに言及しながらもその重要性をかえりみない（三〇八頁）と。

常田は、「この手稿ノートの発端においてすでに人間を至高の存在とする、人間神格化の思索が渦巻き始めている」（三一〇頁）と指摘し、ホイットマンという独創的な詩人がつとに詩魂を養っていた事実を述べる。

「『捩れた頭蓋』や、『血統によるあるいは大食いや、ラム酒や、性病（"bad disease"）による水っぽい血や腐った血』というイメージは、すでに人間有限者の卑小と悲惨の体験が詩人の思索の中枢に食い入っていることを示している」（三一一頁）。それは「初版の主題の核心をなす人間存在のパラドックスの根本契機」であると常田は言うが、ある面で素朴な楽天主義者のように見られていたホイットマンが、実は人間の尊厳と卑小を深い所で凝視していたことを「手稿ノート」は示している。既成の観念から離脱し、人間をあるがままの姿でとらえようとする『草の葉』初版の志は、すでに「手稿ノート」の各所にちりばめられているということになる。

このような草稿断片の集積については、常田は、リチャード・M・バックによる『覚書と断片』（一八九九）をもそのような集積の一つとしてあげているが、これらの集積は、ホイットマンとエマスンとの関係についても大切な事実を提供する。従来は、エマスンは『草の葉』（初版）の誕生には大きな思想的役割を果したが、以後、ホイットマンの、とりわけ性や肉体の理念に反発し、忠告を与えながら離れていったと考えられていた（Vの4）。つまり『草の葉』の版が重ねられる過程で、ホイットマンはエマスンから自立していったというのである。けれども常田は、「手稿ノート」の内容から考えて、「エマスン（原著では人名は原名で表記）の天才の『燃える言葉』にホイットマンの創造のエネルギーが一挙に噴き出した六、七年も前にすでに、この密かな、独自の思索の営みが始まっていたという事実は、詩人をエマスンのdiscipleとしたり、その影響を強調するホイットマン学者たちの怠惰を責めずにはいないであろう」（三一〇頁）という。たしかに、ニュー・イングランドやコンコード・グループとは別の場、つまりニューヨーク周辺で自己を形成したホイットマンが、つとにエマスンとは別の独自性を持っていたという考えは理解し得る。ホイットマンのエマスンへの傾倒、『草の葉』初版へのエマスンの激賞、

「わたし自身の歌」に見られるエマスンの思想などにだけ注意を向けるのではなく、そもそもの始めからホイットマンが持っていた独自性をとらえる必要を、常田は実証的に説く。

「わたし自身の歌」の難解性は、一つはその構成による。これについてはすでに、ジェイムズ・E・ミラー二世編の『ホイットマンの「わたし自身の歌」――源泉、成長、意味』（一九六四）において、何人かの論者が「わたし自身の歌」全体を幾つかに分けてこの構成を考えている。例えば、カール・F・ストラウチは五つのグループに分け（一九三八）、ジェイムズ・E・ミラーは七つに、ロイ・H・ピアスは四つに（一九六一）分けている。また著者がニューヨーク大学（NYU）でエドウィン・H・ミラー教授の講義を聴講した時、配布されたハンドアウトには、上記の外に、ハロルド・ブルームの六つに分けたもの（一九七六）が記されていた。つまり「わたし自身の歌」の構成は諸説続出して容易にはまとまらぬ問題であることが分かるのであり、「その形式と構成を覆う一種の混乱と混沌」（二四七頁）のゆえに、読者は全篇の構成を見失うのである。

たしかに「わたし自身の歌」については、「伝統的な構成の把握」（三二一頁）ということが困難であり、若干の研究者たちには、「どのような分節も、もはや心理的にも論理的にも恣意的人意的なものに見えて」来るのであり、そのようにして彼らは「分節そのものを虚妄とする解釈」（三二四頁）へと強く誘惑されるのである。

このような構成把握上の困難に対して常田はどのように立ち向かったか。二つの方法――と言ってよければ――によって常田は全力的に対象に迫った。

一つは、先に挙げた『草の葉』初版以前の「手稿ノート」や草稿断片に、『草の葉』構成の心を見ることである。常田は言う。「ここに私は *Leaves of Grass* 初版の、そしてとりわけ“Song of Myself”の、製作の過程と方法の基本的な事実の一つを見る。」「これらの紙屑同然の断片の集積は何よりもこの詩の長く困難な胎生期を象徴し、創造の衝迫の断続、跳躍、混沌の軌跡を示し、その異様な言語形式と、構成と主題の見極めがたく錯綜した内面世界に潜む、苦闘する天才の生身の荒い息づかいを感じさせるのである」(三二四頁)。つまり常田にとって、ノートや断片は、「わたし自身の歌」理解のための単なる手がかりであるのではなくて、作品全体の構成や主題を探るための貴重な凝縮物なのである。

第二に、右のことを前提として常田は、石田安弘の表現を借りるなら「作品自体の精緻な読み」によって作品の構成を探る。常田は言う。「全体を辛抱づよく読み通し、その読みを積み重ねてゆく時、尨雑な光景の中にもおのずから大きなうねりをなす周期のようなものが見えてくる。それはやがて螺線的な周期となり、漸層的な展開としてわれわれを捉え、やがてまたクライマックスへ向かって激しく波打ってゆく大きな流れとしてわれわれの精神を打つのである」(三二四頁)。

混沌の中にあざやかに流れゆくものを常田は読みとると共に、「わたし自身の歌」におけるプロローグとエピローグという「大きな構造的な契機」(三二五頁)に読者の注意を喚起して、全体を次のように分ける。

節(Sections)1—2　プロローグ
節　3—7　段階(Phase)Ⅰ
節　8—16　段階Ⅱ(第一カタログ)
節　17—32　段階Ⅲ
節　33—37　段階Ⅳ(第二カタログ)

節　38―50　段階Ｖ
節　51―52　エピローグ

すなわち常田は、一つのパターンを右のカタログ部分（段階Ⅱ、Ⅳ）とし、これと交互に、もう一つのパターン（段階Ⅰ、Ⅲ、Ｖ）を「わたし自身の歌」の中に見る。このようにして常田は、全篇の展開を次のようにとらえるに至る。

「かくて改めてPhase Ⅰ、Ⅲ、Ⅴをつぶさに読み進む時、そこでは何よりも oratory の技法が主調音となり、至高の詩人・予言者の声が想像空間を領し、その激しい詩的創造の運動と自意識、自己確認、自己宣言が第一の主題圏を確立する。それと綯い合わされ、斬り結び、交錯して、世界と人間のヴィジョンもまた断層し、跳躍しつつ進む。最後の Phase V では、人間と世界の究極的なヴィジョンを開示することによって至高の詩人・予言者像が成就する」（三二六頁）。

常田の分析の叙述は、「わたし自身の歌」の特質を反映してダイナミックであるが、構成についての常田のこのような把握がユニークであることは、先に挙げたストラウチ、Ｊ・Ｅ・ミラー、ピアス、ブルームらの把握の仕方と比べてみると明らかになる。一例として、Ｊ・Ｅ・ミラーのものを挙げてみよう。

Ⅰ　節（Sections）　1―5　神秘的状態への没入（Entry into Mystical State）
Ⅱ　節　6―16　自己の覚醒（Awakening of Self）
Ⅲ　節　17―32　自己の浄化（Purification of Self）

Ⅳ 節 33—37 啓示と魂の闇夜（Illumination and the Dark Night of the Soul）

Ⅴ、節 38—43 融合（信条と愛）（Union《Faith and Love》）

Ⅵ、節 44—49 融合（認識）（Union《Perception》）

Ⅶ、節 50—52 神秘的状態からの離脱（Emergence from Mystical State）

このJ・E・ミラーの分析は、常田によって「Evelyn UnderhillのMysticismの研究に魅せられ"Song of Myself"を神秘家的経験の作品として分析している」（二五八頁）と評されているものであるが、たしかに、個々の部分の意味を求めて全体の筋書につなごうとし、つじつまの合わない所がでている。こういう次元で「わたし自身の歌」をとらえようとすると、作品と研究者との間に鬼ごっこのようなことが続き、A説に対するB説、C説、D説……と諸説が続くのではないか。

そこへ行くと常田の分析は、カタログ部分（8—16節、33—37節）を一つのパターンとしてとらえるところなどが、従来の諸説とは異なった次元での把握であり、作品の展開するものを、「詩人の長期にわたって激しく断絶する創造の運動と、世界と人間についてのヴィジョンという二つの主題圏」（二五九頁）ととらえている点で、カオスとコズモスとを包含し得ているのである。

常田の説の正当性は、個々のホイットマン読者が常田のように長期にわたる作品の反覆味読を行なうことによって、自らの内部で実証するということになろう。いずれにしても、作品の構成への研究については、今後は、常田説が有力な手がかりを提供するように思われる。

常田はしばしば他者の説を批判する。それはどのような立場や信条によるものであろうか。本書の「まえがき」で述べているように常田は、「作品はただ一つではなく、読者の数だけ存在するという問題にかかわる“reader-response criticism”の議論」（iii）に自分は立ち入るものではないという。そして、「ある言語共同体において、一つの語がその共同体の全成員に対して同一の意味を保持するという根底的な諒解と確信と信頼に等しいものが、一つの作品に対してわれわれが抱く諒解であり、確信であり、信頼である」（iii—iv）という信条を述べる。常田が原典の味読の上に、諸家の説を縦横無尽に批判するのもその立場からである。

先に引いたように、常田は「神秘的経験」の図式化のゆえにJ・E・ミラーを批判したが、常田は汎神論を「わたし自身の歌」の立場とする見方を批判する。

諸家は、「わたし自身の歌」第四十八節のなかに「完璧な汎神論の表現」（二二四頁）を見てきた。例えばゲイ・W・アレン（『便覧』）、フレデリック・シャイバーグ、アセリノーらは、いずれも第四十八節のある部分を引用して、『草の葉』初版のなかに汎神論を見た。

これに対して常田は、外ならぬこの第四十八節中の、「そして誰であれ、たとえ神でも、人にとって自分自身より偉大なものはなく、」（四八・一二七一）とか、また、「あらゆる物象に神を聞き神を見るのに、それでも神のことは全く分らず、／私自身よりもっとすばらしい者が居るのか　それも私には分らず。」（四八・一二八一―二）における二行目（一二八二行）を以て、「汎神論という解釈に対して決定的な反証を提出している」（二二五頁）とする。そしてその理由を常田はさらに次のように説く。

「汎神論の神は内在すると同時に超越する。すべての部分、すべての個別的存在者に対して内在しうる存在者はすべての個別的存在者に対して超越しうる存在でなければならない。ただこの超越によってのみそれは『神』

と呼ばれることができる。部分的、個別的存在者としての"one's self"に対して超越せず、優越しない『神』は空虚な言葉の遊びにすぎず、『神』観念の無條件的本質規定である『実在性』を完全に欠如しているのである」(二二五頁)。

先に常田は、ホイットマンの「手稿ノート」の中に、人間至高、人間神格化の思索を見た。そういう見方からすれば、右の見解は必然的と言え、同時にわれわれを納得させる。もちろんホイットマンの神についての考え方に、規定を許さない曖昧さがあるという見方も成り立つであろう。しかし、だからこそ「わたし自身の歌」のなかに完璧な汎神論を見るとは言い難いのである。

汎神論と共に、常田は、「わたし自身の歌」のなかに輪廻や転生を見る見方を批判する。

常田は、「わたし自身の歌」のなかに詩人の、「世界の生命共同体的ヴィジョン」(四〇八頁)を見る。常田は、マルカム・カウリイ、ゲイ・W・アレン、シャイバーグたちが、「Whitmanの世界観の中に"transmigration"を根本的な契機として読みこんでいる」ことを批判し、「それは詩句を断片的に、その表層の意味においてしか読んでおらず、詩的世界の全体において見ていないことに帰因する」(二〇二頁)と言う。ホイットマンの世界観の根底に、輪廻、転生の思想は、それほど大きな位置を占めていないというのであろう。それでは常田は、どのように「わたし自身の歌」の世界をとらえているのか? 常田によればそれは、「広大な民衆と自然と宇宙」であり、宇宙は何よりも「近代天文学の宇宙」(四〇四頁)である。「Puritanの聖職者たちが早くもNewtonの天文学を自己の神学を補強するために受容したように、Whitmanも自己の人間学と世界観の中に近代の天文学を摂取した」(四〇四頁)という常田の指摘は、文学研究者の見落とし易い所を突いている。

J・カプランは、ホイットマンを生んだ時代背景を考えるために、十九世紀アメリカについての記録や研究を活用しているが、十九世紀前半に、ロングアイランド、ブルックリン、マンハッタンの庶民の中で、父親ゆずりのデモクラットとして生育したホイットマンを、まずありのままの姿でとらえることが必要であろう。ホイットマンが汎神論や輪廻説の影響を受けていることは否定し得ないにしても、彼は基本的には、十九世紀のニューヨーク人であり、B・アッキラの指摘のように、フランス思想、アメリカ革命、ニュー・イングランドの超越主義(とりわけブラウンスン)の系譜に属する詩人であろう。宗教思想と共に、社会思想、科学思想が、ホイットマンの内面をとらえる上に大切であろう。

汎神論、輪廻説と共に常田が批判を向けるのは、フロイトの精神分析を作品の解明に適用する方法である。例えば第三節の、「神がやさしい共寝の相手としてやって来て　夜じゅう　夜明け近くまで私のそばで眠り、／家中を豊かな気持で膨らませる白いタオルをかぶせた籠を　二つ残していったのに、」(As God comes a loving bed-fellow and sleeps at my side all night and close on the peep of the day, / And leaves for me baskets covered with white towels bulging the house with their plenty, ll 52-53)(初版)という箇所について、スティーヴン・A・ブラックはE・H・ミラーの説を引きながら、この部分を「妊娠のイメジ」としてとらえ、「家」(house)は、「やさしい共寝の相手の訪問後、ふくらんだ肉体」、「籠」(basket)は子宮、「来る」(come)は射精の意であるとする。つまりこの詩は、「『私』が神によって受胎し、日常の仕事から離れて無意識の世界へ探求的な冒険を行ったということを示している」と分析するのである。

常田はこのようなブラックの見解、さらにはまた、アルバート・ゲルピーやアイヴァン・マーキの見解などを、「§3の全体に展開する世界の不断の生成と生殖と性の主題」(一〇七頁)を完全に見失ったものとする。

たしかに精神分析の詩解釈への適用は、ある面で新しい見方を切り開いたかも知れないが、しばしば詩の読解を、暗号の解読や謎解きにしてしまう危険性をはらむ。ホイットマンの性の詩は常に全体との関わりのもとに読まれなければならないという常田の言は、とりわけ精神分析的解釈に対して妥当な指摘と言うべきであろう。

詩は時に多様な解釈を内包する。また、「わたし自身の歌」の「わたし」は、自在にもの、人、空間に出入し、一方でコズモスを追求しながら、再びケイオスの中に拡散する。そういう意味では常田の真摯な論理展開は、一方で研究者の矛盾を指摘しながらも、他方ではリラックスしたおおらかな「わたし」の動態に、感覚面でややかみ合わない所もある。

けれども、いずれにしても本書が、明治以降の日本のホイットマン研究の貴重な集約であり、今後の研究の原点にたしかな位置を占めるものであることは明らかであろう。常田はすでに、『草の葉』第三版（一八六〇）の代表作についても、深い洞察を示す見解を発表しているが、初版から二版、三版に至る『草の葉』形成のなかで最も魅力的な過程を辿ることは、常田と、その後に続こうとする者の今後の課題であろう。

6　鈴木保昭

鈴木保昭『ホイットマン「ゆりかごの歌」研究――その成立と展開』（現代社、一九八六）

ホイットマンの『草の葉』形成の跡を辿る時、そこには三つの山が見えてくる。一つは言うまでもなく、初版（一八五五）を代表する「わたし自身の歌」であり、二番目は第三版（一八六〇）の絶唱「はてなく揺れる揺籃から」（以下「揺籃から」と略す）であり、三番目は、南北戦争を経て作られた大作

「先頃ライラックが前庭に咲いたとき」（以下「ライラック」と略す）であろう。

右の作品のうち、「わたし自身の歌」については、すでにVの5で挙げた常田の書があり、また「ライラック」については、一巻全部を当てたものではないが、鈴木による『白樺派文学とホイットマン（「漱石とホイットマン」、「ライラック・エレジー試論」の二部を含む）』（東京精文館、一九七九）や、清水春雄『ライラックの歌――ホイットマンの教説』（篠崎書林、一九八四）がある。従って「揺籃から」について本書の出版を見たことは、ホイットマンの三大作品についての日本での研究が緒についたことを示す。作品を味読し、改訂の跡を探り、諸説を広く参考にしながら、表現を通して作品の本質に迫るという文学研究の大道に著者は立っている。このような態度が、作品「揺籃から」一作に対して、改訂、構成、表現、創作動機、自然、小鳥、花のイメージ、音楽的要素などのさまざまの面から照明を当てて、一書を成立させたのである。

第一に鈴木は、作品「揺籃から」の製作の過程を追って詩人の工夫の跡を明らかにする。「揺籃から」は、最初雑誌に発表された時は「子供の思い出」（一八五九）であったが、一八七一年現在のタイトル、“Out of the Cradle Endlessly Rocking” に変えられた。タイトルと同様、表現についても詩人は書き換えを行なっているが、鈴木はこの書き換えの跡を追って詩心の機微に触れようとする。

たとえば「揺籃から」第二四行は一八八一年版に至るまで次のように変えられている。

一八六〇年版　“When the snows had melted, and the Fifth Month grass was growing,”

一八七一年版　“When the snows had melted——when the lilac-scent was in the air, and the Fifth-month grass was growing,”

一八七六年版　上の二番目の"when"と the Fifth-month の the を削除。
一八八一年版
"When the lilac-scent was in the air, and Fifth-month grass was growing,"
（"the snows had melted"を削除）

これらの削除について鈴木は、「詩表現の冗長を避けて、詩人は、凝縮したものと思われる。」（五九頁）と評しているが、時に冗漫に見えるホイットマンの作品も、彼の改作の跡を辿ってゆけば、凝縮についての苦労の方も分ってくるのである。

他方で鈴木は、詩人が逆に長くした部分についても検討を怠らない。

「揺籃から」では、いなくなった雌鳥を想って鳴く雄鳥の悲歌がオペラ風に描かれている。この雄鳥の悲歌は、「揺籃から」では一八五九年発表の際も、また一八六〇年版の時も、いずれも二語反覆、すなわち、Shine! Shine！/ Blow！Blow！であった。けれども詩人は後にこれらの二語反覆（先の Shine, Blow と共に、Soothe, Loud, Landなどについてもそうであるが）を、何れも三語反覆に改訂している。

鈴木はこのような一音節の語の三語反覆方式については、詩人が、「更にリズム感を豊かにするために」（一二三頁）改訂したのだとする。そして、ロバート・D・フェイナーの説を引いて、この三度反覆方式はオペラの開幕によく用いられた方法であり、ホイットマンがオペラに没頭した時期を持っていたことを指摘する。同時にテニスンの詩に三語反覆法（Break, break, break）があり、ホイットマンはテニスンの詩からヒントを得たのではないかという仮説を立てている（一二五頁）。

第二に鈴木は、一方で作品の背景にある伝記的事実について、諸説をふまえながら、「事実」を安易に作品の解釈に結びつける態度を排している。

たとえば「揺籃から」における雌鳥（she-bird）の背景に詩人の恋愛体験があるかどうかについては従来もホイットマンの、ニューオーリンズでの恋愛体験説があった。

鈴木は一方で、当時のオペラの女性歌手として最高の人気を博していたアルボウニや、その頃ホイットマンと親交のあったヘレン・E・プライス、さらには詩人の敬慕する母親のことを思い浮かべる。

けれども鈴木は、雌鳥を現実の女性、特定の「ある女性」とする見方はとらない（一六五頁）。「多くの詩人にとって、真に『現実』的なものとは、日常的意識の遙か奥底に潜んでいるものと思われる。この心の奥底に潜んでいる『観念』的なものこそ、リアルなものであり、詩人のもつユニークな『真実』ではないかと思われる。」（一六五頁）と鈴木は結論づける。「詩人が、詩作品を創造したとき、現実の恋人たちは、すでに、遠く彼方へ飛び去ってしまい、その恋人たちが残したイメージのみが、詩人の胸に奥底に漂よっていたのではないかと思われる。」（一六六頁）という鈴木の言葉は、我々が伝記的事実と詩作品との関係を考えるとき、銘記すべきことだろう。

第三に、本書には「揺籃から」を、「自然」、「小鳥のイメージ」、「花のイメージ」から考察する三篇があるが、このうち鈴木が、小鳥については「ものまね鳥」（mocking-bird）、花についてはライラックを重視しているのは妥当な見解であろう。

「ものまね鳥」について述べる時も、鈴木はさまざまな次元からそれを考察する。

一方で鈴木は英文学史上の古典的作品、例えばワーズワスやシェリーの「雲雀に寄せて」や、キーツの「ナイティンゲール頌」、『ロミオとジュリエット』のひばりやナイティンゲールを引き合いに出す。つまりこれは、詩型の革新者ホイットマンの作品をも英文学の伝統のなかに位置づけているのであり、鍋島能弘と共通するところがある。

他方で鈴木は「ものまね鳥」を、作品「ライラック」での「つぐみ」(thrush)と同じように、「アメリカを代表する美声の小鳥」(二〇〇頁)とする。つまり「ものまね鳥」は一方でナイティンゲールに重なる面を持ちながら、他方ではアメリカの鳥なのである。

このような「ものまね鳥」が「揺籃から」に登場する時、鈴木はそこに何を見るか。一方では鈴木は、「揺籃から」を、「詩人自身の悲恋体験を、二羽のmocking-birdsの悲しい愛の物語に寄せて歌ったもの」(二〇一頁)ととらえる。つまり「ものまね鳥」の描写のなかに、詩人の自然観察と悲恋体験とイマジネーションのふくらみとを同時に見ているのである。

ところでこの「ものまね鳥」については、ノーマン・フォスターによる批判があるということである。すなわちフォスターはこの鳥がロングアイランドに飛んでくるところはあり得ないというのである。鈴木はフォスターに対する反論として、ジョウゼフ・ビーヴァやゲイ・W・アレンの説を引用する。また、鈴木自身滞米中、「ものまね鳥」がセントラル・パークに飛来したことを報ずる『ニューヨーク　タイムズ』の記事(一九八〇、一二、一二)を、ゲイ・W・アレンと読んで談笑した思い出を記している(二一四頁)。

文学作品とりわけ詩のなかでの草花や鳥の実態、イメジは、解釈や鑑賞にとって大切であり、鈴木のこの方面の関心や知識の深さは、今後の研究者にも継承される必要があろう。

以上見てきたように、鈴木は一方で『草の葉』改訂のあとや、事実と作品との関係、自然物のイメジなどについて、細部に及ぶ検討を進めている。同時に彼は、ホイットマンの詩のリズム、すなわち、頭韻、行首反復、行末反復、「動詞的な～ing」の反復、思想のリズム、格調、脚韻、波のリズムなどについて、興味深い比較考察を展開している。その際、ホイットマンが若い時から愛読していた聖書、ミルトン、シェイクスピア、スコット、バーンズ、ワーズワス、キーツ、シェリー、バイロン、ロングフェロウなどの作品を念頭に浮かべ、彼らの作品の表現をホイットマンのリズムと比較検討しているのは、伝統とホイットマンとの関わりを考える上に大切であろう。

またホイットマンと「自然」との関わりを考察するに当たっても、鈴木は、イギリスのロマン派詩人、アメリカのロマンティシズムの詩人の自然観を検討することによって、ホイットマンの「自然」に迫ろうとしている。すなわち鈴木のとりあげている詩人は、先に述べたイギリスのロマン派詩人と共に、アメリカのブライアント、エマスン、ソーロウに及ぶ。さらにホイットマンの後を行く詩人として、カール・サンドバーグもとりあげられている。

以上の詩人のうち鈴木は、ワーズワスについて、「Wordsworth（以下原著では詩人名はすべて英語の原名で記載）の幼少時からの体験が、Immortality（霊魂不滅）、Eternity（永遠）の認識になるという自然への回帰は、Whitmanの、'Out of the Cradle'の中で歌われた自然観、死生観と相通じるものがあるように思われる」（一七六頁）と書いている。

また、ブライアントについては彼は、「若い頃から、すでに、一つの『死生観』、『自然』と人間との合体を認識していた詩人であった」（一九〇頁）というのが鈴木の評価であり、「ホイットマンがブライアントの作品と思想に共鳴していたであろうことが推測される。」（一九〇頁）というのが鈴木の結論である。

これらの評価については、鈴木はもとよりその裏付けとなるものを示している。たとえば前者については

「Wordsworth と Whitman との二人の詩人は、自然に対する感覚が類似している」（一七七頁）と暗示するエドワード・ダウデンの書簡をふまえているのであり、同時に、「Dowden の言葉を俟つまでもなく、Whitman と Wordsworthの自然観の共通性は、その作品を鑑賞すれば、自ら明らかになることと思われる。」（一七七頁）としている。さらにブライアントについては、ホイットマンの、「ウィリアム・カレン・ブライアントの死」という一文を論の根底にすえている。

何れも納得のゆく評価であるが、さらにホイットマンは鈴木も指摘するように、科学を重視した詩人であり、同時に、肉体、物質、機械、都会などについて、他のロマンティシズムの詩人たちとかなり違った受けとめ方をした詩人である。従ってそういった次元でのホイットマンと他の詩人との相異、あるいはその相異を踏まえての共通面を、追究すればどうなのか、その辺はなお今後の課題として残るであろう。

ただし、もとより鈴木は、イギリス・ロマン主義復興期の詩人たちと、アメリカ・ロマンティシズムの詩人・作家たちとの違いを明快に語っているのであるから、ロマンティシズムのそれぞれの詩人たちとホイットマンとの関連、あるいはロマンティシズムの詩人のなかでのホイットマンの特異性を掘り下げることは、今後の大切な課題であろう。一つには、鈴木が作品「揺籃から」をとり上げたことが、ホイットマンと他のロマンティシズムの詩人たちとの相異点よりもむしろ接点を浮かび上がらせたのであろう。

なお、作品「ライラックス」“When Lilacs Last in the Dooryard Bloom'd”の“Last”は、明治以来さまざまの訳語を生んできた。たとえば、「咲き残りの」（有島武郎）、「早咲きの」（長沼重隆）、「最後の」（浅野晃）、「最後に」（白鳥省吾）のように色々であったが、現在では、「先頃」（鍋島能弘、酒本雅之）、「この前」（滝田夏樹、清水春雄）に定着したように思われる。

けれども鈴木は依然として「咲き残りの」という有島訳を継承している。このことは、「揺籃から」や「ライラックス」のような詩を、「涙を溜めてでなくては聞くことができなかった」という有島（鈴木保昭『白樺派の文学とホイットマン』、一七七頁）のホイットマン理解に対する鈴木の信頼によるものなのか。

最後に、鈴木が日本でのホイットマン研究の業績（鍋島能弘、吉武好孝らの）を踏まえていることは、本書の各所にわたる引用や注によって十分にうかがえるのである。

初出一覧

ホイットマン、その光芒と混沌　序にかえて　（「ウォルト・ホイットマン」尾形敏彦編『アメリカ文学の自己発見』山口書店一九八一年六月）

Ⅰ　詩人の形成

1　背景　（「思想形成と環境――ホイットマンの場合」『尾形敏彦・森本佳樹両教授退官記念論文集』あぽろん社一九八五年二月）

2　待機の歳月――初期の作品と『草の葉』　（「待機の歳月――ホイットマンの初期の作品」『季刊英文学』八巻一号　あぽろん社一九七〇年十一月）

Ⅱ　『草の葉』の世界

1　離脱と融合――「わたし自身の歌」について　（「離脱と融合――"Song of Myself"を中心に」『日本ホイットマン協会ニュース』一九九七年四月）

2　数字の意味――「わたし自身の歌」第十一節をめぐって　（「数字の意味――『私自身のうた』第十一節をめぐって」『英文学評論』京都大学総合人間学部英語部会）No. 67一九九四年十一月）

3　ホイットマンにおける「性」　（「ホイットマンにおける性の表現」『英文学評論』No. 39一九七八年三月）

4　ホイットマンの「死」の世界　（「ホイットマンの死の世界――リンカン讃歌に至るまで」*Albion*　京都大学英文学会No. 11一九六五年十月）

5　ホイットマンと南北戦争　（「ホイットマンと南北戦争」*Kobe Miscellany*　神戸大学英米文学会No. 4一九六六年九月）

Ⅲ　ホイットマンの空間

1　都市空間ニューヨーク　（「ホイットマンとニューヨーク」松山信直編『アメリカ文学とニューヨーク』南雲堂一九八五年二月）

2　空間と文化象徴　（「空間と文化象徴――ホイットマンの場合」『菅泰男・御輿員三両教授退官記念論文集』あぽろん社一九八〇年十月）（山川瑞明編『ホイットマンとディッキンスン――文化象徴をめぐって』弓書房一九八一年四月）

3　川と文明　ホイットマンとハート・クレイン　（「機械文明と川　ホイットマンとハート・クレイン」岩山太次郎・別府恵子編『川のアメリカ文学』南雲堂一九九二年七月）
4　詩人と民衆――ホイットマンの場合　（「詩人と民衆――ホイットマンの場合」『世界文学』世界文学会）No.31一九六八年六月）

Ⅳ　評価

1　教祖から詩人へ　（「ホイットマン評価の一側面――教祖ホイットマンと革命家ホイットマン」『日本ホイットマン協会ニュース』第三号一九七〇年四月）
2　ホイットマンの系譜――ホイットマン、カール・サンドバーグ、ラングストン・ヒューズ　（「ホイットマンの系譜」山内邦臣編『アメリカ文学――問題と追究』山口書店一九七九年二月）
3　ホイットマンと「父」のイメジ　エズラ・パウンドとアレン・ギンズバーグ　（「ホイットマンと『父』のイメジ――ホイットマン評価史の一側面」『英文学評論』No.54一九八七年十月）

Ⅴ　書評集

1　J・C・スマッツ　『英語青年』一一九巻九号　研究社（一九七三年十二月）
2　J・カプラン『英文学研究』五九巻一号　日本英文学会（一九八二年九月）
3　D・ケイヴィッチ『英語青年』一三二巻六号　研究社（一九八六年九月）
4　B・アッキラ『*Albion*』京大英文学会　No.36（一九九〇年十月）
5　常田四郎『アメリカ文学研究』No.22日本アメリカ文学会（一九八六年二月）
6　鈴木保昭『アメリカ文学研究』No.24日本アメリカ文学会（一九八八年二月）

注

序にかえて

1 Horace Traubel: *With Walt Whitman in Camden*, Vol. 4 (Philadelphia: University of Pennsylvania Press, 1953) 77.

2 *Walt Whitman: Complete Poetry and Selected Prose and Letters* edited by Emory Holloway (London: The Nonesuch Press, 1938) 587.

3 Holloway 595.

4 *Selected Writing of Emerson* edited by Donald McQuade (New York: Modern Library College Editions) 322.

5 Betsy Erkkila, *Whitman: the Political Poet* (New York: Oxford University Press, 1989). 6 Holloway 703.

Iの1

1 Justin Kaplan, *Walt Whitman—A Life* (New York: Simon and Schuster, 1980) 73.

2 *Kaplan* 100. 3 *Kaplan* 100.

4 アメリカ古典文庫17『超越主義』（研究社 一九七五）。

5 Gay Wilson Allen, *The Solitary Singer: A Critical Biography of Walt Whitman* (New York: The Macmillan Company, 1955) 127.

6 Horace Traubel, *With Walt Whitman in Camden*, Vol.4 (Philadelphia: University of Pennsylvania Press, 1953) 77.

7 Perry Miller (ed.) *The Transcendentalists* (Harvard University Press, 1979) 45.

8 G. W. Allen, *The New Walt Whitman Handbook* (New York University Press, 1975) 10.

9 Allen, *Solitary Singer* 205-6. 10 Edmund Wilson, *Patriotic Gore* (New York: Farrar, Straus and Giroux, 1977) 505.

11 "Sources of Character—Results—1860," (*Walt Whitman Prose Works 1892*. Volume 1, *Specimen Days* edited by Floyd Stovall, New York University Press, 1963).

12 "Paumanok, and My Life on It as Child and Young Man," *Specimen Days*, 11.

13 Sculley Bradley and Harold W. Blodgett (eds.) *Leaves of Grass* (A Norton Critical Edition, 1973) 253.

14 *Specimen Days*, 22-23.

15 Gay W. Allen and Charles T. Davis, eds., *Walt Whitman's Poems* (New York: New York University Press, 1955).
16 Bradley and Blodgett 253. 17 Allen and Davis, *Walt Whitman's Poems.*

Ⅰの2

1 Roger Asselineau, *The Evolution of Walt Whitman, The Creation of a Personality* (Harvard University Press, 1960).
2 Justin Kaplan, "Nine Old Bones, Walt Whitman's Blue Book," *The Atlantic Monthly* (May, 1968).
3 Thomas L. Brasher (ed.) *The Early Poems and the Fiction* (New York University Press, 1963) 4-5.
4 Brasher 4. 5 Brasher 38-9. 6 Brasher 38-9. 7 Brasher 47. 8 Brasher 47. 9 Asselineau 28. 10 Asselineau 29.

Ⅱの1

1 Richard Chase, *Walt Whitman Reconsidered* (New York, William Sloan, 1955) 58.
2 Jerome Loving, "Walt Whitman," in *Columbia Literary History of the United States* (New York: Columbia University Press, 1988).
3 Loving 462. 4 Van Wyck Brooks, *America's Coming-of-Age* (1915). 5 Loving 455.
6 Betsy Erkkila, *Whitman: the Political Poet* (Oxford: Oxford University Press,1989) 177.
7 常田四郎『Walt Whitman's "Song of Myself" 詳注／解釈／批評』（荒竹出版 一九八四）101.
8 Robert D. Faner, *Walt Whitman and Opera* (Philadelphia: University of Pennsylvania, 1951) 190.
9 Joseph Beaver, *Walt Whitman — Poet of Science* (New York: King's Crown Press, 1951) 71-72.
10 Paul Zweig, *Walt Whitman: The Making of the Poet* (New York: Penguin Books, 1986) 250.
11 Lewis Hyde, *The Gift — Imagination and the Erotic Life of Property* (New York: Random House, 1983) 170-171. Quoting E. H. Miller, *Walt Whitman's "Song of Myself": A Mosaic of Interpretations* (Iowa City: University of Iowa Press, 1989) 53.
12 Sculley Bradley and Harold W. Blodgett (eds.) *Leaves of Grass* (A Norton Critical Edition, 1973) 32-33. 13 Zweig 252.
14 F. O. Matthiessen, *American Renaissance — Art and Expression in the Age of Emerson and Whitman* (New York: Oxford, 1941) 538.
15 Edwin H. Miller, *Walt Whitman's Poetry: A Psychological Journey* (Boston, Houghton Mifflin, 1968) 21.
16 Mark Bauerlein, "The Written Orator of 'Song of Myself:' A Recent Trend in Criticism," quoting *Walt Whitman Quarterly Review*, 3, no.3

(Winter 1986) 1-14. E.H. Miller 54.

Ⅱの2

1 Frederik Schyberg, *Walt Whitman*. Translated by Evie A. Allen (New York: Columbia University Press, 1851) 99-100.

2 Edwin H. Miller, *Walt Whitman's "Song of Myself": A Mosaic of Interpretations*. (Iowa City: University of Iowa Press, 1989) 74-77.

3 E. H. Miller 75.

4 Robert K. Martin, *The Homosexual Tradition in American Poetry* (Austin and London: University of Texas Press, 1979) 18-21.

5 Betsy Erkkila, *Whitman: The Political Poet* (New York, Oxford: Oxford University Press, 1989) 100-101.

Ⅱの3

1 *The Collected Writings of Walt Whitman, The Early Poems and the Fiction,* edited by Thomas Brasher (New York: New York University Press, 1963). 2 Brasher 68-79. 3 Brasher 76. 4 Brasher 76.

5 T. R. Rajasekharaiah, *The Roots of Whitman's Grass* (Fairleigh Dickinson University Press, 1970) 243.

6 E. H. Miller, *Walt Whitman's Poetry: A Psychological Journey* (Boston: Houghton Mifflin, 1968) 90. Quoting Stephen A. Black, *Whitman's Journey into Chaos：A Psychoanalytic Study of the Poetic Process* (Princeton University Press, 1975) 102.

7 G.W. Allen, *The New Walt Whitman Handbook* (New York University Press) 1975, 98.

8 Frederik Schyberg, *Walt Whitman*, translated by Evie Allison Allen (New York: Columbia University Press, 1951) 98.

9 D.H. Lawrence, "Whitman," Roy H. Pearce (ed.) *Whitman: A Collection of Critical Essays*, Englewood Cliffs, N.J.: Prentice-Hall, Inc., 1952.

10 S.A. Black, *Whitman's Journey,* 139.

11 Walter B. Rideout, *The Radical Novel in the United States 1900-1954* (New York: Hill And Wang, 1966) 21.

Ⅱの4

1 Jacques-Fernand Cahen（島田謹二訳）『アメリカ文学史』文庫クセジュ（東京・白水社・1963） 51.

2 Cf. Richard Chase: *Walt Whitman Reconsidered* (New York: William Sloan, 1955) 17.

Cf. Daniel Aaron: *Writers on the Left* (New York: Harcourt, Brace & World, Inc., 1961) 402.

3 Gay Wilson Allen: *Walt Whitman Handbook* (New York: Hendricks House, Inc., 1957) 207.

4 Charles Feidelson, Jr., *Symbolism and American Literature* (Chicago: The University of Chicago Press, 1953) 25.

5 F. O. Matthiessen: *American Renaissance* (London, Toronto: Oxford University Press, 1946) 616.

6 John D. Magee, "Whitman's Cosmofloat," *Walt Whitman Review*, Vol.X, No.2 (June, 1964) 45.

7 Richard Chase: *Walt Whitman* (Minneapolis: University of Minnesota Press, 1951) 7. 8 Chase 7.

9 Edwin Harold Eby: *A Concordance of Walt Whitman's "Leaves of Grass" and Selected Prose Writings* (Seattle: University of Washington Press, 1955).

10 Paul Zweig: *Walt Whitman — The Making of the Poet* (New York: Penguin Books, 1984) 128-129.

11 *The Collected Writings of Walt Whitman, The Early Poems And the Fiction,* edited by Thomas Brasher (New York University Press, 1963) 11.

12 "A Backward Glance O'er Travel'd Roads," *Walt Whitman, Complete Poetry & Selected Prose and Letters* edited by Emory Holloway (London: The Nonesuch Press, 1938) 861. 13 Allen, 199.

14 Richard Chase, "One's Self I Sing," *Walt Whitman: Leaves of Grass* Edited by Sculley Bradley and Harold W. Blodgett (New York, London: W. W. Norton & Company, 1973) 891. 15 Frederik Schyberg: *Walt Whitman* (New York: Columbia University Press, 1951) 175-6.

16 G. W. Allen and Charles T. Davis: *Walt Whitman's Poems* (New York University Press, 1955) 167.

17 Edward Carpenter: *Days with Walt Whitman* (London: George Allen & Unwin Ltd. Ruskin House, 1921) 123.

18 Betsy Erkkila: *Whitman: the Political Poet* (Oxford University Press, 1989) 230.

19 Gay Wilson Allen: *The New Walt Whitman Handbook* (New York University Press, 1975) 43.

Ⅱの5

1 Charles I. Glicksberg, *Walt Whitman and the Civil War* (Philadelphia: University of Pennsylvania Press, 1933) 8. quoting Gay Wilson Allen, *Walt Whitman Handbook* (New York: Hendericks House, Inc., 1962) 162.

2 "A Backward Glance O'er Travel'd Roads," Emory Holloway(ed.) *Walt Whitman, Complete Poetry & Selected Prose and Letters* (London: The Nonesuch Press, 1938) 869.

3 Allen 69. 4 Allen 167. 5 Walter Lowenfels (ed.) *Walt Whitman's Civil War* (New York: Alfred A. Knopf, 1960) x.
6 *Walt Whitman*: *Leaves of Grass*, edited by Sculley Bradley and Harold W. Blodgett (New York London: W. W. Norton & Company, 1973) 304.
7 Richard Chase, *Walt Whitman Reconsidered* (London: Victor Gollancz Ltd., 1955) 137.
8 Frederik Schyberg, *Walt Whitman* translated by Evie Allison Allen (New York: Columbia University Press, 1951) 270.
9 Edmund Wilson, *Patriotic Gore* (New York: Farrah, Strause and Giroux, 1977) 481.
10 Wilson 481. 11 Wilson, "Introduction," ix.

Ⅲの1

1 2 3 J. J. Rubin and C. H. Brown (eds.) *Walt Whitman of the New York Aurora* (State College, Pennsylvania: Bald Eagle Press, 1950).
4 Richard Chase, "One's Self I Sing," Sculley Bradley and Harold B.Blodgett (eds.) *Leaves of Grass* (A Norton Critical Edition, 1973) 891.

Ⅲの2

1 Emory Holloway (ed.) *Walt Whitman* (The Nonesuch Press, 1938) 1072-1073.
2 Gay W. Allen & Charles T. Davis: *Walt Whitman's Poems* (*New York University Press,* 1955) 231-232.
3 Allen & Davis 233. 4 Allen & Davis 265. 5 Allen & Davis 265. 6 Allen & Davis 265.
7 Letter to Nat Gray and Fred Gray, 19 March, 1863, Holloway(ed.) 896.
8 Henry David Thoreau, "Walking," *Selected Writings on Nature and Liberty* (The Liberal Arts Press, 1952) 122.
9 Harold W. Blodgett and Sculley Bradley (eds.) *Leaves of Grass, Comprehensive Reader's Edition* (New York University Press, 1965) 265.
10 Allen and Davis 80. 11 Gay Wilson Allen, *The New Walt Whitman Handbook* (New York: New York University Press, 1975) 86.
12 Allen and Davis 10.
13 Frederik Schyberg, *Walt Whitman*, translated by Evie Allison Allen (Columbia University Press, 1951) 150.
14 James E. Miller, Jr., " 'Song of Myself' as Inverted Mystical Experience," James E. Miller, Jr.(ed.) *Whitman's "Song of Myself" —Origin, Growth, Meaning* (Dodd, Mead & Company, 1964) 146. 15 J. E. Miller 146.
16 Blodgett & Bradley (eds.) *Walt Whitman, Leaves of Grass* (New York University Press, 1965) 5.

Ⅲの3

1 Ad de Vries, *Dictionary of Symbols and Imagery* (North-Holland Publishing Company, 1974) 山下主一郎他訳（大修館、一九八四年）五二七—八頁。

2 Floyd Stovall (ed.) *Specimen Days, Prose Works 1892*. Vol.1 (New York: New York University Press, 1963) 16.

3 Gay W. Allen and Charles T. Davis (eds.) *Walt Whitman's Poems* (New York: New York University Press, 1968) 157.

4 M. Wynn Thomas, *The Lunar Light of Whitman's Poetry* (Cambridge: Harvard University Press, 1987) 96-7.

5 Thomas 108-9　6　Allen and Davis, 10.

7 David Perkins, *A History of Modern Poetry* (Cambridge: The Belknap Press of Harvard University Press, 1987) 70

8 新倉俊一『アメリカ詩論　同一性の歌』（篠崎書林、一九七五）一三五頁。

9 Alan Williamson, "Hart Crane." Helen Vendler (ed.) *Voices and Visions: The Poet in America* (New York: Random House, 1987) 336-8.

10 Norman H. Pearson and Hisao Kanaseki, *Sixteen Modern American Poets* (Tokyo: The Eihosha Ltd., 1976) 233.

11 Thomas A. Vogler, "A New View of Hart Crane's Bridge," Harold Bloom (ed.) *Hart Crane* (New York: Chelsea House, 1986) 71.

Ⅲの4

1 John Addington Symonds, "Walt Whitman: A Study" (*Culture And Other Essays*, Kyoto: Yamaguchi Shoten, 1955) 4.

2 Horace Traubel, *With Walt Whitman in Camden,* Vol. 4 (Philadelphia: University of Pennsylvania Press, 1953) 77.

3 Henry D. Thoreau, "Walking" (Selected Writings on Nature And Liberty, New York: The Liberal Arts Press, 1952) 122.

4 Randal Stewart, *American Literature And Christian Doctrine* (Baton Rouge: Louisiana State University Press, 1958) 62.

5 Anne Gilchrist, *Her Life and Writings* (London: 1887) 237. Quoting Gay W. Allen, *The Solitary Singer* (New York: The Macmillan Company, 1955) 205.

6 "Democratic Vistas," Complete Prose Works (New York: Mitchell Kennerley, 1916) 205.

7 Roger Asselineau, *The Evolution of Walt Whitman* (Cambridge: The Belknap Press of Harvard University Press, 1962).

8 Leadie M. Clark, *Walt Whitman's Concept of the American Common Man* (New York: Philosophical Library, 1955) 130.

9 Horace Traubel, *With Walt Whitman in Camden*, Vol. 4 (Philadelphia: University of Pennsylvania Press, 1953) 473.
10 Charles B. Willard, *Whitman's American Fame* (Providence: Brown University, 1950) 234.
11 Daniel Aaron, *Writers on the Left* (New York: Harcourt, Brace & World, Inc., 1961) 402.
12 Willard 234.　13 Marcus Cunliffe, *The Literature of the United States* (Penguin Books, 1961) 127.
14 Henry B. Binns, *A Life of Walt Whitman* (London: Methuen & Co., 1905) 293.
15 16 ラングストン・ヒューズ「ウオルト・ホイットマンと黒人」、木島始訳『ある金曜日の朝』（飯塚書店、1959）。
17 Asselineau 180.

Ⅳの１

1 Charles B. Willard: *Whitman's American Fame* (Providence: Brown University, 1950) 130.
2 Willard 13.　3 Willard 14.　4 永見七郎「ホヰットマン讃美」（東京、建設社、一九四一）160.
5 Willard 133-4.　6 Horace Traubel: *With Walt Whitman in Camden*, Vol. 4 (Philadelphia: University of Pennsylvania Press, 1953) 77.
7 Willard 133-4.
8 新倉俊一「未来の詩人――ホイットマンとアメリカ現代詩」、『英語青年』（ホイットマン生誕一五〇年記念臨時増刊号、一九六九年六月）所収。
9 Willard 134.　10 Marcus Cunliffe, *The Literature of the United States* (Penguin Books, 1961) 127.
11 Willard 130.　12 Roger Asselineau: *The Evolution of Walt Whitman* (Harvard University Press and Oxford University Press, 1961) 50.
13 Willard 33-4.
14 関良一「初期の評論――『ホイットマンの詩』と『英国詩人の天地山川に対する観念』」、『英語青年』（一九六六年七月号）所収。
15 Wllard 45.　16 Daniel Aaron: *Writers on the Left* (New York: Harcourt, Brace & World, Inc., 1961) 402.
17 Gay Wilson Allen (ed.) *Walt Whitman Abroad* (Syracuse University Press, 1955) 144.　18 Allen 153.　19 Allen 144.　20 Allen 151.
21 Allen 153.　22 Milton Hindus (ed.) *Leaves of Grass, One Hundred Years After* (Stanford University Press, 1966) 64.
23 Daniel Aaron: *Writers on the Left* (New York: Harcourt, Brace & World, Inc., 1961) 7.

24 Walter B. Rideout: *The Radical Novel in the United States* (American Century Series, 1966) 162.

25 *U. S. A.* (New York: The Modern Library, 1937) "The Big Money," 150. 26 "The Big Money," 150.

27 Leadie M. Clark: *Walt Whitman's Concept of the American Common Man* (New York: Philosophical Library, 1955).

28 John H. Wrenn: *John Dos Passos* (New York: Twayne Publishers, Inc., 1961) 93. 29 Rideout 162. 30 Allen 180.

Ⅳの2

1 Ezra Pound, "What I Feel About Walt Whitman," J. Perlman, E. Folsom and D. Campion(eds.) *Walt Whitman, The Measure of His Song* (Minneapolis, Holy Cow! Press, 1981) 31.

2 ラングストン・ヒューズ「ウォルト・ホイットマンと黒人」、木島始訳『ある金曜日の朝』（飯塚書店、一九五九）所収。

3 Charles B. Willard, *Whitman's American Fame* (Providence: Brown University Press 1950).

4 Robert D. Faner, *Walt Whitman and Opera* (Philadelphia: University Press of Pennsylvnia, 1951).

5 Sara Deford, *Lectures on Modern American Poetry* (Tokyo: Hokuseido, 1957) 122.

Ⅳの3

1 Ezra Pound, "What I Feel About Walt Whitman," J. Perlman, E. Folsom and D. Campion(eds.) *Walt Whitman, The Measure of His Song* (Minneapolis: Holy Cow! Press, 1981) 30.

2 Ed Folsom, "Talking Back to Walt Whitman: An Introduction," J. Perlman, E. Folsom and D. Campion (eds.) *Walt Whitman,* xxx. (Minneapolis: Holy Cow! Press, 1981) 30.

3 Perlman, Folsom, and Campion (eds.) *Walt Whiman*, xxxi.

4 David Cavitch: *My Soul and I: The Inner Life of Walt Whitman* (Boston, Beacon Press, 1985) 19.

5 Allen Ginsberg, "Allen Ginsberg on Walt Whitman: Composed on the Tongue," (1980), Perlman, Folsom, and Campion (eds.) *Walt Whitman*, 232. 6 Perlman, Folsom, and Campion (eds.) 387.

7 June Jordan, "For the Sake of a People's Poetry: Walt Whitman, and the Rest of Us" (1980), Perlman, Folsom, and Campion (eds.) 343.

8 W. E. B. Dubois, "Of Our Spiritual Strivings," Charles T. Davis and Daniel Walden (eds.) *On Being Black* (A Fawcett Premier Book, 1970)

主要紹介研究書（日本）

注釈書

舟橋　雄注釈『草の葉』研究社英文学叢書、一八二八年
舟橋　雄注釈『ホイットマン詩選』（研究社、一九三二）
William L.Moore: Walt Whitman's Poems（研究社小英文学叢書、一九五七）
鍋島能弘・新倉俊一編注：*Whitman's Poems*（篠崎書林、一九六三）
常田四郎『Walt Whitman's "Song of Myself": 詳注／解釈／批評』（荒竹出版、一九八四）
田中　礼注釈：『ホイットマン詩選』（研究社小英文学叢書、一九九六）
日本ホイットマン協会編『ホイットマン：「草の葉」名詩選』（翔文社、一九九八）

紹介研究書、雑誌特集号

内村鑑三『詩人ワルト・ホヰットマン』（聖書研究社、一九〇九）
『現代詩歌』（ホイットマン研究号）創刊号（一九一八・二）
『現代詩歌』ホイットマン生誕百年記念号（一九一九・五）
『白樺』ホイットマン号（一九一九・五）
『早稲田文学』ホイットマン生誕百年記念第一六二号（一九一九・五）
『労働文学』ホイットマン号（一九一九・五）
『抒情文学』ホイットマン号（一九一九・五）
松浦　一『文学の絶対境』（大日本図書、一九二三）
『英語研究』ホイットマン号（研究社、一九二九・一〇）
長沼重隆『ホヰットマン雑考』（東興社、一九三二）
杉木　喬『ホイットマン』（『英米文学評伝叢書』研究社、一九三七）
清水安治『ホイットマン新研究』（東京堂、一九三七）
古沢安二郎『「軍歌の響」—ホイットマンの戦争詩研究』（豊文書院、一九三九）

永見七郎『ホイットマン讃美』（建設社、一九四一）
清水春雄『ホイットマンの心象研究』（篠崎書林、一九五七）
鍋島能弘『ホイットマンの研究』（篠崎書林、一九五九）
石井　満『大統領リンカン―その劇中劇について』（精華学園出版部、一九六五）
W・L・ムーア編『ホイットマン「草の葉」』（竹村出版、一九六七）
『英語青年』ホイットマン生誕一五〇年記念臨時増刊号（研究社、一九六九・六）
酒本雅之『アメリカ・ルネッサンス序説』（研究社、一九六九）
佐渡谷重信『近代日本とホイットマン』（竹村出版、一九六九）
亀井俊介『近代文学におけるホイットマンの運命』（研究社、一九七〇）
小玉晃一『比較文学ノート』（笠間書院、一九七五）
亀井俊介他訳・解説『ウォルト・ホイットマン』（アメリカ古典文庫5　研究社、一九七六）
鈴木保昭『白樺派の文学とホイットマン』（東京精文館、一九七七）
吉武好孝『ホイットマン受容の百年』（教育出版センター、一九八〇）
谷萩弘道『ホイットマンと東洋』（白鳳社、一九八一）
山川瑞明（編）、児玉実英、田中礼、中島　完『ホイットマンとディキンスン』（弓書房、一九八一）
清水春雄『ライラックの歌――ホイットマンの教説』（篠崎書林、一九八四）
鈴木保昭『ホイットマン「ゆりかごの歌」研究』（現代社、一九八六）
広岡　實『アメリカ現代詩におけるホイットマン像』（山口書店、一九八七）
鈴木保昭『「大道の歌」――ホイットマンの「愛」の讃歌』（翔文社、一九八七）
常田四郎『夢想の天才の光と影――ホイットマン「草の葉」の世界』Ⅰ（荒竹出版、一九九一）
吉崎邦子『ホイットマン 時代と共に生きる』（開文社、一九九二）
常田四郎『夢想の天才の光と影――ホイットマン「草の葉」の世界』Ⅱ（荒竹出版、一九九六）
安齊　芳『ホイットマンの諸相』（白鳳社、一九九九）
石井誠子『ホイットマンと音楽』（翔文社、二〇〇三）

あとがき

アメリカを代表する詩人といえばホイットマンということになるのだろうが、ホイットマンの評価には両極端があって、容易に定まらない。もっとも、定まりにくいのは、文学の評価にはつきものの性格かも知れないし、あるいはホイットマン自身のせいであるのかも知れない。

十代後半から長い病気をし、いささか「晩学」になってしまったが、京大英文科では、中西信太郎、工藤好美、菅泰男、御輿員三などの諸先生のお教えを受けることができた。卒業論文ではホイットマンを選んだが、尾形敏彦先生から色々とお話を伺った。

日本に初めてホイットマンを紹介したのは東大生夏目金之助（漱石）だが、日本の大学の卒業論文で初めてホイットマンをとりあげたのは、京大生中川鋭三郎（昭和三年卒業）であったということで、このことは最近小玉晃一氏のお話で知った。明治以来、時代を代表する思想家、文人により、ホイットマンが論じられ、それはそれで魅力的なものを含むが、作品に即したホイットマン研究はやはり、英文学研究者の参加によって始まったのだろう。巻末に記載した「主要紹介研究書（日本）」は、翻訳書以外の、主としてホイットマンの名をタイトルに含む単行本をあげた。詳しくは、品川力編「文献に見る日本のホイットマン研究の歩み」（『英語青年』ホイットマン生誕一五〇年記念臨時増刊号　研究社、一九六九）、「日本におけるホイットマン主要文献——明治二十五年

〜昭和四十三年の主要文献」（佐渡谷重信著『近代日本とホイットマン』竹村出版、一九六九）などをご覧いただきたい。

一九六九年、ホイットマン誕生百五十年を記念して『英語青年』に掲載された「シンポジアム—ホイットマン詩心の形成」には、思いがけず参加させていただいたが、この時ご一緒した常田四郎、亀井俊介、酒本雅之の三氏には、その後もご著書を通じて、多大のご教示を得た。とりわけ常田先生のお宅に伺って、先生のホイットマン詩に迫る烈々たる気迫に触れたことは忘れ難い。

日本ホイットマン協会では、会長の鈴木保昭氏から、今に至るまで色々な面でお世話になっている。一九八二年、私が文部省在外研究員としてニューヨーク大学（NYU）で学んだ時には、鈴木会長は、ホイットマン研究の大御所的存在であったゲイ・W・アレン先生（当時退職）やそのお弟子のエドウィン・H・ミラー教授を紹介して下さった。ミラー先生も先の常田先生も共にその後、"Song of Myself"を表題とした大著を出されたが、"Song of Myself"こそホイットマン詩の要であることは、私も肝に銘じている。

NYUでは、予言者の系譜として、旧約聖書の予言者からホイットマンまでを含む講義のテーマが予告されていたが、残念ながら、私の居た時には開講されなかった。ホイットマンは英詩の伝統を破壊した面もあるが、実は、永い人類の精神的伝統を踏まえようとした面を持っている。彼の詩のスタイルも、予言者の語りのスタイルから解析されることが必要な気がするし、そのような仕事のできる日本人も何れは出てくることだろう。

ホイットマンと現代詩との関わりということでは、福田陸太郎先生から、ウイリアム・C・ウイリアムズの重要性についてのご指摘をいただいていたが、まとめるべき研鑽を積んでいない。顧みて至らぬところが少なくない。

古希を迎えるまで、神戸大学、京都大学、英知大学に勤務したが、この過程で、すぐれた先輩、同僚、熱心な大学院生に恵まれたことは、何にも増して有り難いことであった。一々お名前を挙げないが、厚くお礼申し上げたい。

本書の刊行については、初めから最後まで、南雲堂の原信雄氏のお世話になった。構成から表記に至ることも一々具体的なご指示を受けた。出版状況きびしい折から、このような一書を世に問えるのは研究者冥利に尽きることと言わねばなるまい。医師から三十歳までの存命を危ぶまれた、また鈍根の私にしてみれば、なおさらのことである。「命なりけりさ夜の中山」というところであろう。

二〇〇五年一月

京都　男山山麓にて　田中　礼

索　引

ア

アーロン，ダニエル　Aaron, Daniel,　251
『愛国の血糊』 *Patriotic Gore*,　136,　137
「青いオンタリオの岸辺で」 “By Blue Ontario’s Shore,”　138, 239
「浅瀬を渡る騎兵隊」 “Cavalry Crossing a Ford,”　137
浅野　晃　316
アセリノー，ロジャー　Asselineau, Roger, 33, 48, 49, 235, 238, 242, 301, 307
「新しい人の時代」 “Years of the Modern,” 195
「新しい感覚―新しいよろこび」 “New Senses—New Joys” (prose),　186
アダムズ，ジョン・クインシー　Adams, John Quincy,　20
「アダムの子ら」 “Enfans d’Adam” (cluster), “Children of Adam” (cluster),　7,　56, 92, 94
アッキラ，ベッツィ　Erkkila, Betsy,　2, 7, 56, 74, 76, 119, 249, 295～300, 309
アボット，ヘンリー　Abbott, Dr.Henry, 70
「アメリカ人の手紙」 “American Letter,” 168
「アメリカ杉の歌」 “Song of the Redwood - Tree,”　199
『アメリカ成年に達す』 *America’s Coming - of - Age*,　10
アメリカ党　the American Party,　3, 4
『アメリカ文学史』 *The Literature of the United States*,　250
『アメリカ文学とキリスト教』 *American Literature And Christian Doctrine*,　233
「荒くれ男フランクの帰還」 “Wild Frank’s Return” (fiction), 26, 37, 41, 45
有島武郎　316, 317
アルボウニ，マリエッタ　Alboni, Marietta, 313
アレン，ゲイ・W.　Allen, Gay Wilson,　30, 95, 103, 109～111, 116, 117, 121, 125, 126, 177, 179, 191, 201, 222, 247, 252, 307, 308, 314
アンターマイヤ，ルイス　Untermeyer, Louis,　253
アンダヒル，イーヴリン　Underhill, Evelyn, 306

イ

イェンセン，ヨハネス・V.　Jensen, Johannes V.,　93
石田安弘　300, 304
「一週間ばかり前の夜戦」 “A Night Battle, Over a Week Since” (prose),　131
「いのちの海と共に退きつつ」　“As I Ebb’d with the Ocean of Life,”　28, 29, 113, 114, 123, 202, 293
「いま私をひきとめる君が誰であろうと」 “Whoever You Are Holding Me Now in Hand,”　96
「インカの娘」　“ The Inca’s Daughter,” 42, 107
「インドへ渡ろう」 “Passage to India,” 177, 199, 282

ウ

ヴァン ヴェルサー，ルイザ　Van Velsor, Louisa,　290
ヴァン ビュレン，マーティン　Van Buren, Martin,　3
ヴィヨン，フランソア　Villon, François, 272
ウィラード，チャールズ・B.　Willard, Charles B.,　236, 247, 250, 251

ウィリアムスン, アラン　Williamson, Alan, 223
「ウイリアム・カレン・ブライアントの死」 “Death of William Cullen Bryant” (prose), 316
ウィルスン, エドマンド　Wilson, Edmund, 136～138.
ウェブスター, ダニエル　Webster, Daniel, 47
ウェンデル, バレット　Wendell, Barret, 248, 249, 259, 261, 268
ヴェンドラー, ヘレン　Vendler, Helen, 289, 291.
ヴォグラー, トマス・A.　Vogler, Thomas A., 228
「ウォルト・ホイットマン所感」 “What I Feel About Walt Whitman,” 270, 281
『ウォルト・ホイットマン伝』 *The Life of Walt Whitman,* 20
『ウォルト・ホイットマンの未収集の詩と散文』 *The Uncollected Poetry and Prose of Walt Whitman,* 301
『ウォルト・ホイットマンの「わたし自身の歌」、諸解釈の収集』 *Walt Whitman's 'Song of Myself': A Mosaic of Interpretations,* 54
「薄暗くおぼろげな夜明けの露営地の光景」 “A Sight in Camp in the Daybreak Gray and Dim,” 129, 130
宇宙意識 cosmic consciousness, 109, 250

エ

「永遠の旅路に船出せよ、まぼろしのヨットよ」 “Sail Out for Good, Eidólon Yacht!,” 193, 204
エドワーズ, ジョナサン　Edwards, Jonathan, 10, 55
H.D. ドゥーリトル, ヒルダ　Doolittle, Hilda, 272
エマスン, ラルフ・ウォルドウ　Emerson, Ralph Waldo, 5～7, 9, 10, 34, 38, 55, 79, 151, 152, 156, 157, 179, 232, 234, 236, 238, 247, 249, 281, 297, 298, 302, 315
エリオット, T. S.　Eliot, T.S.　222, 272

オ

「老いの繰り言」 “Old Age Echoes,” (cluster) 122
「追いつめられた兵士らと進み、道は分からず」 “A March in the Ranks Hard-Prest, and the Road Unknown,” 128～131
オウエン, ロバート・デイル　Owen, Robert Dale, 20
「大鴉」 “*The Raven,* 237
「おお船長よ! わが船長よ!」 “O Captain! My Captain!, ” 236, 237, 249, 250
「おおフランスの星よ」 “O Star of France,” 238
「おお、まず序曲の歌を」 “First O Songs for a Prelude,” 161
オサリヴァン, ジョン・L.　O'Sullivan, John L., 20
オッペンハイム, ジェイムズ　Oppenheim, James, 253
『覚書と断片』 *Notes and Fragments,* 302
「女がわたしを待っている」 “A Woman Waits for Me, ” 93, 94

カ

カエン, ジャック・フェルナン Cahen, Jacques-Fernand, 103.
カーペンター, エドワード Carpenter, Edward, 118
カーライル, トマス　Carlyle, Thomas, 22, 34, 238
「開拓者よ! おお　開拓者よ!」 “Pioneers! O Pioneers!,” 236
『解放者』 *The Liberator,* 20
カウリー, マルカム Cowley, Malcolm, 308
「果実の房の詩」 “Bunch Poems,” 92
カストロ, アイネッズ・ディ　Castro, Inez de, 42, 107
「かつて私は雑踏する都会を通った」 “Once I Pass'd through a Populous City,”

金関寿夫　224, 226.
カプラン，ジャスティン　Kaplan, Justin　20, 21, 26, 34, 35, 42, 288～292, 301, 308
「カラマス」 "Calaumus" (cluster), 80, 82, 113, 291
「カリフォルニアのスーパーマーケット」 "Supermarket in California," 228, 274, 282
「川」 "The River," 226
カンリフ，マーカス　Cunliffe, Marcus, 250

キ

キーツ，ジョン，Keats, John, 120, 313, 315
「艤装を解かれた船」 "The Dismantled Ship," 203, 205, 294
キネル，ゴールウエイ　Kinnell, Galway, 281
ギャリスン，ウイリアム・ロイド　Garrison, William Lloyd, 20
『キャムデンでのウォルト・ホイットマンと共に』 *With Walt Whitman in Camden,* 290
「狂宴の都会よ」 "City of Orgies," 159
「教室における死（ある事実）」 "Death in the School-Room (a Fact)" (fiction), 35, 36
「霧」 "Fog," 263
ギルクリスト，アン・バロウズ　Gilchrist, Anne Burrows, 291
ギンズバーグ，アレン　Ginsberg, Allen, 2, 228～230, 269, 274～276, 278～283, 299
ギンズバーグ，ルイス　Ginsberg, Louis, 279
ギンズバーグ，ナオミ　Ginsberg, Naomi, 279, 281

ク

『草の葉』 *Leaves of Grass* 5, 6, 7, 10, 22, 23, 28, 29, 33～42, 44～49, 53, 54, 76, 82, 87, 88, 95, 98, 103, 105～107, 109, 117, 125, 126, 148, 151, 163, 171, 176, 179, 186, 189, 190, 203, 213, 219, 236～239, 250, 254, 256, 260, 276, 288, 289, 292, 294～303, 310, 314
クラーク，リーディ・M　Clark, Leadie M., 235, 237, 242, 254
グリックスバーグ，チャールズ・I　Glicksberg, Charles I., 125
グレイアム，シルヴェスター　Graham, Sylvester, 291
クレイン，スティーヴン　Crane, Stephen, 130
クレイン，ハート　Crane, Hart, 180, 222～224, 228, 230
「軍鼓のひびき」 "Drum-Taps" (cluster), 100, 105, 126, 127, 131, 136, 137, 242

ケ

ゲーテ，ヨハン・ウォルフガング・フォン　Goethe, Johann Wolfgang von, 248, 251, 287
ケイヴィッチ，デイヴィッド　Cavitch, David, 278, 292～294
「契約」 "A Pact," 270, 272～274
「結末」 "The Winding-Up," 42, 107
「ケノーシャ山頂での一時間」 "An Hour on Kenosha Summit" (prose), 184
ゲルピー，アルバート　Gelpi, Albert, 309

コ

「黒人は河を語る」 "The Negro Speaks of Rivers," 230
コスッス，ルイス　Kossuth, Louis, 289
「子供と道楽者」 "The Child and the Profligate," (fiction), 41, 45, 80
「子供の思い出」 "A Child's Reminiscence," 115, 311
「子供の守り手」 "The Child's Champion" (fiction), 80
「この堆肥」 "This Compost," 110, 115
コベット，ウイリアム　Cobbett, William, 290

「小麦の復活を驚く詩」“Poem of Wonder at the Resurrection of the Wheat,” 110
『コロンビア 米文学史』 *Columbia Literary History of the United States,* 53
「コロンブスの祈り」“Prayer of Columbus,” 121, 203

サ

「最後の王党員」“The Last Loyalist” (fiction), 38
酒本雅之 316
「先頃ライラックが前庭に咲いたとき」“When Lilacs Last in the Dooryard Bloom'd,” 32, 40, 44, 104, 105, 117, 118, 121, 139, 161, 162, 165, 175, 216, 255, 260, 288, 311, 314, 316, 317
『ザ・ダイヤル』 *The Dial,* 21
「さようなら わが空想」“Good-By My Fancy!” 122
サンド, ジョルジュ Sand, George, 34, 249, 297
サンドバーグ, カール Sandburg, Carl, 258～262, 266, 267, 315

シ

『シカゴ詩集』 *Chicago Poems,* 259, 260, 262, 266
『シカゴ・トリビュ-ン』 *Chicago Tribune,* 292
シェイクスピア ウイリアム Shakespeare, William, 22, 23, 35, 235, 261, 272, 315
ジェミー, O. Jemie, Onwuchekwa, 265, 267
シェリー, パースィー・ビッシュ Shelley, Percy Bysshe, 120, 313, 315
「時間をおもう」“To Think of Time,” 112
「思考」“Thought” (1860), 198
「詩人論」“The Poet,” 5, 6, 151, 179
「静かな辛抱づよい蜘蛛」“A Noiseless Patient Spider,” 208
『自選日記』 *Specimen Days,* 23, 25, 27, 28, 148, 216, 242
「自然のままの瞬間よ」“Native Moments,” 235
「自然を愛する者の死」“Death of the Nature-Lover,” 45, 107
自体愛 autoeroticism, 293
「七十の寿命」“Sands at Seventy” (First Annex), 122
「失敗したヨ-ロッパの革命家へ」“To a Foil'd European Revolutionaire,” 238
「自発的なわたし」“Spontaneous Me,” 92
清水春雄, 311, 316
シモンズ, ジョン・A Symonds, John Addington, 10, 22, 236, 248
シャイーバーグ, フレデリック Schyberg, Frederik, 65, 76, 93, 113, 136, 202, 307, 308
ジャクスン, アンドルー Jackson, Andrew, 19, 20
ジョイス, ジェイムズ Joyce, James, 65
『十一月の枝』 *November Boughs,* 123
自由意志論 libertarianism, 7
自由意志論者 libertarian, 56
自由土地党 Free Soil party, 3
ジョーダン, ジューン Jordan, June, 283
『初期の詩と小説』 *The Early Poems and the Fiction,* 106
ジョング, エリカ Jong, Erica, 292
ジョンスン, サミュエル Johnson, Samuel, 22
白鳥省吾 316
「人生賛歌」“A Psalm of Life,” 237
『新世界』 *The New World,* 41, 81, 82
「寝台車で」“In the Sleeper” (prose), 183
新見正興 161, 162
「人民の詩のために—ウォルト・ホイットマンとその他の人々」“For the Sake of a People's Poetry: Walt Whitman and the Rest of Us,” 283

ス

「素足の少年」“The Barefoot Boy,” 237
スウィンバーン, アルジャノン・チャールズ Swinburne, Algernon Charles, 10,

22, 236
スコット，サー・ウォルター　Scott, Sir Walter, 22, 315
鈴木保昭　310〜317
スティーヴンズ，ウォレス　Stevens, Wallace, 297
ステファンズ，リンカン　Steffens, Lincoln, 288
ステュワート，ランダル　Stewart, Randal, 233
ストラウチュ，カール・F.　Strauch, Carl F., 303, 305
スピッツァー，レオ，　Spitzer, Leo, 300
「スペインの貴婦人」 "The Spanish Lady," 42, 107
スマッツ，ジャン・クリスティアン Smuts, Jan Christian, 287

セ

『セールスマンの死』 *Death of A Salesman,* 63
「西部へ長い遊山の旅に出る」 "Begin a Long Jaunt West" (prose), 182
「世界よ 今日は」 "Salut au Monde!," 187
セクストン，アン　Sexton, Anne, 299

ソ

ソーロウ，ヘンリー・デイヴィッド Thoreau, Henry David, 23, 48, 127, 186, 232, 234, 235, 238, 242, 315

タ

ターナー，ナット，　Turner, Nat, 20
『第十八代大統領職!』 "The Eighteenth Presidency!" (essay), 3, 159, 296
「大草原」 "The Prairies," 165
「大道のうた」 "Song of the Open Road," 191
ダウデン，エドワード　Dowden, Edward, 315, 316
滝田夏樹　316
「たそがれ」 "Twilight," 122, 123
ダンカン，イサドラ　Duncan, Isadora, 253
ダンテ，アリギィエーリ　Dante, Alighieri, 272

チ

チェイス，リチャード Chase, Richard, 53, 104, 111, 136, 138, 153
「潮流」 "Sea-Drift" (cluster), 293
チャニング，ウイリアム・エラリー Channing, William Ellery, 7
チュコフスキ，コルネイ　Chukovsky, Kornei, 252

ツ

ツヴァイグ，ポール　Zweig, Paul, 62, 105
常田四郎　54, 57, 109, 298, 300〜311

テ

ディオゲネス　Diogenes, 56
ディケンズ，チャールズ　Dickens, Charles, 22
『デイリー・イーグル』 *Daily Eagle,* 2
テイラー，エドワード　*Taylor, Edward,* 297
デイヴィス，チャールズ・T.　Davis, Charles T., 30, 177, 222
デフォード，セアラ　Deford, Sara, 263
テオクリトス　Theocritus, 272
「出かける子供が居た」 "There Was a Child Went Forth," 25, 26, 32, 188, 293
テニスン，アルフレッド　Tennyson, Alfred, 23, 235, 261, 312
デュボイス，W・E・B　Du Bois, W.E.B., 284
「転換」 "Transpositions," 238

ト

トウェイン，マーク　Twain, Mark, 23, 232, 288

逃亡奴隷法　Fugitive Slave Act,　3, 47
ドス・パソス, ジョン Dos Passos, John,　253～255
トマス, M.ウィン　Thomas, M. Wynn, 219, 221
「友の家」 "The House of Friends,"　47
トローベル, ホリス　Traubel, Horace　127, 236, 290, 299

ナ

「ナイティンゲール頌」 "Ode to a Nightingale,"　120, 313
『仲間』 *The Comrade,*　10, 100
長沼重隆　316
鍋島能弘　314, 316, 317
「なんじ空間を泳ぐ広大な『球体』よ」 "Thou Vast Rondure Swimming in Space,"　177

ニ

「二十年」 "Twenty Years,"　192
『ニューオーリンズ・クレッセント』 *New Orleans Crescent*, 3
『ニューヨーク・オーロラ』 *New York Aurora,* 148
『ニューヨーク・トリビューン』 *New York Tribune,*　210
「ニューヨークの市場の生活」 "Life in a New York Market" (prose),　158
「ニューヨークの生活」 "Life in New York" (prose),　150

ネ

「眠る人々」 "The Sleepers,"　28, 240

ハ

パーキンズ, デイヴィッド　Perkins, David, 222
バーンズ, ロバート　Burns, Robert,　22, 315
ハイド, ルイス　Hyde, Lewis,　60, 61
バイロン, ジョージ・ゴードン　Byron, George Gordon, Lord,　315
バウアライン, マーク　Bauerline, Mark, 63, 64
ハウエルズ, ウィリアム・ディーン Howells, William Dean,　232
パウンド,・エズラ　Pound, Ezra,　249, 257, 258, 269～275, 281, 282
「墓場の花」 "The Tomb Blossoms "(fiction), 37, 38, 44, 288
「博覧会の歌」 "Song of the Exposition," 197, 234
「橋」 "The Bridge,"　222, 223, 228
バック, リチャード・モリス　Bucke, Richard Maurice,　250, 251, 302
「はてなく揺れる揺籃から」 "Out of the Cradle Endlessly Rocking,"　37, 98, 104, 105, 115, 117, 118, 120, 123, 126, 127, 165, 188, 260, 310, 314, 316, 317
『パルナサス』 *Parnassus,*　247

ヒ

ピアス, ロイ・ハーヴィ　Pearce, Roy Harvey,　303, 305
ピアソン, ノーマン H.　Pearson, Norman H.,　224, 226
ビーヴァ, ジョウゼフ　Beaver, Joseph, 59, 314
ビート・ジェネレイション　Beat Generation, 2, 269
ビート派　Beat writers,　7, 10, 228, 258, 266, 268, 274, 275
「ひだから広がって」 "Unfolded Out of the Folds,"　93, 94
「人それぞれに悲しみあり」 "Each Has His Grief,"　43, 109
「人の通わぬ小道で」 "In Paths Untrodden," 96
「雲雀に寄せて」 "To a Skylark,"　120, 313
ヒューズ, ラングストン　Hughes, Langston,　230, 239, 240, 242, 258, 259, 261, 264, 265, 267, 268, 283

ビンズ, ヘンリ・ブライアン　Binns, Henry Bryan,　234, 238
『便覧』 *Walt Whitman Handbook*,　307

フ

ファスター, ノーマン　Foerster, Norman, 314
フィーデルスン, C．Feidelson, Charles, 104
フィードラー, レズリー　Fiedler, Leslie, 252
フィルモア, ミラード　Fillmore, Millard, 3, 4
フェイナー, ロバート・D.　Faner, Robert D., 58, 260, 312
『フォートナイトリィ・レヴュー』 *The Fortnightly Review*,　177
フォルソム, イード　Folsom, Ed,　273, 274
ブキャナン, ジェイムズ　Buchanan, James, 3, 4
「二人の勇士のための挽歌」 "Dirge for Two Veterans,"　134
付着性能　adhesiveness,　294
「冬の機関車に」 "To a Locomotive in Winter,"　178, 180, 182
「冬の物音」 "Sounds of the Winter,"　173, 183
ブライアント, ウイリアム・カラン Bryant, William Cullen,　49, 165, 248, 296, 315
プライス, ヘレン・E.　Price, Helen E.,　313
ブラウニング, ロバート　Browning, Robert, 271
ブラウンスン, オレスティーズ・オーガスタス　Brownson, Orestes Augustus,　7, 21, 22, 24, 297, 309
プラス, シルヴィア　Plath, Sylvia,　299
ブラック, スティーヴン・A.　Black, Stephen A.,　88, 97, 98, 292, 309
ブラッドリ, スカリ　Bradley, Sculley,　62, 130
プラトン　Plato,　248
「フランクリン・エヴァンズ, 別名飲んだくれ」 "Franklin Evans; or The Inebriate" (fiction),　37, 289
ブルアー・リトン, エドワード・ジョージ Bulwer-Lytton, Edward George,　22
ブルーム, ハロルド　Bloom, Harold,　303, 305
ブルックス, ヴァン・ウイック,　Brooks, Van Wyck,　6, 10, 55, 253
『ブルックリン・イーグル』 *Brooklyn Daily Eagle*,　48
『ブルックリン・タイムズ』 *Brooklyn Times*, 29
「ブルックリンの渡しを渡る」 "Crossing Brooklyn Ferry,"　48, 59, 156, 201, 216～219, 218, 219, 222, 224, 226, 227, 229, 235, 249, 259
「ブルックリン橋に寄せて」 "To Brooklyn Bridge,"　222, 224, 226～228
『ブルックリン・フリーマン』 *Brooklyn Freeman*,　3
ブレイシャ, トマス　Brasher, Thomas,　46
フロイト, ジークムント　Freud, Sigmund, 309
「ブロードウエイの華麗な行列」 "A Broadway Pageant,"　161
ブロジェット, ハロルド・W.　Blodgett, Harold W.,　62, 130
フロスト, ロバート　Frost, Robert,　297

ヘ

ベイコン, フランシス　Bacon, Francis, 251
ペイン, トマス　Paine, Thomas,　26
ヘーゲル Hegel, Georg Wilhelm Friedrich, 27, 287
ヘミングウエイ, アーネスト Hemingway, Ernest,　130
ペイル・フェイス　paleface,　269, 272
ベルダン, E・ポータ,　Belden, E. Porter, 290

ホ

「ポーマノクからの出立」 "Starting from

Paumanok,"　170
ホイッティア、ジョン・グリンリーフ　Whittier, John Greenleaf,　48, 127, 237, 239
ホイッグ党　The Whigs,　3
『ホイットマンの「わたし自身の歌」―起源，成長，意味』 *Whitman's "Song of Myself"—Origin, Growth, Meaning,*　303
ポウ，エドガー・アラン　Poe, Edgar Allan,　49, 105, 237, 296
「報償」 "Blood-Money,"　47
『吠える』 *Howl and Other Poems,*　229
『ボストン季刊評論』 *The Boston Quarterly Review,*　21
「ボストン小唄」 "A Boston Ballad (1854),"　189
「誇りの罰」 "The Punishment of Pride" (fiction),　44
ホロウェイ，エモリ　Holloway, Emory,　46, 123, 140, 301

マ

マーキ，アイヴァン　Marki, Ivan,　309
マーティン，ロバート・K.　Martin Robert K.,　72～74
マギー，J. O.　Maggie, J.O.,　104
「マグドナルド・クラークの死と埋葬(パロディ)」 "The Death and Burial of McDonald Clarke. A Parody,"　45
マクラウド，アラン・L.　MacLeod, Alan L.,　287
マクリーシュ，アーチボルド　MacLeish, Archibald,　167～169, 175, 233, 255
「まさかりの歌」 "Song of the Broad-Axe,"　256, 293
マシーセン，フランシス・オットー　Matthiessen, Francis Otto,　63, 104
「マナハッタ(我が都市の―)」 "Mannahatta〔My city's . . .〕,"　164
「まぼろし」 "Eidólons,"　210
マヤコフスキ，ヴラディミア　Mayakovsky, Vladimir,　252

ミ

「見おろせ、美しい月よ」 "Look Down Fair Moon,"　131, 134～136
「ミズーリ州」 "Missouri State" (prose),　184
ミラー，アーサー　Miller, Arthur,　63, 292
ミラー，エドゥイン・ハヴィランド　Miller, Edwin Haviland,　54, 63, 70, 88, 292, 303, 309
ミラー，ジェイムズ・エドゥイン，Jr.　Miller, James Edwin, Jr.,　54, 303, 305～307
ミルスキー，D. S.　Mirsky, D.S.,　256
ミルトン，ジョン　Milton, John,　22, 315
『民主主義展望』 *Democratic Vistas,*　8, 24, 140, 237, 238
『民主評論』 *Democratic Review,*　20, 24

ム

「昔の戦争の夢」 "Old War-Dreams,"　132, 134, 136
「息子のグライムズ」 "Young Grimes,"　45

メ

明白な運命　Manifest Destiny,　21
めっき時代　Gilded Age,　8, 24, 295

モ

黙従　passivity,　63
「もの言えぬ娘ケート」 "Dumb Kate" (fiction),　36, 37, 67
「もの言わぬ壮麗な太陽をわたしに与えよ」 "Give Me the Splendid Silent Sun,"　234
「ものういブルース」 "The Weary Blues,"　264

ヤ

「野心」 "Ambition,"　44

ユ

友愛　comradeship,　95, 129
ユゴー，ヴィクトル　Hugo, Victor,　249, 297
U.S.A.,　254, 255

ヨ

「ヨ-ロッパ—合衆国建国72年，73年目の」 “Europe, The 72d and 73d Years of These States,”　46
「夜明けの旗のうた」“Song of the Banner at Daybreak,”　137, 172, 175, 205, 208
吉武好孝　317
「夜の浜辺でひとり」“On the Beach at Night Alone,”　27
「夜の浜辺に」“On the Beach at Night,”　30
「よろこびの歌」“A Song of Joys,”　171, 172, 175, 208

ラ

ラーヴ，フィリップ　Rahv, Philip,　269
「来世の愛」“The Love That Is Hereafter,”　107
ライドアウト，ウォルター・B.　Rideout, Walter B.,　254, 255
ラヴィング，ジェロウム　Loving, Jerome,　53～55
ラジャセカライア T. R.　Rajasekharaiah, T.R.,　86
ラニア，シドニー　Lanier, Sidney,　23, 24

リ

リットワック，レオン・F. Litwack, Leon F., 290
「リンカン大統領の追憶」“Memories of President Lincoln,” (cluster),　137

ル

「ルービンの最後の望み」“Reuben’s Last Wish” (fiction),　37
ルソー，ジャン・ジャック　Rousseau, Jean Jacques,　249, 297

レ

レッド・スキン　redskin,　269, 272
レン，ジョン・H.　Wrenn, John H.,　254

ロ

ロウエル，ジェイムズ・ラッセル　Lowell, James Russell,　239
ロウエル，ロバート　Lowell, Robert,　299
ロゼッティ，ウィリアム・マイクル　Rossetti, William Michael,　236, 271
ロルカ，ガルシア　Lorca, García,　278
ロレンス，D.H. Lawrence, David Herbert, 93, 94, 249, 292
ロングフェロウ，ヘンリー・ワズワス　Longfellow, Henry Wadsworth,　10, 237, 259, 315
ローファー　loafer,　42, 56

ワ

ワーズワス，ウィリアム　Wordsworth, William,　313, 315, 316
ワイトマイヤー，ヒュー　Witemeyer, Hugh, 273
「若いアメリカ」Young America,　7, 20, 297
「わが都市」“Our City”(prose),　148
「わたし自身の歌」“Song of Myself,”　1, 36, 39, 48, 53～56, 58, 60, 61, 63～65, 70, 76, 82, 83, 85, 86, 89, 91～94, 96, 107, 110～112, 114～117, 123, 127～129, 131, 136, 152, 153, 157, 159, 163, 190, 191, 198, 203, 207, 208, 232, 235, 239, 240, 294, 300, 301, 303, 305～308, 310, 311
「わたし自身の歌—源泉、展開、意味」 *Whitman’s “Song of Myself ”—Origin, Growth, Meaning,*　54, 303
「わたしはアメリカがうたうのを聞く」“I Hear America Singing,”　236

著者について

田中　礼（たなか・ひろし）

一九三一年神戸市に生まれる。京都大学名誉教授。日本ホイットマン協会顧問。国際啄木学会会員。

主要著書、注釈書

『論攷　石川啄木』（洋々社、一九七七）『アメリカ黒人の解放と文学』〈共著〉（新日本出版社、一九七九）『ホイットマンとディキンスン』〈共著〉（弓書房、一九八一）『一九三〇年代世界の文学』〈共同執筆〉（有斐閣、一九八二）『アメリカ文学とニューヨーク』〈共同執筆〉（南雲堂、一九八五）『川のアメリカ文学』〈共同執筆〉（南雲堂、一九九二）『ホイットマン詩選』（研究社小英文叢書、一九九六）『啄木とその系譜』（洋々社、二〇〇二）『時代を生きる短歌』（かも川出版、二〇〇三）など。

ウォルト・ホイットマンの世界

二〇〇五年五月十日　第一刷発行

著　者　田中礼
発行者　南雲一範
装幀者　岡孝治
発行所　株式会社南雲堂
東京都新宿区山吹町三六一　郵便番号一六二—〇八〇一
電話東京（〇三）三二六八—二三八四（営業部）
　　　　（〇三）三二六八—二三八七（編集部）
振替口座　〇〇一六〇—〇—四六八六三
ファクシミリ（〇三）三二六〇—五四二五

印刷所　株式会社ディグ
製本所　長山製本

乱丁・落丁本は、小社通販係宛御送付下さい。
送料小社負担にて御取替えいたします。
〈IB-285〉〈検印廃止〉

ISBN4-523-29285-X C3098

亀井俊介の仕事/全５巻完結

各巻四六判上製

1 ＝ 荒野のアメリカ

アメリカ文化の根源をその荒野性に見出し、人、土地、生活、エンタテインメントの諸局面から、興味津々たる叙述を展開、アメリカ大衆文化の案内書であると同時に、アメリカ人の精神の探求書でもある。

２１６１円

2 ＝ わが古典アメリカ文学

植民地時代から十九世紀末までの「古典」アメリカ文学を「わが」ものとしてうけとめ、幅広い理解と洞察で自在に語る。

２１６１円

3 ＝ 西洋が見えてきた頃

幕末漂流民から中村敬宇や福沢諭吉を経て内村鑑三にいたるまでの、明治精神の形成に貢献した群像を描く。比較文学者としての著者が最も愛する分野の仕事である。

２１６１円

4 ＝ マーク・トウェインの世界

ユーモリストにして懐疑主義者、大衆作家にして辛辣な文明批評家。このアメリカ最大の国民文学者の複雑な世界に、著者は楽しい顔をして入っていく。書き下ろしの長篇評論。

４０７７円

5 ＝ 本めくり東西遊記

本を論じ、本を通して見られる東西の文化を語り、本にまつわる自己の生を綴るエッセイ集。亀井俊介の仕事の中でも、とくに肉声あふれるものといえる。

２３４７円

＊定価は税込価格です。